计算机职业培训丛书

新编 Flash CS3 动画设计培训教程

张　磊　王伍增　李迎丰　编著

化学工业出版社

·北　京·

Flash CS3 是 Adobe 公司的一款最新的动画软件。它具有独特的矢量图形绘制方式和强大的互动程序编辑功能，并对多种图形文件、视频文件、音频文件格式广泛支持。

本书系统地介绍了 Flash CS3 动画设计的相关知识。全书分为 10 章，由浅入深地全面讲解了 Flash CS3 的各种功能和操作技巧，结合大量实例重点介绍了 Flash 的 7 种动画形式，它们分别是逐帧动画、形变动画、运动动画、色彩动画、蒙版动画、特效动画和行为动画，步骤详细，重点明确，并在此基础上对如何运用 Flash 来虚拟三维效果和制作交互进行了深入的讲解，最后通过综合实例介绍制作 Flash 动画的实战技巧和常用技能，使读者进一步了解 Flash 动画的基本制作流程和应用领域。此外，本书每章还提供了上机实训、习题及习题参考答案，便于读者学习参考。

本书可作为计算机培训学校的培训教材、职业院校的教学用书，同时也可作为广大 Flash 爱好者的自学参考书。

图书在版编目(CIP)数据

新编 Flash CS3 动画设计培训教程／张磊，王伍增，李迎丰编著. —北京：化学工业出版社，2008.7
（计算机职业培训丛书）
ISBN 978-7-122-03295-9

Ⅰ. 新… Ⅱ. ①张… ②王… ③李… Ⅲ. 动画-设计-图形软件，Flash CS3-技术培训-教材 Ⅳ. TP391.41

中国版本图书馆 CIP 数据核字(2008)第 097383 号

责任编辑：王思慧 瞿 微　　　　　　　　　　装帧设计：尹琳琳

出版发行：化学工业出版社(北京市东城区青年湖南街 13 号　邮政编码 100011)
印　装：化学工业出版社印刷厂
印　数：1～4000
787mm×1092mm　1/16　印张 19¾　字数 468 千字　2008 年 8 月北京第 1 版第 1 次印刷

购书咨询：010-64518888(传真：010-64519686)　售后服务：010-64518899
网　址：http://www.cip.com.cn
凡购买本书，如有缺损质量问题，本社销售中心负责调换。

定　价：29.00 元　　　　　　　　　　　　　　　　　版权所有　违者必究

丛 书 序

21 世纪是一个信息时代，也是一个知识爆炸的时代。信息技术日新月异，不断地改变着我们的社会。作为信息时代技术核心的计算机技术已经或者正在走进人们的生活、学习和工作中，它已成为人们生活中不可缺少的组成部分。会使用计算机已经成为新世纪人人都必须具备的一项基本技能，也成为世人跟上时代步伐的一个重要标志。但是，许多人对计算机怀有神秘感，既急于掌握这一技能又望而却步，难以入门，更不要说能够灵活运用了。《计算机职业培训丛书》正是基于读者这一特点而策划和编写的，这是一套能带领读者快速入门并能学习到实用的计算机技能的指导用书，它介绍了最常用的计算机基本操作和基本技巧，通过典型而实用的实例，结合上机实训步骤，可以轻松地带领读者进入计算机这一神秘殿堂。

一、培训领域

针对培训班的普及性，本套培训教程主要定位在基础普及类的人群和待业培训的人员，主要有计算机基础入门、办公自动化、计算机维修工程师、网络工程师、网页制作、平面设计、三维设计、计算机排版和程序设计等领域。

二、版本选择

本套培训教程在介绍操作系统和软件功能的过程中，主要考虑的是培训班的开设内容，同时还考虑其上机条件和适于店销的特点，所以在软件版本上除操作系统采用 Windows XP 外，其他软件则尽量用最新中文版，以适应广大读者的需求并延长图书使用的寿命。

三、读者定位

《计算机职业培训丛书》明确定位于初、中级用户。不管是培训班学员还是自学用户，都可以快速入门并能很快学到实用的计算机基本操作和基本技能，初级水平的读者可以通过使用本丛书所述的软件，快速入门；中级水平的读者可以通过学习本丛书介绍的典型实例和精彩综合实例训练踏上一个新的台阶，达到掌握、熟练和应用自如的目的，以提高读者的综合应用能力。

四、内容设计

本丛书的内容是在仔细分析初学者学习计算机的困惑和目前计算机图书市场现状的基础上确定的，实用、明确和透彻。一切围绕读者的实际需要选择内容，使读者在学习每个知识点时能"避虚就实"，学到真正有用的东西；对于每个功能的讲解，则力求以明确的步骤指导指明操作过程，另外还配备有上机实训，读者只要按书中的实例和上机实训的方法去做成、做会、做熟，就能举一反三，学以致用。

- **教学目标**——指出每一课学习的目的，读者通过本章的学习可以掌握哪些功能和操作，能做出什么东西。
- **正文内容**——正文内容图文并茂，配比合理、美观。图为正文服务，正文内容虽全但详略得当，重点突出，难点讲解透彻，疑点解释明了。
- **操作步骤**——每一个知识点给出明确的操作步骤，在上机实训中则给出关键的操作步骤和操作结果。
- **上机实训**——根据本章学习的知识点，设置上机实训，不但让学员巩固所学的知识，还要训练学员的动手操作能力，使学员在实践中能学习到新的知识，探索到计算机学习的技巧。
- **习题练习**——根据每本书的要求不同，一般习题包括填空题、选择题、判断题、简答题和实际操作题，设置习题的目的就是让读者能快速学会教程中的知识点、巩固重点、理解难点、辨清疑点。

五、风格特色

本丛书综合考虑过去和现在销量排名靠前的图书的特点，力求入门快，针对性强；内容丰富，解释透彻；文字精炼，版式和装帧统一。另外，还特别设计了一些特色段落，或者引起读者的注意，或者对难点内容有进一步的提示，或者指出一些快捷的方法。

- 提示——提示某些知识点比较难以掌握，容易混淆，让读者多加注意和练习，仔细领会，重点掌握。
- 注意——提醒操作中应注意的有关事项，避免错误的发生，让读者在实际操作和设计中少犯错误。
- 技巧——指点一些快捷方法，亮出一些绝招高招，让读者事半功倍，技高一筹。

本丛书的作者全部由多年从事计算机教学的专业教师组成，每本图书在成稿后，其操作步骤和上机实训都经过计算机初学者实际操作验证。

尽管这套丛书的出版凝聚了编委会全体人员和各位作者的智慧和心血，但书中疏漏和不足之处在所难免，请读者提出宝贵意见，以便我们对这套丛书进一步完善、充实和提高。

最后，感谢读者对我们的信任与支持。为了方便教学和读者自学，每本书都免费赠送电子课件。另外，部分书还免费赠送相关制作素材或实例文件。如需下载，请链接化学工业出版社网站 http://www.cip.com.cn，进入"下载"页面。

《计算机职业培训丛书》编委会

前　言

Flash CS3 为创建基于矢量图形编辑的交互式数字动画提供了一个综合性的创作环境。Flash 广泛应用于网页设计、影视制作、多媒体教学等各个领域，已成为动画设计与制作的首选专业软件。

本书是针对 Flash 初级用户精心编著的一本 Flash 动画设计培训教程，内容深入浅出、以点带面，坚持"边做边学，边学边用"的理念，以读者为中心进行内容结构的设计。全书分为 10 章，具体内容如下。

第 1 章介绍 Flash CS3 基础知识，包括软件由来、软件特色和新功能，还介绍了软件的安装、启动和关闭，软件的工作界面及动画制作的基本流程等。

第 2 章介绍 Flash CS3 绘制工具，包括图形的绘制、填充、选择、编辑和修改，文本的创建与编辑以及图形的分割与组合等。

第 3 章介绍 Flash CS3 动画基础，结合实例讲解了逐帧动画、形变动画与运动动画的创建方法，并对 3 种基础动画形式进行了比较。

第 4 章至第 6 章分别介绍 Flash CS3 色彩动画、蒙版动画和特效动画的制作方法和使用技巧。

第 7 章介绍 Flash CS3 行为基础，包括 Action Script 的基础知识、按钮的创建、影片的控制以及组件的创建和编辑等，为制作行为动画打下良好的基础。

第 8 章介绍 Flash CS3 行为动画，其中包括影片剪辑的控制、动态文本的运用以及声音和视频的控制等内容。

第 9 章介绍 Flash CS3 合成发布，包括声音和视频的合成、场景的管理、动画的测试与优化以及动画的发布与输出等。

第 10 章介绍 Flash CS3 动画制作综合实例，包括网页广告、动态漫画和公益广告三个综合实例。

本书结合笔者多年教育培训工作的实践经验，在内容的选取上注重新颖性、实用性和可操作性，对知识点进行了详尽的介绍。本书概念准确、结构清晰、步骤详细，重点明确、图文对应、结合实例，便于读者理解和掌握。每章配合应掌握的知识点提供了上机实训和多种类型的练习题，以多种形式帮助读者迅速掌握重点技能。本书还通过提示、注意和技巧等方式，力求拓宽读者的知识面，提醒读者操作中的注意事项。

本书由张磊、王伍增和李迎丰编著。此外，还有刘珂、刘炜、明丁、雷静、张宏伟、宋小苾、赵晓东等同志参与了文字编辑、校对工作，他们为本书的出版付出了辛勤的劳动，在此表示衷心的感谢。

在本书的编写过程中，我们力求精益求精，但由于水平、时间和精力有限，不妥之处在所难免，敬请各位读者朋友不吝赐教。

编　者
2008 年 7 月

目　　录

第1章 Flash CS3 简介

【教学目标】

Flash 是矢量图形编辑和交互式动画制作的专业软件。它集矢量图编辑和动画制作于一体，能够将矢量图、位图、音频、视频、动画等多种媒体结合起来，制作出美观新奇、交互灵活的各种动画效果。它以其简单易学、操作便捷及适用性强等特点，深受广大用户的普遍欢迎，被广泛应用于网络、多媒体、影视、游戏等众多领域。Flash CS3 是其最新版本，功能不断完善，使用起来更加方便快捷。

本章通过对 Flash 软件的基本介绍，使读者了解 Flash 软件的由来、动画基础、软件特色以及 Flash CS3 的新增功能。结合实机操作，熟悉 Flash CS3 的工作环境，掌握动画制作的基本流程，并初步了解 Flash 的元件、【时间轴】面板等基础知识及操作，为设计和制作动画打下良好的基础。

【本章要点】

✦ 了解软件由来
✦ 了解软件特色
✦ 认识帧
✦ 认识层
✦ 认识元件和实例
✦ 认识场景
✦ 比较矢量与位图
✦ 了解 Flash CS3 新功能
✦ 安装 Flash
✦ 启动 Flash
✦ 关闭 Flash
✦ 熟悉 Flash CS3 工作界面
✦ 掌握动画制作流程
✦ 了解任意变形工具
✦ 设置 Alpha 透明度
✦ 创建运动动画

1.1 Flash 软件的由来

随着网络技术的发展以及宽带网络的出现，人们对网页效果的要求越来越高，静态网页已经不能满足人们的需求，所以动态网页的制作，也就是网页动画成了网页制作的重要组成部分。

计算机职业培训丛书

但是由于网络带宽的限制，在主页上放置过大的动画文件是不现实的，以前网上的动态效果大多数都使用 Java 编程来实现，但是真正精通 Java 实在不是一件容易的事情，而且 Java 的运行速度和浏览器的兼容性也不是很好，而目前广泛使用的 gif 动画又不支持交互操作和音效，而且色彩深度较低，Flash 的出现便解决了这些问题。Flash 是矢量图形编辑和交互式动画制作的专业软件。它具有体积小、流式播放、强大的交互功能和丰富的多媒体效果等特点，并且易学易用，赋予动画设计与制作以更多的创意空间。

Flash 的前身是早期网上流行的一种动画插件，叫 Future Splash，后来由 Macromedia 公司收购后，改名为 Flash。由于 Flash1.0、2.0 版本技术方面的限制，上市后未能得到业界的普遍重视。自从 1998 年推出的 Flash3.0 问世以来，迅速打开市场，以其独有的优势广泛应用在网页设计、电视广告、影视特效、MTV 音乐电视的制作、片头制作、游戏开发和多媒体课件及光盘的设计与制作等领域。

2005 年 Adobe 公司成功收购 Macromedia 公司后，于 2007 年 3 月发布了整合后的产品 Creative Suite 3.0 软件套装，其中包括 Flash 的最新版本 Flash CS3（如图 1-1 所示为 Flash CS3 的进入界面），它的功能不断加强，已经从最初的小插件变成制作网上交互式动画的标准软件。

图 1-1　Flash CS3 进入界面

1.2　Flash 的基本概念

Flash 软件的功能非常强大，涉及到很多与动画相关的基本概念，要想掌握这个软件，就必须充分了解 Flash 的一些基本概念以及构成 Flash 动画的基本要素。

1.2.1　什么是帧

动画的原理是利用人的视觉暂留现象产生的，即当物体从眼前经过，其影像仍会在人们的视网膜中停留 1/16 秒的现象，当画面连续播放时，就会产生动起来的感觉。动画就是用逐格制作工艺和逐格拍摄技术创造性地还原自然运动形态的技术手段。动画中的每个画面在 Flash 中称为一帧，动画就是由这些一帧一帧的画面所组成，所以在 Flash 中，帧就是画面、画格的意思，它是构成 Flash 动画的基本单位。

1. 空帧

在 Flash 中，空帧并不是真正的帧，是时间标尺上的空格，空格里可以插入帧。在空帧中是无法绘制任何图形图像的，在新建的动画文档中，除第 1 帧外都是空帧，在【时间轴】面板上每 5 帧为一组，有画面内容的实帧显示为灰色，没有内容的空帧显示为白色。在制作完动画预览时，当播放头到达空帧就会停止播放，如图 1-2 所示。

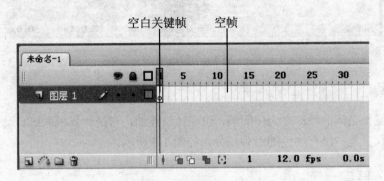

图 1-2　空帧与空白关键帧

2. 关键帧

关键帧是制作者指定的定义动画中的变化和包含了帧动作的帧，一般是一段动画的起始和结束帧。它包括对象的运动和特点变化，如大小、形状、透明度和颜色等。关键帧在时间标尺上是一个实心圆点，在动画制作中是必不可少的内容，如图 1-3 所示。

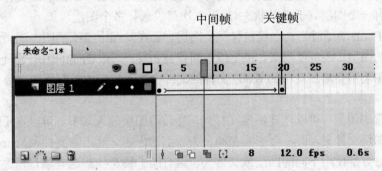

图 1-3　关键帧与中间帧

3. 空白关键帧

空白关键帧是用于存放关键帧的特殊的帧，它不同于空帧，可以在空白关键帧中绘制和放置任意物体，它是为定义和创建关键帧作准备的。空白关键帧在时间标尺上是一个空心圆点，新建的动画文档的第 1 帧就是一个空白关键帧，如图 1-2 所示。

4. 普通帧

普通帧也称为静止帧，它是一种时间的延续。普通帧在时间标尺上是一段灰色条，在结尾处是一个空心的小方块，如图 1-4 所示。

普通帧

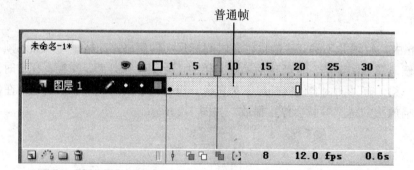

图 1-4　普通帧

5. 中间帧

在两个关键帧之间的帧称之为中间帧，也叫做过渡帧，它是计算机系统自动生成的帧。中间帧在时间标尺上是一段有颜色的箭头部分，如图 1-3 所示。

1.2.2　什么是层

【时间轴】面板分成两个区域，层操作区和帧操作区。可以在某一图层上绘制和编辑对象，而不会影响其他图层上的对象。在图层上没有内容的舞台区域中，可以透过该图层看到下面的图层，也就是说，图层与图层之间是相互透明的。

要绘制、涂色或者对图层或文件夹进行修改，可以在【时间轴】面板中单击选择该图层以激活它。【时间轴】面板中图层或文件夹名称旁边的铅笔图标表示该图层或文件夹处于活动状态。一次只能有一个图层处于活动状态(尽管一次可以选择多个图层)。

新建一个 Flash 动画时，其中仅包含一个图层。要在动画中组织插图、动画和其他元素，需要添加更多的图层。还可以隐藏、锁定或重新排列图层。可以创建的图层数只受计算机内存的限制，而且图层不会增加发布的 SWF 文件的文件大小。只有放入图层的对象才会增加文件的大小。

要组织和管理图层，可以创建图层文件夹，然后将图层放入其中。可以在【时间轴】面板中展开或折叠图层文件夹，而不会影响在舞台中看到的内容。对声音文件、ActionScript、帧标签和帧注释最好分别使用不同的图层或文件夹。这有助于快速找到这些项目以进行编辑。为了实现复杂的效果，可以添加特殊的引导层(以便更容易地进行绘画和编辑)和遮罩层。

1.2.3　什么是元件和实例

在动画的设计与制作过程中，需要各种图、文、声、像等多媒体元素，在 Flash 中可以称之为对象，对应于影片中的演员和角色，又分别称之为元件和实例。这里再给它们下一个明确的定义，元件(符号)是指可重复使用的图像、动画或按钮，实例是指元件在舞台上的出现形式。元件存放在库中，库也就相当于影片中的演员表，库中的元件可以拖拽到舞台上，变成实例，也可以双击对元件进行编辑和修改，元件的变化会影响到所有相应的实例，但对实例的修改却不会反馈给元件。

1.2.4　什么是场景

场景在 Flash 动画中相当于一场或者是一幕，主要是用来组织动画。例如，可以使用单独的场景用于简介、出现的消息以及片头片尾字幕。

使用场景类似于使用几个 SWF 文件一起创建一个较大的动画文件。每个场景都有一个【时间轴】面板。当播放头到达一个场景的最后一帧时，播放头将前进到下一个场景。发布 SWF 文件时，每个场景的【时间轴】面板会合并为 SWF 文件中的一个【时间轴】面板。将该 SWF 文件编译后，其行为方式与使用一个场景创建的 FLA 文件相同。

1.3　Flash 的软件特色

Flash 已经逐渐成为动画设计领域的主流软件，它集矢量图编辑和动画制作于一体，能够将矢量图、位图、音频、视频、动画等多种媒体结合起来，制作出美观新奇、交互灵活的各种动画效果。它以其简单易学、操作便捷及适用性强等特点，深受广大用户的好评，被广泛应用于网络、多媒体、影视、游戏等众多领域。Flash 在动画制作方面有很多技术上的优势，软件特色主要表现在以下几个方面。

1.3.1　Flash 矢量的图形系统

首先来明确两个概念，矢量和位图。矢量图形使用称作矢量的直线和曲线描述图像，矢量也包括颜色和位置属性。位图图形使用称作像素的排列在网格内的彩色点来描述图像。

举个简单的例子，如果在 Photoshop 中画一个红色的实心圆，计算机记录圆的每一个点的坐标和颜色值，然后用类似于表格的排列顺序把数据写到一个文件里，这一文件就称为位图文件，而用 Flash 画一个同样的圆，Flash 记录的将是圆的圆心、半径和圆的公式以及颜色生成的方法，称为矢量文件，显然，使用矢量文件比位图文件的体积会小很多倍，并且矢量图形可以无限放大却不影响质量。例如，如图 1-5 所示的树叶图像可以由创建树叶轮廓的线条所经过的点来描述，树叶的颜色由轮廓的颜色和轮廓所包围区域的颜色决定。在编辑矢量图形时，既可以修改描述图形形状的线条和曲线的属性，又可以对矢量图形进行移动、调整大小、改变形状以及更改颜色的操作而不更改其外观品质。矢量图形与分辨率无关。也就是说，它们可以显示在各种分辨率的输出设备上，而丝毫不影响品质。位图图形则不同，例如，如图 1-6 所示相同的树叶图像，位图图像则由网格中每个像素的特定位置和颜色值来描述，这是用非常类似于镶嵌的方式来创建图像。图 1-5 是矢量图，而图 1-6 是位图，可以清楚看到矢量制作的图形在放大以后没有发生任何失真，但由位图构成的树叶放大后就模糊不清了。而位图由于每一个点都是唯一确定的，每多一个或少一个点都无法保证其精确性，放大时会出现非常明显的锯齿和马赛克，在缩小时会丢失部分数据。当然从另一方面考虑，位图比矢量图更加真实，色彩表现更细腻逼真。

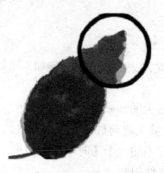

图 1-5　树叶图像(矢量图)

图 1-6　树叶图像(位图)

　　Flash 是建立在矢量的图形系统之上的，使用 Flash 创建的元素都是用矢量来描绘的，只要用少量的向量数据就可以描绘一个复杂的对象，而数据量只有传统的位图动画的几千分之一，非常便于在网上进行传输，而且无论用户的浏览器窗口如何变化，图像始终可以完全显示，并且不会降低画面质量，所以 Flash 能够在低文件数据率下实现较高质量的矢量图形和交互式动画。

1.3.2　Flash 的流(Stream)技术

　　通常，在观看一个大动画的时候，Flash 可以不必等到动画全部下载到本机上再观看，而是随时可以观看，即使后面的内容还没有完全下载到硬盘，也可以欣赏动画，与同体积大小的 GIF 动画相比，Flash 的观看速度要快的多。这种技术在很多网络媒体播放器中可以看到，比如 Real Player。这样就不必在漫长的等待之后才能看到动画效果，而是边欣赏边等待，在不知不觉中就看完了整个作品。

1.3.3　Flash 的插件(Plug-in)方式

　　Flash 动画必须在安装了 Shockwave Flash 插件的浏览器中才可以启动播放，插件只要安装一次就可以了，不必像 Java 那样每次都要启动虚拟机，而且 Netscape Navigator 4.0 和 IE5.0 中已经带有这个插件，不必再安装，直接拖动到浏览器中就可以播放。

1.3.4　Flash 的多媒体效果

　　Flash 可以集图、文、声、像等多种媒体于一身，提供了强大的绘图功能和声音编辑功能，Flash 5 之后还可以支持 MP3 格式的音乐文件，而且最主要的是 Flash 具有非常方便和强大的动画制作功能，这将是读者学习的重点。

1.3.5　Flash 的交互功能

　　Flash 中含有非常独特的 Action Script 语句，每个对象都可以有自己的事件响应，可以通过语言来控制动画，使动画更加丰富多彩。Action 还支持 Java Script 以及其他脚本语言程序的运行，并且保证多浏览器和多平台的兼容性。

1.4　Flash CS3 的新增功能

Flash CS3 在以前版本的基础上又增加了一些新功能，进一步提高了效率，主要体现在以下几个方面。

1.4.1　用户界面的更新

Flash CS3 的新界面强调与其他 Adobe Creative Suite 3 应用程序的一致性，并可以进行自定义以改进工作流和最大化工作区空间。所有 Adobe 软件都具有一致的外观可以帮助用户更容易地使用多个应用程序。

1.4.2　绘制功能的增强

在 Flash CS3 中，可以使用智能形状绘制工具以可视方式调整工作区上的形状属性，如矩形和椭圆的笔触或角半径等。并吸收了 Adobe Illustrator 的优点，增强了【钢笔工具】的功能，使创建的矢量图形精确度更高，而点却更少。

1.4.3　视频工具的丰富

Flash CS3 使用全面的视频支持，创建、编辑和部署流和渐进式下载的 Flash Video。使用独立的视频编码器、Alpha 通道支持、高质量视频编解码器、嵌入的提示点、视频导入支持、QuickTime 导入和字幕显示等等，确保获得最佳的视频体验。在 QuickTime 的导出功能上，使用高级 QuickTime 导出器，将在 SWF 文件中发布的内容渲染为 QuickTime 视频，导出包含嵌套的 MovieClip 的内容、ActionScript 生成的内容和运行时的效果（如投影和模糊）。

1.4.4　ActionScript 的改进

Flash CS3 的"脚本助手"模式得到更新，现在包含对 ActionScript 3.0 的支持。使用新的 ActionScript 3.0 语言可以节省时间，该语言具备了功能强大的新的 ActionScript 调试器，该调试器提供极好的灵活性和用户反馈以及与 Adobe Flex™ Builder™ 2 调试的一致性。

1.4.5　组织管理的加强

Flash CS3 使用 Adobe Bridge 组织并浏览 Flash 和其他创新资源，还可使用 Adobe Device Central 设计、预览和测试移动设备内容。

在 Flash CS3 中，能即时将时间线动画转换为可由开发人员轻松编辑、再次使用和利用的 ActionScript 3.0 代码。在使用 ActionScript 3.0 的 Flash 文档的【动作】面板或源文件（例如类文件）中，除了可以复制一个补间动画的属性以及将这些属性应用于其他对象之外，还可以复制在【时间轴】面板中将补间动画定义为 ActionScript 3.0 的属性，并将该动作应用于其他元件。不仅如此，还可以从一个实例向另一个实例复制和粘贴图形滤镜设置。除此之外，【位图元件库项目】对话框被放大了，以便提供更大的位图预览，通过彩色边框还可以更改特定类型元素的选择颜色，以便容易地标识每个元素。

1.4.6　Adobe Photoshop 和 Illustrator 的导入

在 Flash CS3 新版本中，可以将 Adobe Photoshop 的 PSD 源文件和 Adobe Illustrator 的 AI 文件直接导入到 Flash 文档中。不仅支持大多数 Photoshop 和 Illustrator 的数据类型，还提供一些导入选项，如图 1-7 所示，以便在 Flash 中编辑它们，并在导入过程中优化和自定义文件。

图 1-7　导入 Photoshop 的 PSD 源文件

1.5　安装、启动和关闭 Flash CS3

在了解了 Flash CS3 的新功能之后，来学习一下如何安装、启动和关闭 Flash CS3。

1.5.1　安装 Flash CS3

安装 Flash CS3 的具体操作步骤如下：

（1）双击 Flash CS3 安装盘或下载目录中的【Setup.exe】文件，如图 1-8 所示，弹出【正在初始化 Adobe Flash CS3】对话框，如图 1-9 所示。

| 图 1-8　安装文件目录 | 图 1-9　【正在初始化 Adobe Flash CS3】对话框 |

（2）不要单击【取消】按钮，待初始化完毕后将自动弹出【Adobe Flash CS3 安装程序：许可协议】对话框，如图 1-10 所示。

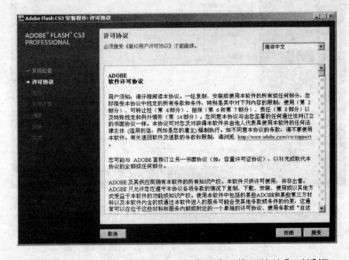

图 1-10　【Adobe Flash CS3 安装程序：许可协议】对话框

（3）保持【简体中文】选项的选择，单击【接受】按钮，弹出【Adobe Flash CS3 安装程序：选项】对话框，如图 1-11 所示。

图 1-11　【Adobe Flash CS3 安装程序：选项】对话框

在如图 1-11 所示的对话框中也可以根据本机情况有选择地进行组件的安装，一般选择默认设置即可。

（4）单击【下一步】按钮，弹出【Adobe Flash CS3 安装程序：安装位置】对话框，如图 1-12 所示。

图 1-12　【Adobe Flash CS3 安装程序：安装位置】对话框

（5）单击【下一步】按钮，弹出【Adobe Flash CS3 安装程序：摘要】对话框，如图 1-13 所示。

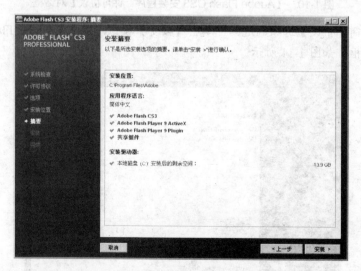

图 1-13　【Adobe Flash CS3 安装程序：摘要】对话框

（6）单击【安装】按钮，弹出【Adobe Flash CS3 安装程序：安装】对话框，如图 1-14 所示，在这里将显示安装进度，一直等待其自动弹出【完成】对话框，如图 1-15 所示。

注意

如果单击【取消】按钮将取消整个安装过程。

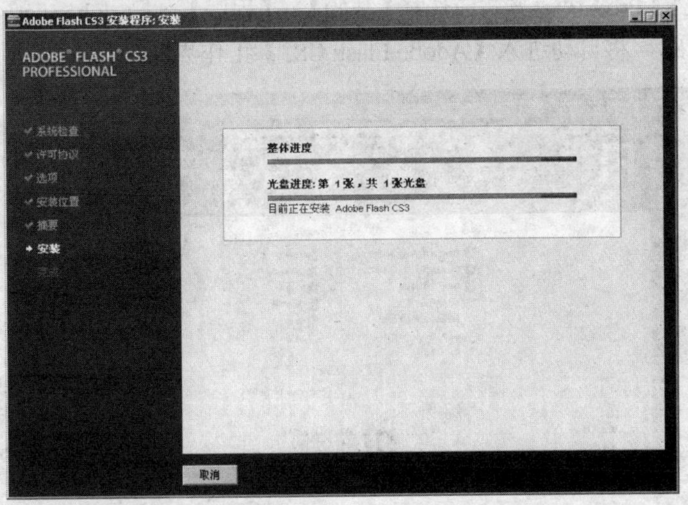

图 1-14 【Adobe Flash CS3 安装程序：安装】对话框

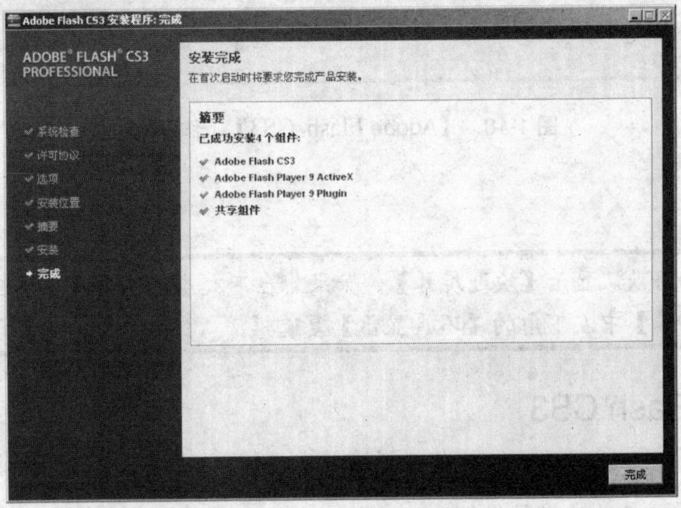

图 1-15 【Adobe Flash CS3 安装程序：完成】对话框

(7) 单击【完成】按钮即可完成 Adobe Flash CS3 的安装过程。

1.5.2 启动 Flash CS3

Adobe Flash CS3 安装完毕以后会在桌面和【开始】菜单程序项中自动生成启动快捷方式，如图 1-16 和图 1-17 所示。

图 1-16 【桌面】快捷方式　　　　　　图 1-17 【开始】菜单快捷方式

双击【Flash CS3 Pro】快捷方式或选择【开始】→【程序】→【Adobe Flash CS3 Professional】选项启动 Flash CS3，将自动进入【Adobe Flash CS3】工作界面，如图 1-18 所示。

图 1-18 【Adobe Flash CS3】工作界面

　　首次启动将默认显示【欢迎屏幕】。如果想在下次启动不出现【欢迎屏幕】，可勾选【欢迎屏幕】中左下角的【不再显示】复选框。

1.5.3　关闭 Flash CS3

关闭 Flash CS3 和其他软件一样，下列操作中任选一种方式即可。
- 单击图 1-18 中右上角的按钮 ✕ 。
- 在菜单栏中选择【文件】→【退出】命令。
- 直接按<Ctrl>+<Q>键。

　　如果在关闭程序时，程序中有未保存的动画文档，系统将提示保存。

1.6　Flash CS3 的工作界面

Flash CS3 的工作界面非常简洁，大致由标题栏、菜单栏、工具箱、【时间轴】面板、工作区、【属性】面板、面板组和符号库等部分组成，如图 1-19 所示。

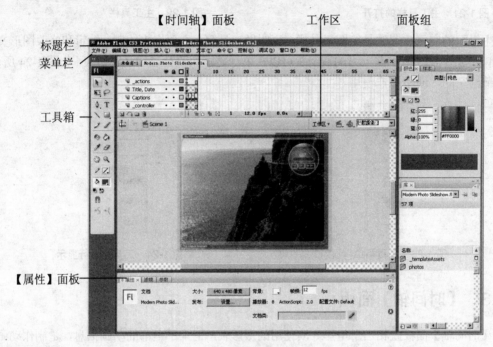

图 1-19　【Flash CS3】工作界面

1.6.1　菜单栏

Flash CS3 的菜单栏由 11 个菜单组成，分别是【文件】、【编辑】、【视图】、【插入】、【修改】、【文本】、【命令】、【控制】、【调试】、【窗口】和【帮助】，汇集了 Flash CS3 的所有命令，如图 1-20 所示。

```
文件(F)   编辑(E)   视图(V)   插入(I)   修改(M)   文本(T)   命令(C)   控制(O)   调试(D)   窗口(W)   帮助(H)
```

图 1-20　【Flash CS3】菜单栏

1.6.2　工具栏

在菜单栏中选择【窗口】→【工具栏】→【主工具栏】命令，如图 1-21 所示，即可打开主工具栏，其位于菜单栏下方，如图 1-22 所示，主工具栏中列举了 Flash CS3 常用的工具命令，比如【新建】、【保存】、【复制】、【粘贴】、【旋转】、【对齐】等。

计
算
机
职
业
培
训
丛
书

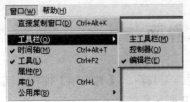

图 1-21　主工具栏的打开

图 1-22　主工具栏

　　主界面的左侧放置的是绘图工具栏，也叫做工具箱，主要用来绘制、编辑和修改图形文字等。单击如图 1-23 所示左上方的双箭头可以在单行显示和双行显示之间切换，如图 1-24 所示，从而节约空间，便于用户使用。

图 1-23　工具箱单行显示

图 1-24　工具箱双行显示

1.6.3　【时间轴】面板

　　【时间轴】面板就相当于电影导演使用的摄影表，记录了全部的动画信息，是制作动画流程最重要的手段，它是基于时间组织和控制动画内容，包含两个基本元素——层和帧，如图 1-25 所示。这里的层和图形图像处理软件中层的概念是一样的，都是透明的，Flash CS3 将时间长度分成多个帧，在空间上分成多个层，使用层可以设定动画在排列上的前后顺序，使用帧可以设定动画在时间上出现的前后顺序。

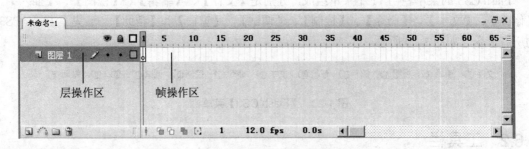

图 1-25　【时间轴】面板

1.6.4　工作区

　　在界面的正中央有一个白色的矩形，这就是工作区，如图 1-26 所示。在矩形外是灰色的区域，把这个灰色区域可以看作是工作的桌面，而白色区域则是即将制作出作品的白纸，所以在播放动画时只有在白色区域中的内容会显示出来，也就是通常所说的舞台或场景，每增加一个场景也就相当于增加了影片的一集或者一幕。

图 1-26　工作区

1.6.5　【属性】面板

【属性】面板位于界面的正下方，显示工具或对象最常用的设置和功能，在默认情况下显示的是动画文档的属性，如图 1-27 所示。

图 1-27　【属性】面板默认状态

【属性】面板的内容根据选择的不同而不断发生变化，例如选择工具箱的线条工具，在【属性】面板中显示的就是直线的基本属性，如图 1-28 所示。可以在其中设定直线的颜色、粗细、类型等属性。如果选择的是一个实例，则显示的是不同类型实例的属性，如图 1-29 显示的是按钮的属性，可以设置按钮的类型和颜色属性，还可以给实例命名。如果选择的是一个有声音的关键帧，【属性】面板如图 1-30 所示，可以在其中设置与该关键帧相邻的关键帧之间的动画补间类型、声音及效果等属性，并可以定义帧标签。

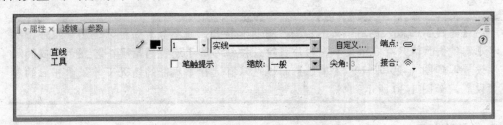

图 1-28　【线条工具】的【属性】面板

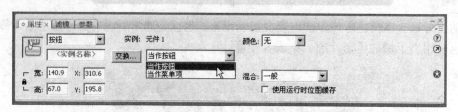

图 1-29　【按钮】的【属性】面板

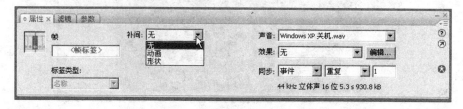

图 1-30　【帧】的【属性】面板

　　【属性】面板使用起来非常方便，不必再访问许多其他的窗口、面板和对话框，而且也节约了屏幕的空间。与【属性】面板并列的还有【滤镜】面板和【参数】面板，如图 1-31 和图 1-32 所示。

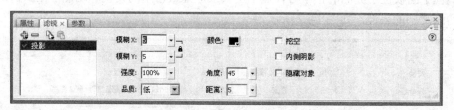

图 1-31　【滤镜】面板

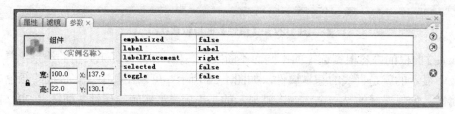

图 1-32　【参数】面板

 注意

　　　　【滤镜】面板只适用于文本、影片剪辑和按钮，【参数】面板只适用于组件，所以【滤镜】面板只有在给文本、影片剪辑或按钮添加了滤镜的情况下才显示相应的属性设置，如图 1-29 所示；【属性】面板也只有选择了元件的情况下才显示相应的参数设置，如图 1-30 所示。

1.6.6　面板组

　　在界面的右侧放置的是面板组，默认情况下如图 1-33 所示，开启的是【颜色】面板和【库】

面板。在【颜色】面板中可以进行颜色的设定和调整。【库】面板存储可重复使用的名为元件的元素，也有的书中叫做符号，【库】面板就如同影片中的演员表，有文本、图形、声音等演员，登上舞台之后就变成了角色，每个演员可以扮演多个角色，在 Flash CS3 中称之为实例。单击【库】面板右上角的最大化按钮■，即可开启【库】面板，如图 1-34 所示。

图 1-33 常用面板组

图 1-34 开启的【库】面板

 提示

在图 1-34 的【库】面板中，不同类型的元件前面标示的图标是不一样的。

在【库】面板中可以浏览、选择和管理各种类型的元件，编辑元件的基本操作可分为以下几类。

1. 重命名元件

在【库】面板中双击元件的名称，名称的位置变为文本框状态，在其中输入所需要的名字即可，也可以右击元件，在弹出的快捷菜单中选择【重命名】命令。

2. 添加元件

单击【库】面板左下角的【新建元件】按钮■，弹出【创建新元件】对话框，在其中可以设置新元件的属性。

3. 编辑元件

双击需要编辑的元件左侧的元件类型图标，可以进入元件的编辑状态。

4. 预览元件

单击选择元件，在元件预览窗口中可以查看元件的效果，对于动态的元件，可以单击右上

角的播放按钮 ▶ 进行浏览，如图 1-35 所示。

图 1-35　预览元件

5. 删除元件

选择要删除的元件，单击【库】面板左下角的【删除】按钮🗑，即可删除元件。

1.7　制作第一个 Flash 动画

制作 Flash 动画的方法有很多，但大体上都遵循一个基本的制作流程，下面以一个如图 1-36 所示简单的滚动图像动画为例讲解动画制作的具体步骤，本实例的最终效果文件见"实例"（Demo\ch1\1-1.fla），所用素材见"实例"（Demo\image\装备.jpg）。制作过程中不明白创作动画的原理也没关系，可以先把整个的流程熟记于心，再在后续的学习中把握规律，熟悉技巧。

图 1-36　滚动的图像

1.7.1　新建、定义文档

制作 Flash 动画的第一步是创建新的动画文档并定义属性，具体操作步骤如下。

（1）创建新的动画文档方法有三种。首先，在菜单栏中选择【文件】→【新建】命令，其次可以按下对应的快捷键<Ctrl>+<N>，或者在单击工具栏中的▯按钮，都可以打开一个新的动画文档，开始动画的制作。

（2）新建动画文档之后，一般要调整动画的文档属性。可以使用【属性】面板来指定整个影片的设置，包括动画舞台的尺寸大小、背景颜色的设定以及播放速率等参数。单击【大小】右侧的按钮，弹出【文档属性】对话框，如图 1-37 所示，可以给此动画设定【标题】；简单描述其内容；输入【尺寸】大小为 "400*300"（最小设定是 18*18，最大是 2880*2880）；并单击【背景颜色】右下角的小三角，从调色板中选取需要的背景颜色，这里设置为淡黄色；【帧频】控制的是动画播放的速度，以每秒播放的帧数(fps)为单位，默认为每秒播放 12 帧(一般这个值设为 8～20 之间)；最后一项是规定【标尺单位】，可以选择【英寸】、【点】、【厘米】、【毫米】与【像素】等不同单位，一般使用默认的【像素】即可。

图 1-37　【文档属性】对话框

设定完文档属性后单击【确定】按钮，一般情况下要在工作区右上角的百分比显示区下拉列表框中选择【显示全部】选项，这样舞台就以最合适的大小显示在工作区的中央，便于进行动画的创作。

1.7.2　创建、导入素材

下一步就是要创建和导入动画演员了，在 Flash 中称之为元件。具体操作步骤如下。

（1）在菜单栏中选择【文件】→【导入】→【导入到舞台】命令，或按快捷键<Ctrl>+<R>，可以从本机上选择图片、音乐等各种类型的文件导入到舞台上，弹出如图 1-38 所示的【导入】对话框，选择图像文件，单击【打开】按钮。

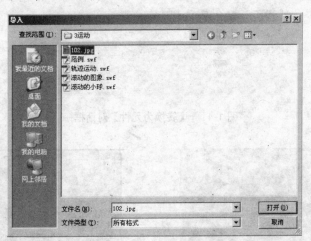

图 1-38　导入图像文件

（2）单击工具箱中的【任意变形工具】按钮，按住<Shift>键拖动手柄，将其等比例缩放至合适的大小，如图 1-39 所示。

（3）单击工具箱中的【矩形工具】按钮，在其【属性】面板中设定边框为黑色，填充颜

19

色为无色，边框粗细为"3"像素，在图像周围绘制一个黑色边框，如图 1-40 所示。

图 1-39　缩放图像　　　　　　　　　图 1-40　给图像加边框

在绘制矩形的时候，当鼠标移动到图像周围时，会自动吸附沿图像边缘绘制一个
与图像大小相适应的矩形。

（4）单击工具箱中的【选择工具】按钮，框选图像和边框，或者单击图层 1 的名称，将
图像和边框全部选中，在菜单栏中选择【修改】→【转换为元件】命令，或按下快捷键<F8>，
将图像转换为元件，弹出如图 1-41 所示的【转换为元件】对话框，可以在【名称】文本框中
输入元件名，在【类型】选项区中点选【图形】单选钮，将位图转换成图形元件，转换前后图
像的显示方式发生了变化，如图 1-42 所示。

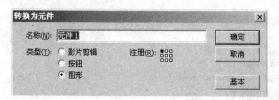

图 1-41　【转换为元件】对话框

图 1-42　转换为元件前后的图像显示方式

提示

这时【库】面板中有两个演员，如图 1-43 所示，它们分别是位图图像和图形元件，虽然它们都是导入的图像，但标识图标不同，只有转换为图形的元件才能进行运动动画，也就是说要进行运动动画的设定，先要将图像转换为元件。

图 1-43　库面板中的两个演员

1.7.3　设置、修改动画

现在要对图形进行动画的设定，制作一个图像运动的动画。具体操作步骤如下。

(1) 现在【时间轴】面板上图层 1 的第一帧放置的是图像，单击【时间轴】面板中图层 1 的第 20 帧，按<F6>键，或右击并在弹出的快捷菜单中选择【插入关键帧】命令，如图 1-44 所示。

(2) 单击工具箱中的【选择工具】按钮，将图像移动到另一个位置上，比如从左上角移动到右下角。

(3) 右击中间线中的任意一帧，在弹出的快捷菜单中选择【创建补间动画】命令，Flash CS3 将自动生成中间的运动过程，【时间轴】面板将出现如图 1-45 所示的变化，中间出现箭头，中间帧变为蓝紫色。

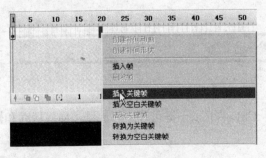

图 1-44　插入关键帧

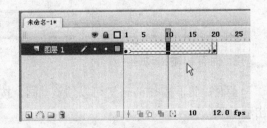

图 1-45　【时间轴】面板的动画显示

(4) 动画效果设定完后，可以对动画进行预览和测试。预览动画的方法是直接在工作区按<Enter>键，将可以看到图像从一个位置移动到另一个位置，最简单的动画制作好了。这时，可以按<Ctrl>+<Enter>键测试动画。

提示

> 如果【时间轴】面板不是实箭头，而出现虚线，则表明动画出现错误，原因一般有两种，第一种是运动的物体不是元件，第二种可能是运动前后不是同一个元件。

1.7.4　合成、输出作品

1. 控制动画的播放

测试动画时动画会循环播放，如果想对动画进行控制，就要对动画进行交互的设定。具体操作步骤如下。

选中【时间轴】面板的最后一帧，在菜单栏中选择【窗口】→【动作】命令，打开【动作】面板，在脚本区输入"stop();"语句，为最后一帧添加一个停止的指令，如图 1-46 所示。这时，再测试动画，动画就会停在最后一帧。

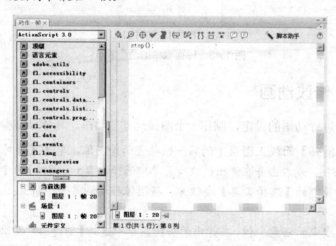

图 1-46　在【动作】面板中输入停止指令

 注意

> 脚本输入时一定要确认在英文状态下输入。

2. 保存和输出动画

上面提到了按<Enter>键可以预览动画，按<Ctrl>+<Enter>键可以进行测试，如何保存和输出动画呢？

保存和输出动画的方法如下。

（1）在菜单栏中选择【文件】→【保存】命令，弹出【另存为】对话框，可以把动画保存为一个可以继续在 Flash CS3 中进行修改的"*.fla"的源文件，可以命名为实例"1-1.fla"。

（2）在菜单栏中选择【文件】→【另存为】命令，可以保存为 Flash 8 的文件，这样就可以在 Flash 的以前版本 Flash 8 中进行编辑和修改，解决了向下兼容的问题。

（3）在菜单栏中选择【文件】→【导出】→【导出影片】命令，可以导出一个"*.swf"的文件，双击这个文件可以在 Flash 的播放器中播放，如图 1-47 所示。

提示

> 在保存动画之后，再按<Ctrl>+<Enter>键进行测试，不用导出影片，也会自动在同一目录下生成一个同名的 swf 文件。

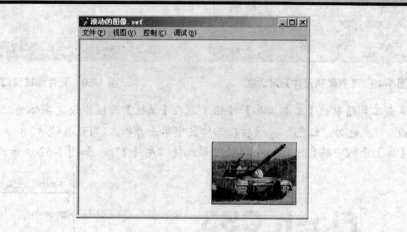

图 1-47　Flash 播放器

至此整个动画就制作完了，当然也可以加入声音、文本等，使内容更加丰富，但基本的工作流程就是这样。

1.8 上机实训

1. 实训目的

下面以一个简单的文字运动动画为例进一步熟悉 Flash 动画的制作流程，如图 1-48 所示，文字的运动过程中还伴随着放大缩小和淡入淡出的动画效果，从而进一步学习关键帧的设定和任意变形工具的使用方法，并了解实例颜色属性的编辑方法。本实训的最终效果文件见"实例"（Demo\ch1\1-2.fla）。

Flash CS3　　　　　　　Flash CS3

图 1-48　放大淡入的文字动画

2. 实训步骤

（1）新建一个 Flash 动画文档，设定文档属性中的【背景】颜色为黑色，在工作区右上角的下拉列表框中选择【显示全部】选项。

（2）在菜单栏中选择【插入】→【新建元件】命令，将弹出如图 1-49 所示的【创建新元件】对话框，不做任何改动，意味着建立了一个名为元件 1 的图形类型的元件。单击【确定】按钮后，如图 1-50 所示，Flash CS3 进入到元件的编辑窗口。

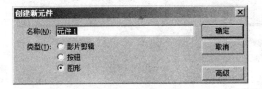

图 1-49　【创建新元件】对话框　　　　图 1-50　元件编辑窗口

（3）单击工具箱中的【文本工具】按钮 T，在【属性】面板中设定字体为 "Arial Black"，大小为 "60"，颜色为 "红色"，然后在工作区中单击并输入 "Flash CS3"，如图 1-51 所示。这时，在【库】面板中将会出现一个新的图形元件 "元件 1"，如图 1-52 所示。

图 1-51　创建新的文字元件　　　　图 1-52　【库】面板中的元件 1

（4）元件创建好之后，要将这个元件插入到场景中，演员进入场景之后就称之为角色，在 Flash 中称为实例。单击如图 1-53 所示的鼠标位置　场景 1，回到场景中。

（5）从【库】面板中将 "元件 1" 拖动到舞台上，如图 1-54 所示，这时就可以对实例进行动画的设置了。

（6）单击【时间轴】面板中图层 1 的第 20 帧，按下<F6>键，或右击并在弹出的快捷菜单中选择【插入关键帧】命令。

（7）右击中间线中的任意一帧，并在弹出的快捷菜单中选择【创建补间动画】命令，Flash CS3 将自动生成中间的运动过程，【时间轴】面板如图 1-55 所示。

（8）选中【时间轴】面板图层 1 的第 1 帧，单击工具箱中的【任意变形工具】按钮，文本的四周就会出现一个矩形框，拖动矩形框上的八个手柄可以放大、缩小、旋转和斜切图形，如图 1-56 所示。

（9）按下<Enter>键预览动画，可以看到文字由小变大地移动到了第 20 帧的位置上。

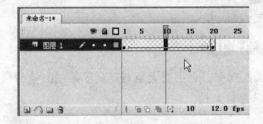

图 1-53　回到场景中

图 1-54　将元件拖动到舞台上

图 1-55　【时间轴】面板的动画显示

图 1-56　将文字放大或缩小

 提示

在放大缩小过程中，按住<Shift>键再拖动手柄，可以等比例进行缩放。

注意

如果由小变大的过程是在最后一帧突变的，那么请选择【时间轴】面板上的任意一帧，在【属性】面板的【帧】属性中勾选【缩放】复选框，如图 1-57 所示。

图 1-57　勾选【缩放】复选框

（10）选中【时间轴】面板图层 1 的第 1 帧，再在工作区中的文字上单击一下，这时【属性】面板就由【帧】的属性转换为【图形】实例的属性，如图 1-58 所示。

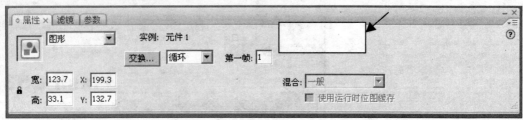

图 1-58　【图形】实例的【属性】面板

（11）在【颜色】下拉列表框中选择【Alpha】选项，也就是图形的透明属性，如图 1-59 所示，并在其后的文本框中将 Alpha 值设定为 "0%"（完全透明）。

图 1-59　选中【Alpha】透明属性

（12）按<Enter>键预览动画，可以看到文字从无到有、由小变大地移动到了第 20 帧的位置上。在菜单栏中选择【文件】→【保存】命令保存该文件。

3. 实训总结

本实训进一步介绍了使用工具箱中任意变形工具进行放大缩小的方法，在关键帧上对角色进行操作，可以记录成动画，从而不断地对动画进行编辑和修改。本实训还介绍了实例颜色属性的设定方法，Alpha 透明度从 0%～100%，图形则从透明到不透明，即从无到有。通过透明度的变化，就可以设定图形淡入淡出的动画效果。

1.9　习　　题

1. 填空题

（1）Flash 具有_____、_____播放、强大的_____和丰富的_____等特点，并且易学易用，赋予网页设计与制作以更多的创意空间。

（2）在 Flash CS3 新版本中，可以将 Adobe Photoshop 的_____源文件和 Adobe Illustrator 的_____文件直接导入到 Flash 文档中。

（3）【时间轴】面板包含_____和_____两个基本元素，使用_____可以设定时间上的先后顺序，使用_____可以设定空间上的前后顺序。

（4）帧频控制的是动画播放的_____，以_____为单位，缩写为_____。

2. 选择题

（1）Flash CS3 如今是哪个公司的产品？

A. Adobe   B. Macromedia

  C. Microsoft   D. Discreet

(2) 第一次启动 Flash CS3 时，屏幕上显示的默认工具栏是_____。

  A. 主工具栏   B. 任务栏

  C. 绘图工具箱   D. 时间控制器

(3) Flash CS3 的源文件的后缀名是_____。

  A. exe   B. fla   C. swf   D. htm

(4) 按下_____ 键，可以对动画进行测试。

  A. <Ctrl>   B. <Ctrl>+<Shift>

  C. <Shift>+<Enter>   D. <Ctrl>+<Enter>

(5) 在实例的颜色属性中，_____是实例的透明度属性。

  A. 亮度   B. 色调   C. Alpha   D. 饱和度

3. 问答题

(1) Flash CS3 增加了哪些新功能？

(2) Flash CS3 的界面由哪几部分组成？分别有什么作用？

(3) 简述设计与制作 Flash 动画的基本流程。

(4) 制作运动动画应注意哪些问题？

4. 操作题

(1) 导入一张图片，制作一个图片由外部进入的动画。

(2) 新建一个元件，输入文字"新年快乐"，并制作一个文字旋转出场和淡入淡出的动画效果。

第2章 Flash CS3 绘制工具

【教学目标】

Flash 具有强大的绘图功能，尤其是在 Flash CS3 中，对绘制工具进行了进一步的改进和完善，使用起来更加方便。通过本章的学习，使读者掌握工具箱中各种工具的使用方法，了解绘制图形、编辑修改图形的基本方法，能够灵活运用工具箱中的工具绘制各种图形和场景，并能对各种图形进行修改处理，为动画制作提供演员储备。

【本章要点】

◆ 认识工具箱
◆ 绘制图形
◆ 填充图形
◆ 使用选择工具
◆ 编辑图形
◆ 修改形状
◆ 使用钢笔工具
◆ 分割和组合

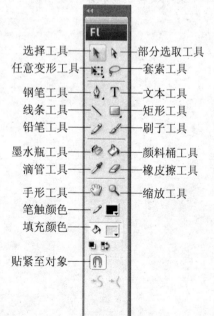

选择工具——部分选取工具
任意变形工具——套索工具
钢笔工具——文本工具
线条工具——矩形工具
铅笔工具——刷子工具
墨水瓶工具——颜料桶工具
滴管工具——橡皮擦工具
手形工具——缩放工具
笔触颜色
填充颜色

贴紧至对象

图 2-1　工具箱

2.1　认识工具箱

用 Flash 绘制的矢量图形，数据量小，放大后不会失真。Flash 具有强大的绘图功能，尤其是在 Flash CS3 中，对绘制工具进行了进一步的改进和完善，使用起来更加方便。绘制工具主要集中在工具箱中，工具箱中显示 16 种工具，分为选择工具类、绘图工具类、视图工具类、色彩面板和附属选项，如图 2-1 所示。

2.2　绘制形状

Flash CS3 拥有自己独特的绘图工具，可以绘制各种形状，下面分别来学习它们的使用方法。

2.2.1 铅笔工具

使用工具箱中的【铅笔工具】可以绘制线条和形状，绘画的方式与使用真实铅笔大致相同。若要在绘画时平滑或伸直线条和形状，可以为【铅笔工具】选择一种绘制模式。具体操作步骤如下。

(1) 单击【铅笔工具】按钮 ✎，在工具箱下方的选项区，选择一种绘制模式。

● 【直线化】⌐——绘制直线，并将接近三角形、椭圆、圆形、矩形和正方形的形状转换为这些常见的几何形状。

● 【平滑】⌐——绘制平滑曲线。

● 【墨水】⌐——绘制不用修改的手画线条。

各选项的绘制效果如图 2-2 所示。

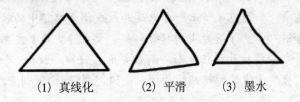

(1) 真线化　(2) 平滑　(3) 墨水

图 2-2　【铅笔工具】三种绘制模式

(2) 在【属性】面板中可以选择笔触颜色、线条粗细和样式，如图 2-3 所示。在【笔触样式】下拉列表框中可以选择虚线、斑马线等线条样式，如图 2-4 所示。还可以单击【自定义】按钮，在弹出的【笔触样式】对话框中进行调整，如图 2-5 所示。

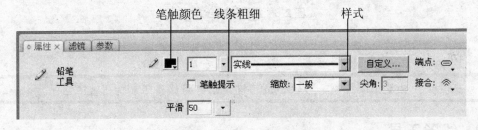

图 2-3　【铅笔工具】属性

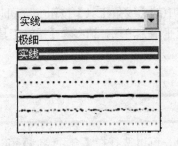

图 2-4　【笔触样式】下拉列表框

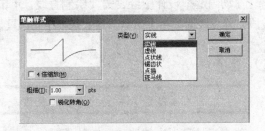

图 2-5　【笔触样式】对话框

(3) 勾选【属性】面板中的【笔触提示】复选框，可在全像素下调整直线锚记点和曲线锚记点，防止出现模糊的垂直或水平线。

（4）用【平滑】滑块指定 Flash 对所绘线条进行平滑的程度。在默认情况下，"平滑"值设置为 50，但可以指定一个介于 0~100 之间的值。平滑值越大，所得线条就越平滑。

 注意

> 绘制模式设为【直线化】或【墨水】时，禁用【平滑】滑块。

（5）若要设定路径终点的样式，则应选择一个【端点】选项。

- 【无】——对齐路径终点。
- 【圆角】——添加一个超出路径端点半个笔触宽度的圆头端点。
- 【方形】——添加一个超出路径半个笔触宽度的方头端点。

（6）若要定义两个路径片段的相接方式，则应选择一个【接合】选项，有【尖角】、【圆角】和【斜角】3 个选项，如图 2-6 所示。要更改开放或闭合路径中的转角，要先选择一个路径，再选择另一个接合选项。为了避免尖角接合倾斜，要在【尖角】文本框中输入一个尖角限制，超过这个值的线条部分将被切成正方形，而非尖角。例如，如果一个 3 磅笔触的尖角限制为 2，则意味着当该点长度是该笔触粗细的两倍时，Flash 将删除限制点。

(a) 尖角   (b) 圆角   (c) 斜角

图 2-6 路径的接合方式

 提示

> 若要使用铅笔工具绘制，按住<Shift>键拖动可将线条限制为垂直或水平方向。

2.2.2 线条工具

在动画造型设计中经常需要绘制直线，单击工具箱中的【线条工具】按钮 ，可以绘制直线段，其属性调整与【铅笔工具】基本相同，只是没有【平滑】滑块，请参考【铅笔工具】属性。

 注意

> 无法为【线条工具】设置填充属性。

单击工具箱下方的选项区中的【对象绘制】按钮 ，可以选择在【合并绘制】和【绘制对象】模式之间转换。单击【对象绘制】按钮时，线条工具处于对象绘制模式。在要绘制的线条起始处单击，并将鼠标拖动到线条的结束处单击即可。若要将线条的角度限制为 45°的倍数，可以按住<Shift>键再拖动。

2.2.3 矩形工具

使用工具箱可以创建基本几何形状，单击工具箱中【矩形工具】按钮■右下角的小三角，出现如图 2-7 所示的下拉列表。

图 2-7 基本几何图形

1. 矩形和椭圆

选择【矩形工具】和【椭圆工具】，可以在【属性】面板中设定笔触和填充并指定圆角，如图 2-8 所示，其他参数设定参考【铅笔工具】属性。

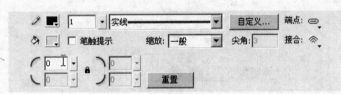

图 2-8 【属性】面板

除了选项中的【合并绘制】和【对象绘制】模式以外，【椭圆工具】和【矩形工具】还提供了图元对象绘制模式。使用图元矩形工具或图元椭圆工具创建矩形或椭圆时，不同于使用对象绘制模式创建的形状，Flash 将形状绘制为独立的对象。图元形状工具可使用【属性】面板中的控件，指定矩形的【边角半径】以及椭圆的【开始角度】、【结束角度】和【内径】。创建图元形状后，可以选择舞台上的形状，然后调整【属性】面板中的控件来更改半径和尺寸。只要选中这两个图元对象绘制工具中的一个，【属性】面板就将保留上次编辑的图元对象的值。例如，修改一个矩形然后绘制另一个矩形时。

提 示

> 按住<Shift>键，同时拖动鼠标，可以绘制一个正方形或正圆。

2. 多边形和星形

选择【多角星形工具】可以创建多边形或星形。

在【属性】面板中可以修改笔触和填充属性，单击【选项】按钮，打开如图 2-9 所示的【工具设置】对话框，在【样式】下拉列表框中选择【多边形】或【星形】选项，在【边数】文本

框中输入一个 3～32 之间的数字，在【星形顶点大小】文本框中输入一个 0～1 之间的数字以指定星形顶点的深度，此数字越接近 0，创建的顶点就越深(像针一样)。如果是绘制多边形，应保持默认设置不变。

图 2-9　【工具设置】对话框

2.2.4　刷子工具

【刷子工具】是 Flash 进行绘图的主要工具，它绘制出的图形没有线条，而是作为填充颜色出现。【刷子工具】能绘制出刷子般的笔触，就像在涂色一样。它可以创建特殊效果，包括书法效果。

在选项区可以选择【刷子大小】和【刷子形状】、设定【刷子模式】等，如图 2-10 所示。

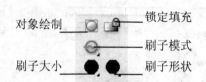

图 2-10　刷子选项

 注意

　　对于新笔触来说，刷子大小甚至在更改舞台的缩放比率级别时也保持不变，所以当舞台缩放比率降低时同一个刷子大小就会显得太大，即更改舞台的缩放比率并不更改现有刷子笔触的大小。例如，假设将舞台缩放比率设置为 100% 并使用刷子工具以最小的刷子大小涂色，然后将缩放比率更改为 50% 并用最小的刷子大小再画一次，则绘制的新笔触就比以前的笔触显得粗 50%。

【刷子模式】有 5 种，如图 2-11 所示。

- 【标准绘画】——普通填充模式，可对同一层的线条和填充涂色。绘制的图形会掩盖住原来的图形，如图 2-12 左上所示。
- 【颜料填充】——只更改填充区域，不会影响线条，如图 2-12 左中所示。
- 【后面绘画】——只填充空白区域，不会覆盖住原来的图形，如图 2-12 左下所示。
- 【颜料选择】——只填充选择的区域，如图 2-12 右上所示。
- 【内部绘画】——对刷子笔触开始时所在的填充区域进行涂色，但从不对线条涂色。如果在空白区域开始涂色，则填充不会影响任何现有填充区域。如图 2-12 右下所示。

图 2-11　【刷子模式】下拉列表　　　　　　　图 2-12　刷子 5 种模式效果

　　如果将 Wacom 压敏绘图板连接到计算机，可通过使用【刷子工具】的"压力"和"斜度"功能键，以及改变铁笔上的压力来改变刷子笔触的宽度和角度，线条会更丰富，富有变化，能绘制出各种手绘的效果，如图 2-13 所示。"压力"功能键在改变铁笔上的压力时改变刷子笔触的宽度。"斜度"功能键在改变铁笔在绘图板上的角度时改变刷子笔触的角度。"斜度"功能键测量铁笔的顶(橡皮擦)端和绘图板的顶(北)边之间的角度。例如，如果垂直于绘图板握住钢笔，则"斜度"为 90°。铁笔的橡皮擦功能完全支持"压力"和"斜度"功能键。

　　在使用【刷子工具】涂色时，还可以使用导入的位图作为填充，具体操作步骤如下。

　　(1) 单击【刷子工具】按钮，在【颜色】面板的填充【类型】下拉列表框中选择【位图】选项，如图 2-14 所示。

　　(2) 弹出【导入到库】对话框，导入一张位图作为填充，单击工具箱中的【锁定填充】按钮。

　　(3) 首先对要放置填充中心的区域进行涂色，然后移到其他区域，如图 2-15 所示。

图 2-13　用铁笔绘制的宽度　　　　图 2-14　【颜色】面板　　　　图 2-15　位图填充
　　　　　可变的刷子笔触

2.2.5　钢笔工具

　　若要绘制精确的路径(如直线或平滑流畅的曲线)，就要使用【钢笔工具】。使用【钢笔工具】绘画时，单击可以在直线段上创建点，拖动可以在曲线段上创建点。可以通过调整线条上的点来调整直线段和曲线段。将曲线转换为直线，将直线转换为曲线，并显示用其他 Flash 绘画工具(如【铅笔工具】、【刷子工具】、【线条工具】、【椭圆工具】或【矩形工具】)在线条上创建的点，可以调整这些线条。

单击【钢笔工具】按钮♦右下角的小三角，打开【钢笔工具】下拉列表，如图 2-16 所示。【钢笔工具】显示的不同指针反映其当前绘制状态各指针指示的绘制状态如下。

- 初始锚点指针♦×——选中【钢笔工具】后看到的第一个指针。指示下一次在舞台上单击鼠标时将创建初始锚点，它是新路径的开始(所有新路径都以初始锚点开始)；终止任何现有的绘画路径。

- 连续锚点指针♦——指示下一次单击鼠标时将创建一个锚点，并用一条直线与前一个锚点相连接。在创建所有用户定义的锚点(路径的初始锚点除外)时，显示此指针。

- 添加锚点指针♦+——指示下一次单击鼠标时将向现有路径添加一个锚点。若要添加锚点，必须选择路径，并且【钢笔工具】不能位于现有锚点的上方。根据其他锚点，重绘现有路径；一次只能添加一个锚点。

- 删除锚点指针♦-——指示下一次在现有路径上单击鼠标时将删除一个锚点。若要删除锚点，必须用选取工具选择路径，并且指针必须位于现有锚点的上方。根据删除的锚点，重绘现有路径；一次只能删除一个锚点。

- 连续路径指针♦——从现有锚点扩展新路径。若要激活此指针，鼠标必须位于路径上现有锚点的上方。仅在当前未绘制路径时，此指针才可用。锚点未必是路径的终端锚点；任何锚点都可以是连续路径的位置。

- 闭合路径指针♦。——在用户正绘制的路径的起始点处闭合路径。用户只能闭合当前正在绘制的路径，并且现有锚点必须是同一个路径的起始锚点。生成的路径没有将任何指定的填充颜色设置应用于封闭形状；单独应用填充颜色。

- 连接路径指针♦□——除了鼠标不能位于同一个路径的初始锚点上方外，与闭合路径工具基本相同。该指针必须位于唯一路径的任一端点上方。可能选中路径段，也可能不选中路径段。连接路径可能产生闭合形状，也可能不产生闭合形状。

- 回缩贝塞尔手柄指针♦ᐟ——当鼠标位于显示其贝塞尔手柄的锚点上方时显示。单击鼠标将回缩贝塞尔手柄，并使得穿过锚点的弯曲路径恢复为直线段。

- 转换锚点指针⌐——将不带方向线的转角点转换为带有独立方向线的转角点。若要启用转换锚点指针，可使用<Shift>+<C>功能键切换【钢笔工具】。

图 2-16　【钢笔工具】下拉列表

1. 绘制直线

使用【钢笔工具】可以绘制的最简单路径是直线，方法是通过单击【钢笔工具】创建两个锚点。继续单击可创建由转角点连接的直线段组成的路径。

2. 绘制曲线

若要创建曲线，在曲线改变方向的位置处添加锚点，并拖动构成曲线的方向线。方向线的长度和斜率决定了曲线的形状。在创建曲线时，应使用尽可能少的锚点拖动曲线，这样更容易编辑曲线并且系统可更快速显示和打印它们。使用过多点还会在曲线中造成不必要的凸起。可通过调整方向线长度和角度来绘制间隔宽的锚点和设计曲线形状。

下面以绘制如图 2-17 所示红色的箭头为例学习【钢笔工具】的使用方法。具体操作步骤如下。

（1）单击【钢笔工具】按钮 ，在舞台上单击建立第一个锚点。

（2）依照如图 2-18 所示的数字顺序在第 2 个点和第 3 个点上单击创建两条直线，在第 4 个点上单击并拖动鼠标创建曲线，在第 5 个点上单击，在第 6 个点上单击拖动，在第 7 个点上单击，在第 8 个点上单击拖动，再在第 1 个点重合处单击闭合线段。

（3）单击【颜料桶工具】按钮 ，将填充颜色设为红色，在绘制的箭头内部单击，将箭头填充为红色。

图 2-17　绘制箭头

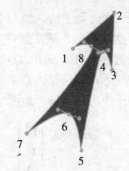

图 2-18　箭头的八个锚点

2.2.6　文本工具

单击【文本工具】按钮 T ，可以创建文本。在 Flash 中，可以创建 3 种类型的文本字段，即静态文本、动态文本和输入文本。在使用【文本工具】创建文本字段之后，可以使用【属性】面板指定文本字段的【文本类型】，并设置控制文本字段及其内容在 SWF 文件中的显示方式的值。【属性】面板中的【文本类型】下拉列表框如图 2-19 所示。

- 【静态文本】——显示不会动态更改字符的文本。
- 【动态文本】——显示动态更新的文本，如股票报价或天气预报。
- 【输入文本】——使用户可以在表单或调查表中输入文本。

图 2-19　【文本类型】列表框

创建【静态文本】时，可以将文本放在单独的一行中，该行会随着输入而扩展，也可以将文本放在定宽字段(适用于水平文本)或定高字段(适用于垂直文本)中，这些字段会自动扩展和折行。既可以创建水平文本(从左到右流向)，也可以创建静态垂直文本(从右到左流向或从左到右流向)。在创建【动态文本】或【输入文本】时，可以将文本放在单独的一行中，也可以创建定宽和定高的文本字段。

计算机职业培训丛书

Flash 在文本字段的一角显示一个手柄，用以标识该文本字段的类型。

- 对于扩展的静态水平文本——在该文本字段的右上角出现一个圆形手柄，如图 2-20(a)所示
- 对于具有固定宽度的静态水平文本——在该文本字段的右上角出现一个方形手柄，如图 2-20(b)所示。

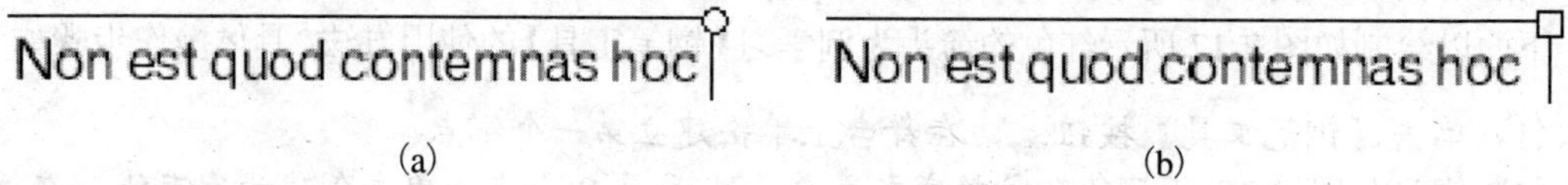

Non est quod contemnas hoc   Non est quod contemnas hoc

(a)   (b)

图 2-20　静态水平文本字段的手柄

- 对于文本流向为从右到左并且扩展的静态垂直文本——在该文本字段的左下角出现一个圆形手柄，如图 2-21(a)所示。
- 对于文本流向为从右到左并且高度固定的静态垂直文本——在该文本字段的左下角出现一个方形手柄，如图 2-21(b)所示。
- 对于文本流向为从左到右并且扩展的静态垂直文本——在该文本字段的右下角出现一个圆形手柄，如图 2-21(c)所示。
- 对于文本流向为从左到右并且高度固定的静态垂直文本——在该文本字段的右下角出现一个方形手柄，如图 2-21(d)所示。

N o n   N o n   N o n   N o n

(a)   (b)   (c)   (d)

图 2-21　静态垂直文本字段的手柄

- 对于扩展的动态或输入文本字段——在该文本字段的右下角出现一个圆形手柄，如图 2-22(a)所示。
- 对于具有定义的高度和宽度的动态或输入文本——在该文本字段的右下角出现一个方形手柄，如图 2-22(b)所示。
- 对于动态可滚动文本字段——圆形或方形手柄会变成实心黑块而不是空心手柄，如图 2-22(c)所示。

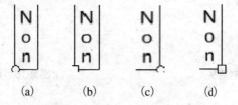

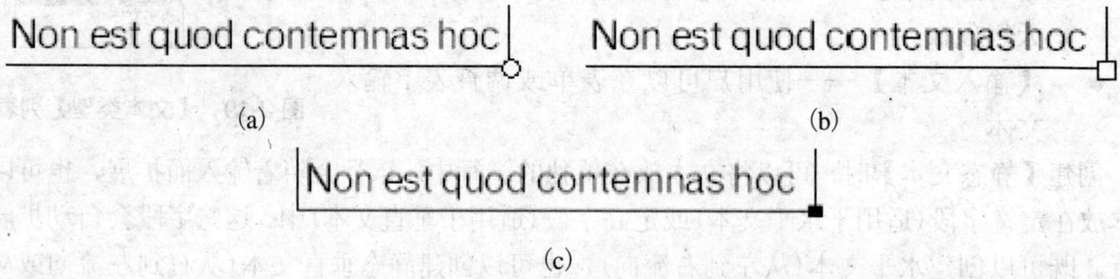

Non est quod contemnas hoc   Non est quod contemnas hoc

(a)   (b)

Non est quod contemnas hoc

(c)

图 2-22　动态或输入文本字段的手柄

提示

> 在按住<Shift>键的同时双击动态和输入文本字段的手柄，以创建在舞台上输入文本时不扩展的文本字段。这样就可以创建固定大小的文本字段，并用多于其可以显示的文本来填充它，从而创建滚动文本。

2.3　填 充 图 形

填充图形既包括填充颜色，也包括轮廓的填充，当填充渐变色时，还可以通过渐变变形工具对渐变色进行修改和编辑。

2.3.1　墨水瓶工具

若要更改线条或者形状轮廓的笔触颜色、宽度和样式，可使用【墨水瓶工具】 。对直线或形状轮廓只能应用纯色，而不能应用渐变或位图。使用【墨水瓶工具】而不是选择个别的线条，可以更容易地一次更改多个对象的笔触属性。若要应用对笔触的修改，则应单击舞台中的对象。在【属性】面板中可以选择【笔触样式】和【笔触高度】。

2.3.2　颜料桶工具

【颜料桶工具】 可以用颜色填充封闭区域。可以用此工具执行以下操作。

● 填充空区域，然后更改已涂色区域的颜色。
● 用纯色、渐变填充和位图填充进行涂色。
● 填充不完全闭合的区域。
● 让 Flash 闭合形状轮廓上的空隙。

若要调用【颜料桶工具】的填充模式选项，可单击工具箱下方选项区中的【空隙大小】按钮 右下角的小三角，打开下拉菜单，如图 2-23 所示。当图形中有空隙时，需要选择封闭空隙大小的选项进行填充，如图 2-24 所示。如果要在填充形状之前手动封闭空隙，应选择【不封闭空隙】。对于复杂的图形，手动封闭空隙会更快一些。

在【颜色】面板中可以设定颜色的类型和样式。

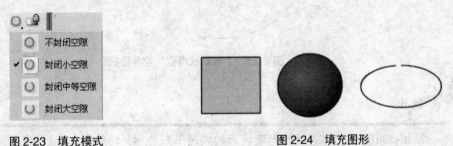

图 2-23　填充模式　　　　　　　　　　图 2-24　填充图形

2.3.3 滴管工具

用【滴管工具】可以从一个对象复制填充和笔触属性，然后立即将它们应用到其他对象。【滴管工具】还可以从位图图像取样用作填充。

若要将笔触或填充区域的属性应用到另一个笔触或填充区域，先单击【滴管工具】按钮，然后单击要应用其属性的笔触或填充区域。当单击一个笔触时，该工具自动变成【墨水瓶工具】。当单击已填充的区域时，该工具自动变成【颜料桶工具】，并且自动按下【锁定填充】按钮。单击其他笔触或已填充区域即可对其应用新属性。

2.3.4 渐变变形工具

通过调整填充的大小、方向或者中心，可以使渐变填充或位图填充变形。在工具箱中按住【任意变形工具】按钮，在下拉列表框中单击【渐变变形工具】按钮，单击用渐变或位图填充的区域。系统将显示一个带有编辑手柄的边框。当指针在这些手柄中的任何一个上面的时候，它会发生变化，显示该手柄的功能。

- 中心点——中心点手柄的变换图标是一个四向箭头。
- 焦点——仅在选择放射状渐变时才显示。焦点手柄的变换图标是一个倒三角形。
- 大小——大小手柄的变换图标(边框边缘中间的手柄图标)是内部有一个箭头的圆圈。
- 旋转——调整渐变的旋转。旋转手柄的变换图标(边框边缘底部的手柄图标)是组成一个圆形的四个箭头。
- 宽度——调整渐变的宽度。宽度手柄(方形手柄)的变换图标是一个双头箭头。

如图 2-25 所示为"放射状渐变"的示意图。

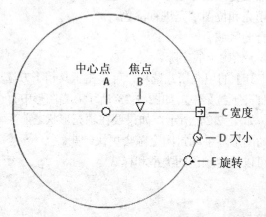

图 2-25 "放射状渐变"控件形状

 提示

按<Shift>键可以将线性渐变填充的方向限制为 45°的倍数。

用下面的任何方法都可以更改渐变或填充的形状。

- 改变填充的中心点位置——拖动渐变或位图填充的中心点,如图 2-26 所示。
- 更改填充的宽度——拖动渐变或位图填充的边框边上的方形手柄,如图 2-27 所示(此选项只调整填充的大小,而不调整包含该填充的对象的大小)。

图 2-26　拖动中心点　　　　　　　　　　图 2-27　调整宽度

- 更改填充的高度——拖动渐变或位图填充的边框底部的方形手柄,如图 2-28 所示。
- 旋转填充——拖动渐变或位图填充的角上的圆形旋转手柄,如图 2-29 所示。还可以拖动圆形渐变或填充边框最下方的手柄。

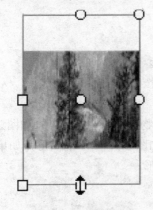 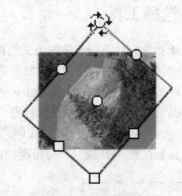

图 2-28　调整高度　　　　　　　　　　图 2-29　旋转

- 缩放线性渐变或者填充——拖动边框中心的方形手柄,如图 2-30 所示。
- 更改环形渐变的焦点——拖动环形边框中间的圆形手柄,如图 2-31 所示。

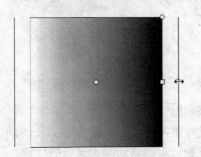 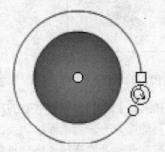

图 2-30　缩放渐变　　　　　　　　　　图 2-31　改变焦点

- 倾斜形状中的填充——拖动边框顶部或右边圆形手柄中的一个,如图 2-32 所示。
- 平铺位图——可以缩放填充,如图 2-33 所示。

图 2-32 倾斜填充

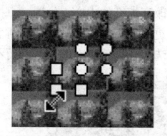

图 2-33 平铺位图

2.4 选择和编辑图形

当绘制完图形之后，要对图形进行进一步的加工和编辑，这时就要用到各种选取工具和编辑工具，下面就来学习它们的使用方法。

2.4.1 选择工具

【选择工具】↖选取物体的方式有两种，点选和圈选。

- 点选——单击选择物体，如果需要加选，则需要按住<Shift>键单击选取，双击可以将连接在一起的物体全部选中。
- 圈选——用鼠标拖拽，鼠标拖出的矩形范围内的物体都可以被选取，如图 2-34 所示。在选项区按下【平滑】按钮 几次，将会出现如图 2-35 所示的图形，如果按下【伸直】按钮 几次，则会出现如图 2-36 所示的图形。

图 2-34 圈选

图 2-35 平滑

图 2-36 伸直

【选择工具】还有一个很重要的功能，就是调整和编辑图形的形状。

- 移动端点——当鼠标移动到图形的端点，光标将发生变化，如图 2-37 (a)所示。按住鼠标左键开始拖拽，拖动过程中出现拖动路径，可以移动端点到新的位置。
- 调整形状——当鼠标移动到图形内时，光标如图 2-37 (b)所示，按下鼠标左键拖拽，可以调整图形的形状。
- 增加节点——按住<Ctrl>键拖动鼠标，可以为图形生成一个新的节点，如图 2-37 (c)所示。

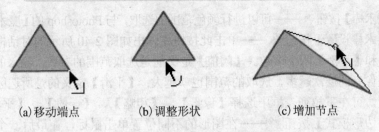

(a)移动端点 　　(b)调整形状 　　(c)增加节点

图 2-37　调整和编辑图形

2.4.2　部分选取工具

【部分选取工具】可以用来显示和编辑调整线段和路径上的节点，如图 2-38 所示。具体方法如下。

(1) 单击【部分选取工具】按钮，单击线条则显示其节点，线条上的小方块就是可以被编辑的节点，通过调整节点，可以改变线条的形状。

(2) 光标移动到节点上单击，选择一个节点，则该点变成实心的小圆点，这时可以对该节点进行编辑。

(3) 若要轻移节点，可以使用箭头键进行移动，每按键一次，节点移动一个像素。

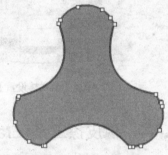

图 2-38　选择和编辑节点

 提示

　　选择节点时，按住<Shift>键单击可选择多个点；在移动时，按住<Shift>键，则可以每次移动 10 个像素。

(4) 使用部分选取工具，按住<Alt>键拖动节点，可以将转角点转换为曲线点，如图 2-39 所示。

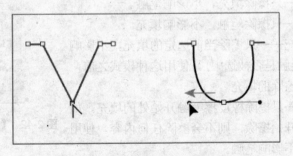

图 2-39　转角点转换为曲线点

2.4.3　套索工具（Lasso Tool）

使用【套索工具】可以圈选物体，圈选物体的形状可以是任意的，拖拽范围内的物体会被选取。单击【套索工具】按钮后，选项区中有 3 个选项。

- 【魔术棒】按钮——可以进行颜色范围的选取，与 Photoshop 的【魔术棒工具】相似。
- 【魔术棒设置】按钮——单击此按钮将弹出如图 2-40 所示的对话框，其中有【阈值】和【平滑】两个参数。【阈值】定义的是选取范围的参数，输入的数值越大，所选取像素的层次越多，选取的范围也就越大；【平滑】定义的是所选区域边缘的平滑程度，可在下拉列表框中选择【像素】、【粗略】、【一般】、【平滑】选项。
- 【多边形模式】按钮——在图形的不同位置单击鼠标，在最后一个点双击鼠标即可结束圈选，如图 2-41 所示。

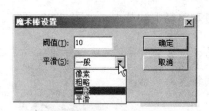

图 2-40 【魔术棒设置】对话框

图 2-41 多边形模式

2.4.4 橡皮擦工具（Eraser Tool）

使用【橡皮擦工具】进行擦除可删除笔触和填充。具体方法如下。

(1) 双击【橡皮擦工具】按钮，可以快速擦除舞台上的所有内容。

(2) 单击选项区中的【水龙头】按钮，在图形上单击，可以快速擦除线段或填充区域。

(3) 单击选项区中的【橡皮擦模式】按钮，如图 2-42 所示，有 5 种选项擦除模式可供选择，选择一种擦除模式即可进行相应的操作。

- 标准擦除——擦除同一层上的笔触和填充。
- 擦除填色——只擦除填充，不影响笔触。
- 擦除线条——只擦除笔触，不影响填充。
- 擦除所选填充——只擦除当前选定的填充，不影响笔触（不论笔触是否被选中）。使用这种模式之前，要先选择要擦除的填充。
- 内部擦除——只擦除橡皮擦笔触开始处的填充。如果从空白点开始擦除，则不会擦除任何内容。使用这种模式并不影响笔触。

图 2-42 【橡皮擦模式】下拉列表

2.4.5 任意变形工具

【任意变形工具】可以对物体进行缩放、旋转、倾斜和扭曲等操作，可在选项区选择，如图 2-43 所示。单击【任意变形工具】按钮，选择要变形的图形，则图形上出现如图 2-44 所示的控制边框。

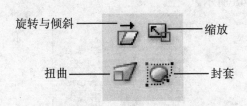

旋转与倾斜 ——　　　　　—— 缩放

扭曲 ——　　　　　—— 封套

图 2-43　【任意变形工具】选项

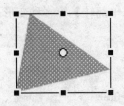

图 2-44　控制边框

1. 旋转与倾斜

将光标移动到所选图形的边角位置，光标形状变为 ⌒，即可旋转图形。将光标移动至所选图形的边框位置，光标形状变为 ⇆，即可倾斜物体。

2. 缩放

将光标移动到所选图形的边角位置，光标形状变为 ↘，即可等比例缩小或放大物体，也可水平或垂直对图形进行缩小或放大。

3. 扭曲

单击【扭曲】按钮 ⬚，将光标移动至所选图形的边角位置，光标形状变为 ▷，即可移动图形的节点，扭曲图形。

4. 封套

单击【封套】按钮 ⬚，图形的控制边框变为如图 2-45 所示的样子，将光标移动至所选图形的节点位置，光标形状变为 ▷，即可移动图形的节点或节点手柄，对图形进行变形，如图 2-46 所示。

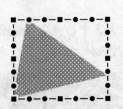

图 2-45　封套

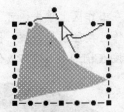

图 2-46　调整节点手柄

对物体进行变形的方法有很多，在这里进行一个总结。

- 使用【选择工具】对物体进行调整和编辑。
- 使用【任意变形工具】对物体进行变形。
- 在菜单栏中选择【窗口】→【变形】命令，打开【变形】面板，如图 2-47 所示，可以用数值准确地控制变形。

● 在菜单栏中选择【修改】→【变形】命令，可以在【变形】菜单中选择【垂直翻转】、【水平翻转】等多种变形命令，如图 2-48 所示。

图 2-47　【变形】面板

图 2-48　【变形】菜单

2.5　使用视图工具

在工具箱中，除了绘制和编辑图形的工具，还有一些对视图进行操作的工具，如放大缩小视图等。

2.5.1　手形工具

直接单击工具箱中的【手形工具】按钮，光标变为手形，这时可以自由移动画面，显示需要查看的内容。还可以通过单击【选择工具】按钮，按住<空格>键，光标变为手形时，自由移动画面。

2.5.2　缩放工具

单击工具箱中的【缩放工具】按钮可以放大或缩小画面。具体方法如下。

(1) 直接在工作区上单击，可以成倍放大画面。

(2) 在工作区按住鼠标拖拽，圈选要查看的区域，可放大选中的部分，如图 2-49 所示。

(3) 直接按<Ctrl>+<+>键可成倍放大，按<Ctrl>+<->键可成倍缩小。

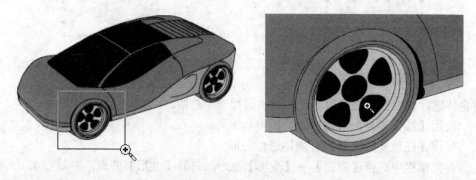

图 2-49　放大局部区域

2.6 分割和组合图形

在同一图层放置多个图形时，会产生分割和组合的现象，在绘制和编辑操作中应该注意避免，但有时也可以巧妙地运用这种分割和组合现象来实现图形的组合效果。

2.6.1 图形的分割

当绘制多个图形时，应注意图形之间的分割问题。当两个颜色相同的图形放置在一起时，两个图形就会成为一个图形，无法单独选取，如图 2-50 所示。两个颜色不同的图形放置在一起时，会出现前面的图形分割后面图形的现象，如图 2-51 所示。

(a) 分别放置   (b) 放置在一起

图 2-50 颜色相同的两个图形合为一体

(a) 分别放置   (b) 放置在一起后再移开

图 2-51 颜色不同的两个图形进行分割

2.6.2 图形的组合

如何才能解决上述图形分割的现象呢？第一种方法是在绘制图形时，将不同的图形放置在不同的图层上。第二种方法就是在绘制完一个图形之后，将图形选中，如图 2-52 所示，在菜单栏中选择【修改】→【组合】命令，将图形组合成一个整体。这时再将图形移动到其他图形之上，都不会出现分割的现象了，如图 2-53 所示。

图 2-52　选中图形

图 2-53　组合图形

2.7　上机实训

2.7.1　绘制三维几何体

1. 实训目的

通过绘制一个如图 2-54 所示的三维立方体，学习如何使用【任意变形工具】改变矩形的方向及倾斜角度，得到具有三维效果的立体对象。

本实训的最终效果文件见"实例"（Demo\ch2\2-1.fla）。

2. 实训步骤

（1）新建一个 Flash 动画文档，在工作区右上角的下拉列表框中选择【显示全部】选项。

（2）单击工具箱中的【矩形工具】按钮▢，边框颜色设为无色，内部填充设为橘黄色，在舞台上绘制一个矩形，如图 2-55 所示。

（3）选中矩形，单击工具箱中的【任意变形工具】按钮▨，拖动出现在矩形四周的控制手柄，将矩形倾斜缩放至如图 2-56 所示的形状。

图 2-54　三维立方体

图 2-55　绘制矩形

图 2-56　缩放倾斜

（4）单击【时间轴】面板左下角的【插入图层】按钮▣，再单击工具箱中的【矩形工具】按钮▢，边框颜色设为无色，内部填充设为较深的橘黄色，在舞台上绘制一个矩形，如图 2-57 所示。

（5）单击【时间轴】面板左下角的【插入图层】按钮▣，再单击工具箱中的【钢笔工具】按钮✎，依次单击图中矩形各端点，创建如图 2-58 所示的矩形，选择红色，用【颜料桶工具】进行填充。

图 2-57　绘制矩形　　　　　　　　　图 2-58　用【钢笔工具】绘制矩形

（6）单击工具箱中的【部分选取工具】按钮，选中需要调整的点，进行调整，使其符合透视规律，组成一个完整的三维立方体。

（7）单击工具箱中的【选择工具】按钮进行框选，将三维立方体全部选中，按<F8>键将其转换为图形元件，在弹出的【换为元件】对话框中将其命名为"立方体"，如图 2-59 所示。转换前后立方体的显示方式如图 2-60 所示。

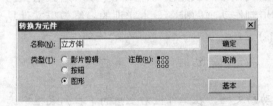

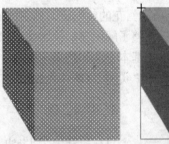

图 2-59　【转换为元件】对话框　　　　图 2-60　转换前后显示方式

（8）在菜单栏中选择【窗口】→【库】命令，打开【库】面板，从【库】面板中将"立方体"拖至舞台上，重复插入三个立方体。

（9）将四个立方体选中，单击工具栏中的【对齐】按钮，打开【对齐】面板依次单击【上对齐】按钮、【水平平均间隔】按钮，如图 2-61 所示，得到如图 2-62 所示的立体效果。依此类推，还可以形成各种三维立方体阵列的效果，如图 2-63 所示。

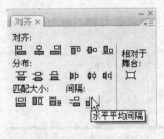

图 2-61　对齐面板　　　　　　　　　图 2-62　水平排列效果

图 2-63　三维立方体阵列效果

3. 实训总结

本实训介绍了【任意变形工具】和【对齐】面板的使用方法，也学习了将图形转换为元件重复使用的方法，在制作过程中要学会灵活运用透视规律虚拟三维立体效果。

2.7.2　绘制雪花

1. 实训目的

通过如图 2-64 所示雪花的绘制练习熟练掌握 Flash 绘制工具的使用方法，并结合变形和调整了解图形的绘制技巧和渐变颜色的填充技巧，在此基础上掌握绘图的基本方法和技巧，为进一步制作动画做准备。本实训的最终效果文件见"实例"（Demo\ch2\2-2.fla）。

图 2-64　绘制雪花

2. 实训步骤

（1）新建一个 Flash 动画文档，在工作区右上角的下拉列表框中选择【显示全部】选项。

（2）在菜单栏中选择【插入】→【新建元件】命令，在弹出的【创建新元件】对话框中命名元件的【名称】为"雪花"，【类型】选择为【图形】，单击【确定】按钮进入到元件的编辑状态。

（3）在工具箱中单击【椭圆工具】按钮，在【属性】面板中设定为无边框颜色，填充除白色外的任意颜色，按住<Shift>键，在舞台上绘制一个正圆，再单击【矩形工具】按钮，在正圆的下方绘制一个长方形，如图 2-65（a）所示。

（4）单击【选择工具】按钮，将光标移动到图形左侧，当出现弧形标志时向内拖动，右侧与左侧对称拖动，如图 2-66（b）所示。

（5）选中下半部，按<Delete>键将其删除，图形变为如图 2-67（c）所示。

 提示

图形的绘制方法有很多种，可以选择最简便或自己使用比较习惯的工具进行绘制，如图 2-65 所示的图形也可以使用【钢笔工具】绘制，但绘制起来相对复杂一些，通常情况下，使用基本图形的变形操作比较容易。

(6) 选中图形，打开右侧的【颜色】面板，在【类型】下拉列表框中选择【线性】选项，设定颜色由白色到蓝色线性渐变，如图 2-66 所示。

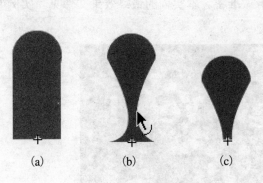

图 2-65 雪花花瓣绘制   图 2-66 颜色面板设置

(7) 单击工具箱中的【渐变变形工具】按钮，旋转渐变为从上到下，如图 2-67 所示。

(8) 选中图形，选择【任意变形工具】按钮，移动图形的中心到图形的底端，如图 2-68 所示。

(9) 在菜单栏中选择【窗口】→【变形】命令，打开【变形】面板，在【旋转】文本框中输入"60 度"，单击 5 次【复制并应用变形】按钮，如图 2-69 所示，一个花瓣就变成了六瓣的雪花。

3. 实训总结

本实训介绍了【椭圆工具】、【矩形工具】的使用方法，也学习了如何使用【选择工具】对图形进行变形、使用【任意变形工具】移动中心点和使用【变形】面板准确输入数值进行变形的多种变形方法，最后还讲解了渐变颜色填充以及【渐变变形工具】的使用方法，综合使用了工具箱中的多种工具进行图形的绘制和调整。

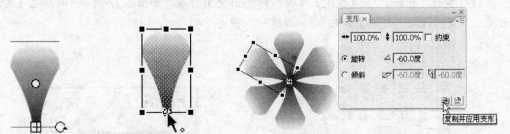

图 2-67 渐变变形设置   图 2-68 中心点设置   图 2-69 旋转复制成雪花

2.7.3 制作贺年卡

1. 实训目的

通过制作一张如图 2-70 所示的贺年卡进一步熟悉编辑和修改工具的使用方法，熟练掌握 Flash 文本的创建方法，为制作动态的电子贺卡做准备。本实训的最终效果文件见"实例"（Demo\ch2\2-3.fla）。

图 2-70　贺年卡

2. 实训步骤

（1）新建一个 Flash 动画文档，在【属性】面板中设定文档【大小】为"600*300"，在工作区右上角的下拉列表框中选择【显示全部】选项。

（2）单击工具箱中的【矩形工具】按钮，边框颜色设为无色，内部填充设为蓝色到黑色的放射状渐变，在舞台上绘制一个矩形。

（3）单击工具栏中的【对齐】按钮，打开【对齐】面板，依次单击【相对于舞台】按钮、【匹配宽度】按钮、【匹配高度】按钮、【水平中齐】按钮、【垂直中齐】按钮，如图 2-71 所示。

（4）单击"图层 1"的【锁定】栏的图标 · 出现图标，如图 2-72 所示。再单击【时间轴】面板左下角的【插入图层】按钮，新建一个图层。

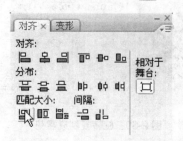

图 2-71　【对齐】面板

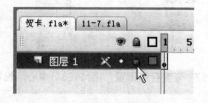

图 2-72　锁定图层

（5）将实训 1 中的雪花元件拖放到舞台上，按住\<Alt\>键拖动，可以复制雪花，也可以直接按<Ctrl>+<C>复制，再按<Ctrl>+<V>粘贴，进行雪花的复制。

(6) 单击工具箱中的【任意变形工具】按钮■，按住<Shift>键可以等比例缩放，随意布局，如图 2-70 所示。

(7) 单击工具箱中的【文本工具】按钮 T，在【属性】面板中设定颜色为深红色，字体为 Arial Black，字号为 60，在舞台上单击，输入文本 "Happy New Year!"。

(8) 复制文本，右击，在弹出的快捷菜单中选择【粘贴到当前位置】命令，修改文本颜色为淡黄色。

(9) 用键盘上的方向键向上和向左按两次，使两个文本错位，产生阴影的效果，如图 2-70 所示。

3. 实训总结

本实训介绍了【任意变形工具】、【文本工具】的使用方法，也学习了如何使用选择工具对图形进行复制和变形，这只是一张静态的贺卡，在后续的章节中我们将学习如何将静态的贺年卡变成动态的、并能随鼠标拖动的贺年卡。

2.8 习　题

1. 填空题

(1) 绘制工具主要集中在工具箱中，工具箱中显示_____种工具，分为_____、绘图工具类、_____、色彩面板和_____。

(2) 【椭圆工具】和【矩形工具】除了选项中的 "合并绘制" 和 "对象绘制" 模式以外，还具备一种新的_____模式。

(3) 刷子的模式有 5 种，分别是_____、_____、后面绘画模式、_____、_____。

(4) 若要使用钢笔工具创建曲线，在曲线改变方向的位置处添加_____，并拖动构成曲线的方向线。方向线的_____和_____决定了曲线的形状。

(5) 在 Flash 中，可以创建_____、_____和_____3 种类型的文本字段。

(6) 若要更改环形渐变的焦点，则应拖动环形边框_____。

(7) 选择工具选取物体的方式有_____和_____两种。

2. 选择题

(1) 对于具有固定宽度的静态水平文本，会在该文本字段的_____出现一个方形手柄？

    A. 左下角　　　　　　　　　　　　B. 左上角

    C. 右下角　　　　　　　　　　　　D. 右上角

(2) 如果要在填充形状之前手动封闭空隙，应选择_____。

    A. 不封闭空隙　　　　　　　　　　B. 封闭小空隙

    C. 封闭中等空隙　　　　　　　　　D. 封闭大空隙

（3）下列选项中不是 Flash CS3 中【铅笔工具】绘制模式的是_____。

    A. 直线化   B. 平滑   C. 墨水   D. 自由

（4）使用部分选取工具，按住_____键拖动节点，可以将转角点转换为曲线点。

    A. <Ctrl>   B. <Ctrl>+<Shift>   C. <Alt>   D. <Shift>

3. 问答题

（1）Flash CS3 在【矩形工具】中增加了哪些新功能？

（2）在 Flash CS3 中，【任意变形工具】都能对物体进行哪些变形操作？

（3）如何解决图形的分割问题？

4. 操作题

（1）利用工具箱绘制一个静态的生日贺卡。

（2）设计和绘制一个卡通形象。

第3章 Flash CS3 动画基础

【教学目标】

动画制作是 Flash 最主要的功能之一，也是学习 Flash 的重点。Flash 创建动画的方法有很多种，但最基本的只有两种，一种是逐帧动画，另一种是补间动画。

通过本章的学习，要求读者进一步熟悉用 Flash 制作动画的方法和流程，掌握逐帧动画和补间动画制作的方法，熟练掌握补间动画中形变动画和运动动画的制作限制及相关操作。另外，还要求读者了解形变动画和运动动画的区别，以防混淆。

【本章要点】

- ◆ 创建逐帧动画
- ◆ 插入关键帧
- ◆ 复制帧
- ◆ 粘贴帧
- ◆ 翻转帧
- ◆ 认识补间动画
- ◆ 绘制基本图形
- ◆ 创建形变动画
- ◆ 了解形状提示点
- ◆ 创建运动动画
- ◆ 了解运动引导层

3.1 创建逐帧动画

Flash 中有两种创建动画序列的方法，一种是逐帧动画，也称为原始动画，另一种叫做补间动画。在逐帧动画中，需要在每一帧中创建图像；在补间动画中，只需创建起始帧和结束帧，由 Flash 自动生成中间帧，Flash 在起始帧和结束帧之间均匀地改变对象的大小、旋转、颜色和其他属性。补间动画是一种基本技术，它可以在尽可能缩小文件大小的同时在影片中创建运动和变形，所以补间动画又分为运动动画和形变动画。

3.1.1 认识逐帧动画

逐帧动画是将每一帧均设置为关键帧，也叫做关键帧动画，通俗地讲，就是由一个个静态画面组成的动画形式，也就是通过改变每一帧图片的内容而产生的动画效果。

先来看一个逐帧动画的范例"心花怒放"，动画中花和蝴蝶的动作都是一帧一帧画出来和修改出来的，如图3-1所示。创建逐帧动画的技术很简单，但需要较为深厚的美术功底，从而绘制出每一帧的动画过程，适用于没有规律而且变化复杂的动画效果。

图3-1　逐帧动画范例

3.1.2　制作逐帧动画

逐帧动画是在每一帧改变角色的内容，所以它适用于帧里面的图形有较大变化的情况，不过同时也会使文件变大，要视具体情况选择使用。要创建逐帧动画，需要将每个帧都定义成关键帧，所以先来学习一下帧的基本操作。

- 创建关键帧——在帧上右击，在弹出的快捷菜单中选择【插入关键帧】命令或按<F6>键即可。
- 创建空关键帧——在帧上右击，在弹出的快捷菜单中选择【插入空白关键帧】命令或按<F7>键即可。
- 创建普通帧——在帧上右击，在弹出的快捷菜单中选择【插入帧】命令或按<F5>键即可。
- 删除关键帧或空关键帧——在帧上右击，在弹出的快捷菜单中选择【清除关键帧】命令或按<Shift>+<F6>键。
- 删除普通帧——在帧上右击，在弹出的快捷菜单中选择【删除帧】命令或按<Shift>+<F5>键。

1. 制作"月有阴晴圆缺"逐帧动画

下面先来制作一个月亮从十五到三十，又从初一到十五的圆月到弯月的变化过程，如图3-2所示。本实例的最终效果文件见"实例"（Demo\ch3\3-1.fla）。

54

图 3-2　月有阴晴圆缺

具体操作步骤如下。

（1）新建一个 Flash 动画文档，在【属性】面板中将背景颜色设为深蓝色，在工作区右上角的下拉列表框中选择【显示全部】选项。

（2）单击工具箱中的【椭圆工具】按钮 ○，在【属性】面板中设定边框无色，填充黄色，按住<Shift>键绘制一个正圆。

（3）单击图层 1 的第 2 帧，按<F6>键，创建一个关键帧，第 1 帧的内容自动复制到第 2 帧。单击工具箱中的【选择工具】按钮 ▶，先在舞台的空白处单击，取消对圆的选择，再移动到圆的左边，当变为如图 3-3 所示形状时，向右拖动至如图 3-4 所示的位置。

图 3-3　鼠标变化　　　　　　　　　　　图 3-4　向右拖动

（4）依次类推，在第 3～14 帧分别按<F6>键，依次向右拖动，使图形越来越小，变化过程如图 3-5 所示。

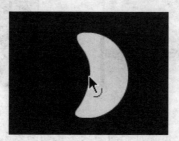

图 3-5　依次在关键帧上调整图形形状

（5）单击选中第 15 帧，按<F7>键创建一个空白关键帧，也就是创建了一个空白画面。

（6）单击选中第 16 帧，也按<F7>键创建一个空白关键帧。单击第 14 帧，在图形上右击，在弹出的快捷菜单中选择【复制】命令，在 16 帧舞台上任意位置右击，在弹出的快捷菜单中选择【粘贴到当前位置】命令。

> 对图形进行【复制】的快捷键是<Ctrl>+<C>，【粘贴到当前位置】的快捷键是<Ctrl>+<Shift>+<V>。

（7）按照步骤 6 的方法，分别将第 13～1 帧复制粘贴到第 17～30 帧的位置，建立第 17 到 30 帧的图形，【时间轴】面板如图 3-6 所示。

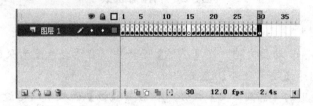

图 3-6　【时间轴】面板

> 此例也可以采用帧的复制来实现。按住<Ctrl>键拖动鼠标选中第 1～14 帧，右击并在弹出的快捷菜单中选择【复制帧】命令，如图 3-7 所示，在 16 帧右击，在弹出的快捷菜单中选择【粘贴帧】命令，即可将第 1～14 帧粘贴到第 16～30 帧的位置。选择第 16～30 帧，右击并在弹出的快捷菜单中选择【翻转帧】命令，如图 3-8 所示，就可以得到相同的动画效果。

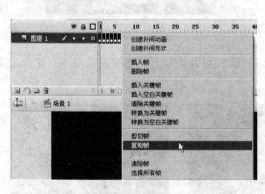

图 3-7　复制帧

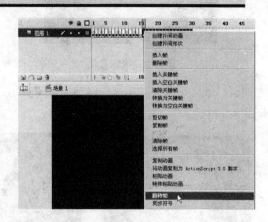

图 3-8　翻转帧

（8）按<Enter>键预览动画，出现月亮的圆缺变化动画效果。

2. 制作数字倒计时动画

利用逐帧动画可以实现很多常见的效果，如跳动的数字、倒计时等等，这些动画运用的都是原始动画的制作原理，在每一个关键帧上输入不同的内容，下面再来学习制作一个数字倒计时动画，本实例的最终效果文件见"实例"（Demo\ch3\3-2.fla）。

(1) 新建一个 Flash 动画文档，在【属性】面板中设定背景颜色为黑色，在工作区右上角的下拉列表框中选择【显示全部】选项。

　　(2) 单击工具箱中的【椭圆工具】按钮 ◯，如图 3-9 所示，在【属性】面板中设定边框线宽度为 5，颜色为白色，填充为无色，如图 3-10 所示，按下 <Shift> 键在舞台上绘制一个正圆。

图 3-9　选择【椭圆工具】

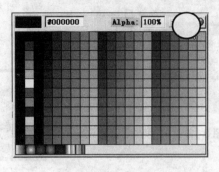

图 3-10　填充为无色

　　(3) 双击图层 1，命名为"圆环"，单击加锁标记，锁定圆环层。

　　(4) 单击【时间轴】面板左下方的【插入图层】按钮 ⬚，双击新层，命名为"数字"。单击工具箱中的【文本工具】按钮 T，在【属性】面板中设置字体为"Arial"，大小为"160"，在舞台上圆环内部单击，输入数字"5"。

　　(5) 单击"圆环"层的锁，对其进行解锁。单击【选择工具】按钮 ▶，在舞台上框选，将"5"和圆环同时选中，单击工具栏中的【对齐】按钮 ▣，打开【对齐】面板，单击【相对于舞台】按钮 ▢，然后单击【水平中齐】按钮 ⬒ 和【垂直中齐】按钮 ⬓，如图 3-11 所示，使圆环和数字同时放置在舞台的正中心，如图 3-12 所示。

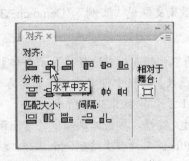

图 3-11　【对齐】面板

图 3-12　放置在舞台正中心

 提示

　　使用【对齐】面板可以对选定对象进行上中下、左中右对齐，垂直、水平分布，匹配宽度、高度和间隔等操作，还可以相对于舞台进行对齐设定。

　　(6) 在"数字"层第 2 帧按下 4 次 <F6> 键，分别在 2、3、4、5 帧插入 4 个关键帧，双击

計算機職業培訓叢書

文字分别修改其内容为 "4"、"3"、"2"、"1"。

(7) 单击 "圆环" 层的第 5 帧按<F5>键，插入普通帧，使其延续到动画结束为止，【时间轴】面板如图 3-13 所示。

图 3-13 【时间轴】面板设定

(8) 按<Enter>键预览动画，按<Ctrl>+<Enter>键测试动画，可以看到倒计时的动画。

 提示

> 要想制作正向跳动的数字，只要单击 "数字" 层，使其所有帧都被选中，然后在任意帧上右击并在弹出的快捷菜单中选择【翻转帧】命令，这样，整个帧的顺序就翻转过来了。

3.2 创建形变动画

从字面上不难理解，形就是形状，变就是变化，形变动画就是在动画的播放控制中，动画的构成元素在外形方面发生改变的动画形式。

形变动画有它的制作限制，要求制作形变的起止对象一定都是图形，不是图形的要进行分离打散。所谓分离打散，就是使图形由无数个点组成，而并非是一个整体，这样在形变的过程中才能正确地形成补间。

3.2.1 创建图形形变动画

下面来制作一个方圆形变的动画，本实例的最终效果文件见 "实例"（Demo\ch3\3-3.fla）。具体操作步骤如下。

(1) 新建一个 Flash 动画文档，在工作区右上角的下拉列表框中选择【显示全部】选项。

(2) 单击工具箱中的【矩形工具】按钮▭，在【属性】面板中设定边框线宽度为 2，颜色为黑色，填充为红色，按<Shift>键在舞台上绘制一个正方形，如图 3-14 所示。

(3) 在图层 1 的第 10 帧按<F7>键，插入一个空白关键帧，单击工具箱中的【椭圆工具】按钮⬭，在【属性】面板中将填充色改为黄色，按<Shift>键在舞台上绘制一个正圆，放置在与矩形同一水平线上。

 提示

> 为了参考正方形的位置来放置正圆的位置，可以单击【绘图纸外观】按钮▣，也称为 "洋葱皮"，如图 3-15 所示，可以将前面帧的内容以半透明的形式显示出来作为参考，如图 3-16 所示，这也正是传统动画的绘制方法之一。

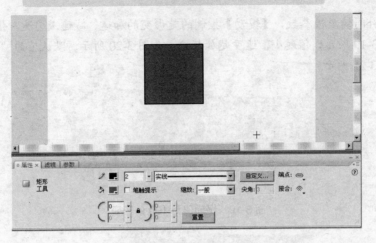

图 3-14 绘制正方形

图 3-15 单击【绘图纸外观】按钮

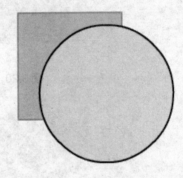

图 3-16 半透明显示

（4）选中图层 1 的任意一帧，在【属性】面板的【补间】下拉列表框中选择【形状】，如图 3-17 所示，这时【时间轴】面板的图层 1 上出现了两个同一方向的箭头，中间帧都变成了淡绿色，如图 3-18 所示。

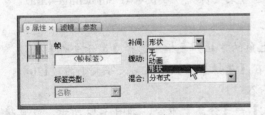

图 3-17 选择形状补间

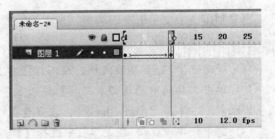

图 3-18 形状补间的【时间轴】面板

 注意

> 形变动画不能如上一章所学习的运动动画那样，在任意帧上右击并在弹出的快捷菜单中选择【创建补间动画】命令，它对应的是【创建补间形状】命令。

（5）改变补间的属性参数，【缓动】控制的是形变的加速、减速或匀速，值越大，速度越减越慢，如图 3-19 所示；值越小，速度越加越快，如图 3-20 所示；默认值为"0"，也就是匀速运动，如图 3-21 所示。

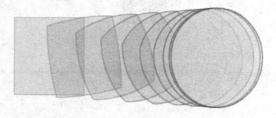

图 3-19　缓动值为 100 的形变

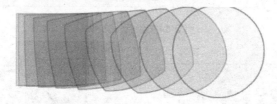

图 3-20　缓动值为-100 的形变

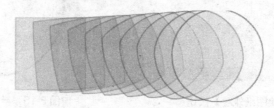

图 3-21　缓动值为 0 的形变

3.2.2　制作文字形变动画

再来制作一个文字形变的动画，本实例的最终效果文件见"实例"（Demo\ch3\3-4.fla）。具体操作步骤如下。

（1）新建一个 Flash 动画文档，在工作区右上角的下拉列表框中选择【显示全部】选项。

（2）单击工具箱中的【文本工具】按钮 T，在【属性】面板中设定文字大小为"120"，颜色为红色，字体为"Arial Black"，在舞台上输入"1"。

（3）选中数字"1"，在菜单栏中选择【修改】→【分离】命令，如图 3-22 所示，或直接按<Ctrl>+<B>快捷键，将文字分离打散。

（4）在【时间轴】面板的第 20 帧按<F7>键，插入一个空白关键帧，输入数字"2"，按<Ctrl>+<B>键，分离打散文字。单击工具箱中的【选择工具】按钮，在绘图纸外观开启的帮助下，将"2"放到与"1"重合的位置。

（5）右击中间任意一帧，在弹出的快捷菜单中选择【创建补间形状】命令，自动生成形变动画。

（6）按<Enter>键，已经可以看到 1 变成了 2，如图 3-23 所示。

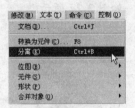

图 3-22　选择【修改】→【分离】命令

图 3-23　文字形变

注意

　　形变动画的制作限制是制作形变的起止对象一定都是图形，不是图形的要进行分离打散。

3.2.3　使用形状提示

　　若要控制更加复杂或罕见的形状变化，可以使用形状提示。形状提示可以标识起始形状和结束形状中相对应的点。例如，如果要补间一张正在改变表情的脸部图画时，可以使用形状提示来标记每只眼睛。这样在形状发生变化时，脸部就不会乱成一团，每只眼睛还都可以辨认，并在转换过程中分别变化。

　　形状提示点包含字母（从 a 到 z），最多可以使用 26 个形状提示。起始关键帧中的形状提示是黄色的，结束关键帧中的形状提示是绿色的，当不在一条曲线上时为红色。要在补间形状时获得最佳效果，要遵循以下准则。

- 在复杂的补间形状中，需要创建中间形状然后再进行补间，而不要只定义起始和结束的形状。
- 确保形状提示是符合逻辑的。例如，如果在一个三角形中使用三个形状提示，则在原始三角形和要补间的三角形中它们的顺序必须相同。它们的顺序不能在第一个关键帧中是 abc，而在第二个关键帧中是 acb。
- 如果按逆时针顺序从形状的左上角开始放置形状提示，它们的工作效果最好。

1. 为文字形变动画添加形状提示

　　下面为 3.2.2 节制作的文字形变动画添加形状提示，本实例的最终效果文件见"实例"（Demo\ch3\3-5.fla）。

　　具体操作步骤如下。

　　(1) 选中第 1 帧的"1"，在菜单栏中选择【修改】→【形状】→【添加形状提示】命令，对应的快捷键是<Ctrl>+<Shift>+<H>，起始形状提示会在该形状处显示一个带有字母 a 的红色圆圈，将这个圆圈拖放到左上角；再添加一个形状提示 b，拖放到右下角，如图 3-24 所示。

　　(2) 选择动画的最后一帧，此时圆圈 a、b 叠放在"2"的中心，将圆圈 b 拖放到"2"的右下角，将圆圈 a 拖放到"2"的左上角，这时，结束形状提示变成绿色圆圈，如图 3-25 所示。回到第 1 帧，起始形状提示变成了黄色圆圈，如图 3-26 所示。

(3) 按<Enter>键，已经可以看到 1 有规则地变成了 2，如图 3-27 所示。

图 3-24　添加形状提示

图 3-25　结束形状提示

图 3-26　起始形状提示

图 3-27　添加形状提示后的形变

提示

> 形状提示还可以进行修改和删除，在关键帧上移动形状提示可以对形变进行微调，在菜单栏中选择【修改】→【形状】→【删除所有提示】命令，可以删除形状提示。

2. 制作"月有阴晴圆缺"形变动画

一种动画效果可以用多种方法来实现，下面再用形变动画的方法制作上一节用逐帧动画实现的"月有阴晴圆缺"，如图 3-28 所示。本实例的最终效果文件见"实例"(Demo\ch3\3-6.fla)。

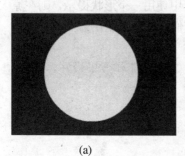

(a)

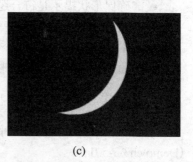

(b)　　　　　　　　　　　　　　(c)

图 3-28　形变的月亮

具体操作步骤如下。

(1) 新建一个 Flash 动画文档，设定背景颜色为深蓝色，并绘制黄色月亮，如图 3-28 (a) 所示。

(2) 在第 14 帧按<F6>键插入关键帧，在工具箱中单击【椭圆工具】按钮，设定填充为黄色之外任意的颜色，绘制一个比月亮稍大的椭圆，移动到月亮上进行分割。在空白处单击，再次选择大圆，按<Delete>键，进行删除，将月亮分割成如图 3-29 所示的形状。

图 3-29　绘制大圆进行分割

（3）右击中间任意一帧，在弹出的快捷菜单中选择【创建补间形状】命令，自动生成形变动画，【时间轴】面板如图 3-30 所示。

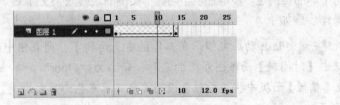

图 3-30　创建补间形状的【时间轴】面板

（4）选中第 1 帧，在菜单栏中选择【修改】→【形状】→【添加形状提示】命令，将带有字母 a 的红色圆圈拖放到如图 3-31 所示的位置。

（5）单击第 14 帧，将形状提示点拖放到如图 3-32 所示的位置。

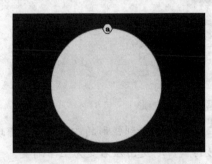

图 3-31　添加形状提示点

（6）按<Enter>键预览动画，可以看到月亮规则地从圆变缺的动画效果。

（7）单击 15 帧，按<F7>键插入空白关键帧，将 14 帧粘贴到 16 帧，第 1 帧粘贴到 30 帧，右击 16 帧和 30 帧中间任意一帧，在弹出的快捷菜单中选择【创建补间形状】命令，添加形状提示，最终的【时间轴】面板如图 3-32 所示。

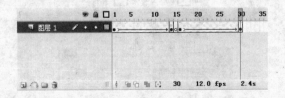

图 3-32　【时间轴】面板

3.3 创建运动动画

运动动画就是在动画的制作过程中，自动生成运动的动画形式。在运动补间中，需要在关键帧定义实例的位置、大小以及旋转角度等属性，运动动画的制作限制是制作运动的起止对象一定都是元件，而且必须是同一个元件。

3.3.1 制作运动动画

上一章学习 Flash 动画的基本制作流程时已经涉及到了运动动画的基本制作方法，下面结合一个滚动小球的实例进一步地加以学习，本实例的最终效果文件见"实例"(Demo\ch3\3-7.fla)。具体操作步骤如下。

（1）新建一个 Flash 动画文档，在工作区右上角的下拉列表框中选择【显示全部】选项。

（2）双击【时间轴】面板图层 1 的名称，命名为"Floor"，单击工具箱中的【矩形工具】按钮■，在【属性】面板中将边框颜色设为无色，填充色为黑白渐变，在舞台上绘制一个矩形，如图 3-33 所示。

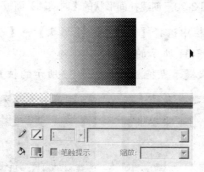

图 3-33 绘制一个黑白渐变的矩形

（3）单击工具箱中的【任意变形工具】按钮■，鼠标移动到矩形的四个角上，出现旋转的图标，按住<Shift>键逆时针旋转 90 度，使矩形的黑白渐变由左右变为上下渐变。

（4）单击工具栏中的【对齐】按钮■，打开【对齐】面板，单击【相对于舞台】按钮■，依次单击【匹配宽度】按钮■、【水平中齐】按钮■和【底对齐】按钮■，如图 3-34 所示，将矩形作为地板放置在舞台的下方。

图 3-34 将矩形作为地板对齐到舞台下方

（5）锁定 "Floor" 层，单击【时间轴】面板下方的【插入图层】按钮 🗋，新建一个图层，双击命名为 "Ball"。单击工具箱中的【椭圆工具】按钮 ◯，在【属性】面板中设定边框无色，填充绿色到黑色的放射状渐变，按住<Shift>键，在地板上方绘制一个正圆，如图 3-35 所示。

（6）单击工具箱中的【任意变形工具】按钮 🔯 下拉列表中的【渐变变形工具】按钮 🔲，如图 3-36 所示，在小球上单击，移动中心的高光点到小球的左上方，如图 3-37 所示。

图 3-35　地板上方绘制小球　　　　图 3-36　渐变变形工具　　　　图 3-37　移动高光点

（7）单击 "Ball" 层，将小球选中，在菜单栏中选择【修改】→【转换为元件】命令，对应的快捷键是<F8>，弹出如图 3-38 所示的对话框，在【名称】文本框中输入 "ball"，默认点选【图形】单选钮，单击【确定】按钮，这时【库】面板中将会出现一个名为 "ball" 的图形元件。

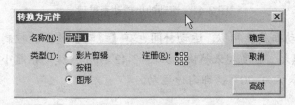

图 3-38　【转换为元件】对话框

 提示

> 　　转换为元件的类型有 3 种，分别是影片剪辑、按钮和图形，影片剪辑是独立于动画主【时间轴】面板播放的可重复使用的动画，很像电影中的循环小电影，它可以包含交互、声音甚至其他影片剪辑。

（8）单击 "Ball" 层的第 20 帧，按下<F6>键，插入关键帧，这时，地板层消失了。单击 "Floor" 层的第 20 帧，按下<F5>键插入普通帧，使地板层延续到动画结束，【时间轴】面板如图 3-39 所示。

（9）再次单击 "Ball" 层的第 20 帧，将小球选中，单击【选择工具】按钮 ▶ 将小球平移到地板右侧，在任意一帧右击，在弹出的快捷菜单中选择【创建补间动画】命令，"Ball" 层的时间线变成蓝紫色双箭头，表明生成运动补间。按<Enter>键预览动画，小球从地板左侧平移到右侧，【时间轴】面板如图 3-40 所示。

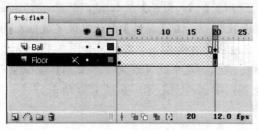

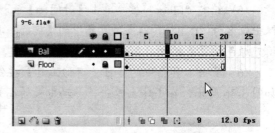

图 3-39 【时间轴】面板 　　　　　　　图 3-40 创建运动补间之后的【时间轴】面板

（10）在【属性】面板的【旋转】下拉列表框中选择【顺时针】选项，在其后的文本框中输入 "2"，按<Enter>键再次预览动画，小球从地板左侧滚动到右侧，单击【绘图纸外观】按钮，可以看到整个动画过程，如图 3-41 所示。

图 3-41 滚动的小球动画过程

（11）与形变补间动画属性相似，运动补间也有【缓动】属性，控制的也是动画的加速、减速或匀速，缓动值越大，速度越来越快，如图 3-42 所示；缓动值越小，速度越来越慢，如图 3-43 所示；缓动值默认为 "0"，即匀速运动。

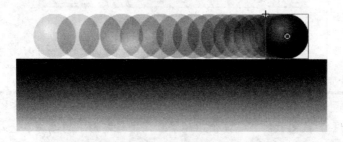

图 3-42 缓动值为 100 加速滚动的小球动画过程

图 3-43 缓动值为-100 减速滚动的小球动画过程

注意

　　与形变动画不同的是运动动画的缓动值后面还有一个编辑按钮 编辑… ，单击此按钮，弹出【自定义缓入/缓出】对话框，如图 3-44 所示，通过调整曲线可以进一步调整缓动属性，这里就不再详细说明，请读者自行学习。

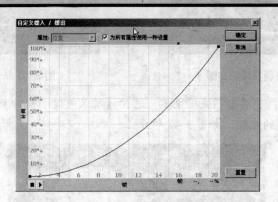

图 3-44　【自定义缓入/缓出】对话框

3.3.2　比较运动动画与形变动画

　　运动动画不仅可以实现位置、大小以及旋转的补间动画，还可以实现实例颜色、亮度透明度等属性的变化，它与形变动画既有相似之处，又有异同，简要归纳如表 3-1 所示。

表 3-1　形变动画与运动动画比较

类型比较		形变动画	运动动画
相同点		它们都是补间动画，即先设定动画的起始帧与结束帧，最后再由 Flash 自动生成动画的中间帧。	
异同点	构成元素	图形(Shape)	元件(Symbol)
	【时间轴】面板颜色	淡绿色	蓝紫色

　　为了更好地进行比较，下面再用运动动画来实现上一节制作的"月有阴晴圆缺"的动画效果，本实例的最终效果文件见"实例"（Demo\ch3\3-8.fla）。

　　具体操作步骤如下。

　　(1) 新建一个 Flash 动画文档，设定背景颜色为深蓝色，并绘制黄色月亮，在第 30 帧按下<F5>键插入帧。

　　(2) 单击【时间轴】面板下方的【插入图层】按钮 ，新建一个图层，单击工具箱中的【椭圆工具】按钮 ，在【属性】面板中设定边框为无色，填充背景为深蓝色，绘制一个比月亮稍大的椭圆，如图 3-45 所示。

　　(3) 选中大椭圆，在菜单栏中选择【修改】→【转换为元件】命令或按<F8>键，将图形转换为图形元件，如图 3-46 所示。

图 3-45　在新层绘制椭圆

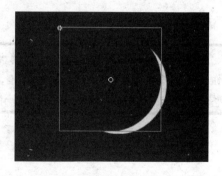

图 3-46　转换为元件

（4）右击第 14 帧，在弹出的快捷菜单中选择【插入关键帧】命令或按<F6>键，单击第 1 帧，将椭圆移动到月亮的左侧，如图 3-47 所示。

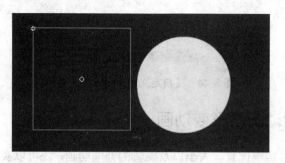

图 3-47　椭圆第 1 帧位置

（5）右击第 16 帧到 30 帧中间任意一帧，在弹出的快捷菜单中选择【创建补间动画】命令，自动生成椭圆从左侧移动到月亮之上的动画，如图 3-48 所示。

图 3-48　运动过程

（6）单击第 15 帧，按下<F7>键插入空白关键帧，将第 14 帧粘贴到第 16 帧，第 1 帧粘贴到第 30 帧，选择【创建补间动画】命令，最终的【时间轴】面板如图 3-49 所示。

图 3-49　运动动画的【时间轴】面板

注意

　　制作运动动画一定要保证运动前后是同一个元件，所以要在新的图层上进行运动动画的设定，本例的运动元件是与背景相同颜色的物体，虽然不可见，但却是动画制作的关键。

3.4　创建轨迹运动动画

　　基本运动动画只能产生直线运动，要沿曲线运动，就要设置很多关键帧，甚至需要一帧一帧地来设置，这样过于繁琐，Flash 中提供了一个自定义运动路径的功能。这一功能就是在运动对象层上方添加一个运动引导层，在该层中绘制对象的运动轨迹，使对象沿该路径轨迹运动，如图 3-50 所示。在输出动画时，该层是隐藏的，它不仅可以引导一个对象，还可以同时引导多个对象运动。

图 3-50　轨迹运动动画

3.4.1　创建基本轨迹运动动画

　　还在上一节滚动的小球实例基础上进行学习，在地板上挖一个坑，使小球仍沿地板的轨迹运动，如图 3-51 所示。

　　本实例的最终效果文件见"实例"（Demo\ch3\3-9.fla）。

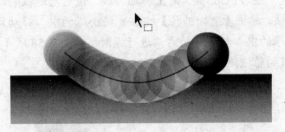

图 3-51　沿轨迹滚动的小球

具体操作步骤如下。

　　（1）单击 "Floor" 层按钮 🔒 解锁，单击工具箱中的【直线工具】按钮 ＼，在舞台空白处按住<Shift>键绘制一条直线。再单击【选择工具】按钮 ▶，在空白处单击，取消对直线的选择，移动到直线周围，当出现如图 3-52 所示带有弧形标志的箭头时向下拖动直线变成曲线，如图 3-53 所示。

图 3-52　带有弧形标志的箭头　　　　　图 3-53　将直线变成曲线

（2）将曲线移动到地板上，上方左右稍露一点头，这样就可以将地板分割，如图 3-54 所示。单击地板被曲线分割的上半部，按<Delete>键，将其删除，如图 3-55 所示。

图 3-54　曲线将地板分割　　　　　　　图 3-55　删掉上半部的地板

（3）这时可以删掉曲线，但曲线还要作为运动引导层使用，所以双击曲线，按<Ctrl>+<X>键将其剪切到剪切板中以备后用。

（4）选中"Ball"层，在【时间轴】面板的左下角单击如图 3-56 所示的【添加运动引导层】按钮 ，为"Ball"层添加一个运动引导层，按下<Ctrl>+<Shift>+<V>键，将曲线原位置粘贴到运动引导层中，【时间轴】面板如图 3-57 所示。

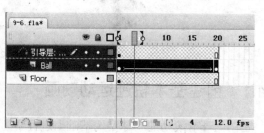

图 3-56　添加运动引导层　　　　　图 3-57　添加运动引导层之后的【时间轴】面板

（5）双击选中曲线，按<PgUp>键，向上移动曲线，使它与地板的距离与小球的半径相等。选中"Ball"层的第 1 帧，单击【选择工具】按钮 将小球的中心移动到曲线的左端进行吸附；再选中第 20 帧，将小球的中心与曲线的右端进行吸附，如图 3-58 所示。这时，按<Enter>键，就可以看到小球沿地板的轨迹滚动了。

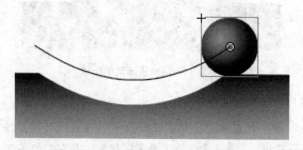

图 3-58　将小球的中心与曲线两端吸附

3.4.2　创建跟随路径方向轨迹运动动画

下面制作一个五角星沿着闭合的椭圆路径旋转一周的动画，如图 3-59 所示。在这个动画中，五角星在沿轨迹运动的过程中将跟随路径的方向运动。本实例的最终效果文件见"实例"（Demo\ch3\3-10.fla）。

图 3-59　跟随路径方向运动的五角星动画

具体操作步骤如下。

（1）新建一个 Flash 动画文档，在工作区右上角的下拉列表框中选择【显示全部】选项。

（2）在菜单栏中选择【插入】→【新建元件】命令，在弹出的对话框的【名称】文本框中输入"Star"，在【类型】选项区中点选【图形】单选钮，单击【确定】按钮，进入到元件的编辑窗口。

（3）单击工具箱的【矩形工具】按钮□下拉列表中的【多角星形工具】按钮○，在【属性】面板中设定边框颜色为黑色，填充红色。单击【选项】按钮，弹出【工具设置】对话框，在【样式】下拉列表框中选择【星形】选项，设置【边数】为"5"，如图 3-60 所示。单击【确定】按钮，在舞台中央绘制一个五角星，如图 3-61 所示。

图 3-60　【工具设置】对话框　　　　　　**图 3-61　在舞台中央绘制五角星**

（4）单击工作区左上方的【场景 1】，回到场景中，在菜单栏中选择【窗口】→【库】命令，打开【库】面板，将"Star"元件拖放到舞台上。

（5）单击【时间轴】面板图层 1 的第 20 帧，按<F6>键，创建一个关键帧，右击中间任意一帧，在弹出的快捷菜单中选择【创建补间动画】命令。

（6）单击【时间轴】面板左下方的【添加运动引导层】按钮，单击工具箱中的【铅笔工具】按钮，在工具箱下方选项区中设定铅笔模式为【平滑】S，如图 3-62 所示。在舞台上绘制一条任意曲线，如图 3-63 所示。

（7）单击图层 1 的第 1 帧，用【选择工具】将五角星吸附到路径的一端；再单击第 20 帧，将五角星吸附到路径的另一端。这时按<Enter>键预览动画，五角星沿曲线平移运动，如图 3-64 所示。

图 3-62　铅笔模式为平滑

图 3-63　绘制任意曲线

图 3-64　沿曲线平移运动

（8）单击图层 1 任意一帧，在帧【属性】面板中勾选【调整到路径】复选框，这时再观看动画，五角星就沿曲线路径的方向运动了，如图 3-59 所示。

注意

运动引导层中的对象不能够具有动画效果，只能用于创建引导动画运动的路径轨迹。

3.5　上机实训

3.5.1　制作虚拟三维宇宙动画

1. 实训目的

通过如图 3-65 所示的虚拟三维宇宙实例熟练掌握补间动画的制作方法，并分清它们制作限制的不同，初步了解在平面中虚拟三维效果的技巧。本实例的最终效果文件见"实例"（Demo\ch3\3-11.fla），所用素材见"实例"（Demo\image\earth.png）。

图 3-65　虚拟三维宇宙动画

2. 实训步骤

（1）新建一个 Flash 动画文档，设定背景颜色为黑色，在工作区右上角的下拉列表框中选择【显示全部】选项。

（2）在菜单栏中选择【文件】→【导入】→【导入到舞台】命令，在弹出的【导入】对话框中选择 "earth.png"，将地球图片导入进来。

（3）单击选中图像，在菜单栏中选择【修改】→【位图】→【转换位图为矢量图】命令，弹出如图 3-66 所示的对话框，使用默认值，单击【确定】按钮，该图像将转换为一组形状。

图 3-66　【转换位图为矢量图】对话框

提示

　　【转换位图为矢量图】命令可将位图转换为具有可编辑的离散颜色区域的矢量图形。将图像作为矢量图形处理，可以减小文件大小。将位图转换为矢量图形时，矢量图形不再链接到【库】面板中的位图元件。

注意

　　如果导入的位图包含复杂的形状和许多颜色，则转换后的矢量图形的文件比原始的位图文件大。若要找到文件大小和图像品质之间的平衡点，可以在【转换位图为矢量图】对话框中调整各种设置。还可以分离位图以使用 Flash 绘画和涂色工具修改图像。

　　对于【颜色阈值】，当两个像素进行比较后，如果它们在 RGB 颜色值上的差异低于该颜色阈值，则认为这两个像素颜色相同。如果增大了该阈值，则意味着降低了颜色的数量。

　　对于【最小区域】，输入一个值来设置为某个像素指定颜色时需要考虑的周围像素的数量。

　　对于【曲线拟合】，在下拉列表框中选择一个选项来确定绘制轮廓所用的平滑程度。

　　对于【转角阈值】，在下拉列表框中选择一个选项来确定保留锐边还是进行平滑处理。

　　若要创建最接近原始位图的矢量图形，输入和选择以下数值。

● 【颜色阈值】为 "10"
● 【最小区域】为 "1" 像素
● 【曲线拟合】选择【像素】选项
● 【转角阈值】选择【较多转角】选项

（4）在菜单栏中选择【插入】→【新建元件】命令，在弹出对话框的【名称】文本框中输入 "Ball"，在【类型】选项区中点选【图形】单选钮，单击【确定】按钮。选择工具箱中的【椭圆工具】按钮 ◯，在【属性】面板中设定无边框颜色，填充为白色到黑色放射状渐变，在舞台中央绘制一个小圆，如图 3-67 所示。

图 3-67　绘制小圆

（5）单击【场景 1】，回到场景中，在【时间轴】面板左下角单击【插入图层】按钮 ◻，新建一个图层。按<Ctrl>+<L>键打开【库】面板，将 "Ball" 元件拖入到舞台中，在图层 2 的第 30 帧单击，按<F6>键插入关键帧；右击中间任意一帧，并在弹出的快捷菜单中选择【创建补间动画】命令。

（6）单击【添加运动引导层】按钮 ⚬，单击工具箱中的【椭圆工具】按钮 ◯，在【属性】面板中设定无填充颜色，边框为白色，绘制一个椭圆。单击【任意变形工具】按钮 ▦，顺时针旋转 45° 左右，单击【橡皮擦工具】按钮 ⊘ 擦掉一个小轮廓，如图 3-68 所示。

（7）单击图层 2 的第 1 帧，将小球吸附到椭圆开口的一端；单击第 30 帧，吸附到另一端。按<Enter>键，小球沿椭圆路径运动，如图 3-69 所示。

图 3-68　绘制非闭合的椭圆路径

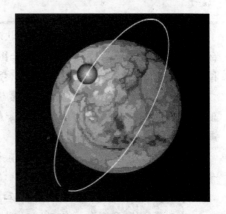

图 3-69　小球沿椭圆运动

（8）如果制作小球在三维空间中运动的运动效果，单击图层 1，将其选中，右击并在弹出的快捷菜单中选择【复制帧】命令，单击最上面的引导层，单击【插入图层】按钮 ◻，在上面创建一个新层，在帧上右击并在弹出的快捷菜单栏中选择【粘贴帧】命令。预览动画，选中小球从上方要钻进文字时的前面所有帧，右击并在弹出的快捷菜单中选择【清除帧】命令，【时间轴】面板如图 3-70 所示。

（9）按<Ctrl>+<Enter>键测试动画，小球在虚拟的三维空间中沿椭圆绕着地球旋转。

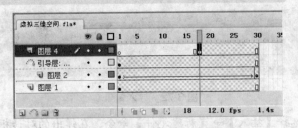

图 3-70　动画的【时间轴】面板

 注意

　　在这个实例中使用了部分遮挡的方法使人产生错觉，这也正是虚拟三维效果的技巧之一。

3. 实训总结

　　本实训介绍了小球沿轨迹运动的补间动画和位图转换为矢量图的方法，还简要介绍了一种虚拟三维空间的技巧，运用到了很多本章学到的相关知识，请读者结合实际操作熟练掌握。

3.5.2　制作动态 Banner

1. 实训目的

　　通过制作如图 3-71 所示常见的网页动态 Banner 效果，进一步熟悉运动动画的制作步骤和制作限制，掌握各种图形的绘制、编辑与修改方法，并初步了解影片剪辑的方法和应用技巧，为设计制作丰富动态的网页效果打基础。本实例的最终效果文件见"实例"(Demo\ch3\3-12.fla)，所用素材见"站点实例"(WebDemo\image\banner.jpg)。

图 3-71　网页动态 Banner

2. 实训步骤

　　(1) 新建一个 Flash 动画文档，根据网页需要设定【大小】为"760*54"，【背景颜色】设为黑色，在工作区右上角的下拉列表框中选择【显示全部】选项。

　　(2) 在菜单栏中选择【文件】→【导入】→【导入到舞台】命令，将已经设计好的背景图片导入进来。单击工具栏中的【对齐】按钮，打开【对齐】面板，依次单击【相对于舞台】按钮、【水平中齐】按钮、【垂直中齐】按钮，将图片放置在舞台中央，如图 3-72 所示。

图 3-72　导入背景

（3）在菜单栏中选择【插入】→【新建元件】命令，在弹出的对话框的【类型】选项区中点选【图形】单选钮，单击【确定】按钮，进入元件的编辑状态。单击工具箱中的【矩形工具】按钮□绘制矩形，如图 3-73 所示。

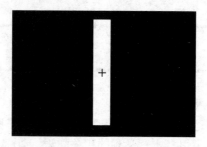

图 3-73　绘制矩形条

（4）在菜单栏中选择【插入】→【新建元件】命令，在弹出的对话框的【类型】选项区中点选【影片剪辑】单选钮，单击【确定】按钮，进入元件的编辑状态。将矩形条拖拽到舞台上单击，在【属性】面板中设定【颜色】为【Alpha】且值为 "20%"，在第 40 帧按<F6>键插入关键帧，将矩形条水平向右移动一段距离。右击中间任意一帧，在弹出的快捷菜单中选择【创建补间动画】命令，再分别在第 20 帧和第 30 帧按<F6>键插入关键帧，单击【任意变形工具】按钮▩将矩形条水平放大。按<Enter>键预览动画，矩形条水平右移，在第 20 帧到第 30 帧之间水平放大，在第 30 帧到第 40 帧之间水平缩小。再在第 55 帧按<F6>键插入关键帧，将矩形条左移至原位，在第 41 帧到第 55 帧之间右击，在弹出的快捷菜单中选择【创建补间动画】命令。

 提示

> 动画的中间过程可以任意进行创意和设置，但要注意把握动画的节奏，使动画丰富但又要避免凌乱花哨。

（5）单击【插入图层】按钮▫，将矩形条拖入。单击【任意变形工具】按钮▩将矩形条水平缩小成一个细条，在【属性】面板中设定【颜色】为【Alpha】且值为 "80%"，在第 20 帧、第 40 帧、第 60 帧和第 80 帧分别按<F6>键插入关键帧，在第 20 帧和第 60 帧将细条移动到右侧，在第 41 帧到第 55 帧之间右击，在弹出的快捷菜单中选择【创建补间动画】命令。

（6）单击【插入图层】按钮▫，先在第 30 帧按<F6>键插入关键帧，再将矩形条拖入。单击【任意变形工具】按钮▩将矩形条水平缩小，在【属性】面板中设定【颜色】为【Alpha】且值为 "20%"，在第 50 帧和第 70 帧分别按下<F6>键插入关键帧，在第 50 帧将细条移动到右侧，在第 41 帧到第 55 帧之间右击，在弹出的快捷菜单中选择【创建补间动画】命令，【时间轴】面板如图 3-74 所示。

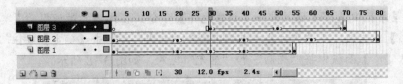

图 3-74 影片剪辑【时间轴】面板

（7）单击【场景 1】，回到场景中，单击【插入图层】按钮 ，从库中将制作好的影片剪辑拖入舞台，按<Ctrl>+<Enter>键测试动画，影片剪辑中的动画将循环播放。

 提示

> 为了丰富动画效果，可以在多个图层中制作动画，通过时间上出现的前后顺序和关键帧的设置来控制动画节奏，也可以根据需要在场景中多拖入几个影片剪辑来丰富画面。

（8）在菜单栏中选择【插入】→【新建元件】命令，在弹出的对话框的【类型】选项区中点选【图形】单选钮，在【名称】文本框中输入"星光"，单击【确定】按钮，进入元件的编辑状态。单击工具箱中的【椭圆工具】按钮 ，在【属性】面板中设定边框为无色，打开【颜色】面板，设定放射状渐变，如图 3-75 所示；设定右侧白色透明度为 0，绘制三个椭圆，并单击【任意变形工具】按钮 缩放旋转至如图 3-76 所示的设置。

图 3-75 在颜色【面板】中设定渐变

图 3-76 绘制星光效果

（9）在菜单栏中选择【插入】→【新建元件】命令，在弹出的对话框的【类型】选项区中点选【图形】单选钮，在【名称】文本框中输入为"椭圆"，单击【确定】按钮，进入元件的编辑状态。单击工具箱中的【椭圆工具】按钮 ，属性设定不变，绘制椭圆，如图 3-77 所示。

图 3-77 绘制椭圆

（10）在菜单栏中选择【插入】→【新建元件】命令，在弹出的对话框的【类型】选项区中点选【图形】单选钮，在【名称】文本框中输入"合成"，单击【确定】按钮，进入元件的编辑状态。从【库】面板中将"椭圆"和"星光"拖入，如图3-78所示。

图 3-78　合成图形

（11）单击【场景1】，回到场景中，单击【插入图层】按钮，从【库】面板中将制作好的"合成"拖入舞台，分别在两个图层的40帧按<F6>键插入关键帧，将"合成"图形从舞台左侧移动到右侧，【时间轴】面板如图3-79所示。

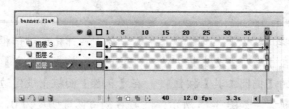

图 3-79　最终的【时间轴】面板

（12）按<Ctrl>+<Enter>键测试动画，将会出现如图3-71所示的动态效果。

提示

　　此例的动态效果可以输出为一个透明Flash动画，插入到不同的背景中使用，关于输出透明Flash的内容将在9.4节中进行讲解。

3. 实训总结

本实训运用了很多运动动画，还介绍了影片剪辑的使用方法，这些都是丰富动画效果的方法和技巧，在实例中还涉及到了颜色面板的设定，通过渐变色的图形填充可以绘制出很多特效图形，例如星光、光晕、光芒等等。

3.6 习　　题

1. 填空题

（1）Flash中有两种创建动画序列的方法，一种是_____，也称为原始动画，另一种叫做_____。

（2）由制作者指定的画面称为关键帧，一般是一段动画的_____和_____，关键帧之间的画面称为_____，关键帧根据有没有内容分为_____和_____两种。

(3) 形变动画的制作限制是＿＿＿＿＿＿＿＿＿＿＿＿＿＿＿＿＿＿＿＿。

(4) 运动动画的制作限制是＿＿＿＿＿＿＿＿＿＿＿＿＿＿＿＿＿＿。

(5) 运动动画不仅可以实现位置、＿＿＿＿＿＿以及＿＿＿＿＿＿的补间动画，还可以实现实例颜色、＿＿＿＿＿＿及＿＿＿＿＿＿等属性的变化。

(6) 元件的类型有三种，分别是＿＿＿＿＿＿、＿＿＿＿＿＿和＿＿＿＿＿＿。

2. 选择题

(1) 插入关键帧的快捷键是＿＿＿＿＿。

    A. <F5>　　　　　B. <F6>　　　　　C. <F7>　　　　　D. <F>8

(2) 插入普通帧的快捷键是＿＿＿＿＿。

    A. <F5>　　　　　B. <F6>　　　　　C. <F7>　　　　　D. <F8>

(3) 插入空关键帧的快捷键是＿＿＿＿＿。

    A. <F5>　　　　　B. <F6>　　　　　C. <F7>　　　　　D. <F8>

(4) 新建元件的快捷键是＿＿＿＿＿。

    A. <F5>　　　　　B. <F6>　　　　　C. <Ctrl>+<F8>　　D. <F8>

(5) 缓动值为 100，补间动画＿＿＿＿＿。

    A. 加速　　　　　B. 减速　　　　　C. 匀速　　　　　D. 先加速后减速

3. 问答题

(1) 形变动画与运动动画有什么相同点和不同点？

(2) 任意变形工具的功能是什么？

(3) 渐变变形工具的功能是什么？

(4) 制作沿轨迹运动动画应注意哪些问题？

(5) 图形分离打散的作用是什么？

4. 操作题

(1) 制作如图 3-80 所示从两侧进入缩小淡入的散焦文字效果。

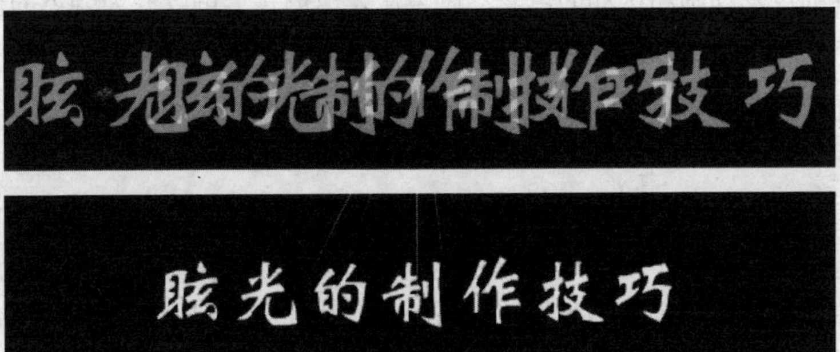

图 3-80　散焦文字

(2) 运用补间动画设计制作一个网页导航动画。

(3) 运用补间动画设计制作一个动态的网站 Logo。

第 4 章　Flash CS3 色彩动画

【教学目标】

色彩动画是对 Flash 基础动画进一步的综合运用。本章将由浅入深、结合实例，学习色彩动画的制作方法，通过学习使读者掌握色彩和光线的处理技巧，结合实践巧妙地运用到动画的设计与制作过程中。

【本章要点】

◆ 认识颜色面板
◆ 编辑渐变色
◆ 修改颜色属性
◆ 调整亮度
◆ 设定色调
◆ 设定透明度
◆ 创建影片剪辑
◆ 制作眩光
◆ 制作立体光芒

4.1　色彩动画基础

色彩动画就是在动画过程中有色彩变化与光的色彩变化效果的动画形式。它是由原始动画、形变动画与运动动画构成的一种综合性的动画表现形式。从制作技巧上可以分为原始帧的色彩动画、形变的色彩动画和运动的色彩动画，从表现形式上可以分为颜色的色彩动画和光的色彩动画。

4.1.1　认识颜色面板

Flash CS3 提供了方便快捷地应用、创建和修改颜色的操作。用户可以使用默认的调色板，也可以自己创建调色板，还可以为对象填充纯色、渐变色或位图。使用"无颜色"作为填充可以创建只有轮廓没有填充的形状。使用"无颜色"作为轮廓则可以创建没有轮廓的填充形状。

使用如图 4-1 所示的【颜色】面板，可以创建任何颜色。如果已经在舞台中选择了对象，则在【颜色】面板中所做的颜色更改会应用到所选对象。既可以在 RGB 或 HSB 模式下选择颜色，或者展开面板以使用十六进制模式，还可以通过指定 Alpha 值来定义颜色的透明度。此外，还可从现有调色板中选择颜色。使用渐变可达到各种丰富的色彩效果，如赋予二维对象以深度感等。【颜色】面板的主要功能如下。

(1) 笔触颜色——更改图形对象的笔触或边框的颜色。

(2) 填充颜色——更改填充形状颜色。

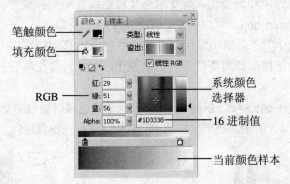

图 4-1　【颜色】面板

(3) 【类型】——更改填充样式。其中，选择【纯色】选项，则提供一种单一的填充颜色；选择【线性】选项，则产生一种沿线性轨道混合的渐变；选择【放射状】选项，则产生从一个中心焦点出发沿放射状轨道向外混合的渐变；选择【位图】选项，则用可选的位图图像平铺所选的填充区域，系统会弹出【导入到库】对话框，可以通过该对话框选择本地计算机上的位图图像，并将其添加到库中，可以将此位图用作填充，其外观类似于形状内填充了重复图像的马赛克图案；选择【无】选项，则表明删除填充。当【类型】选择【线性】或【放射状】选项时，会有以下两个选项。

- 　【溢出】——能够控制超出线性或放射状渐变限制进行应用的颜色。包括扩展（将指定的颜色应用于渐变末端之外）、镜像（利用反射镜像效果使渐变颜色填充形状）、重复（从渐变的开始到结束，再以相反的顺序从渐变的结束到开始，再从渐变的开始到结束，直到所选形状填充完毕）。

- 　【线性 RGB】——勾选该复选框，可创建 SVG（可伸缩的矢量图形）兼容的线性或放射状渐变。

(4) RGB——可以更改填充的【红】、【绿】和【蓝】（RGB）的色密度。

(5) 【Alpha】——可设置实心填充的不透明度，或者设置渐变填充的当前所选滑块的不透明度。如果【Alpha】值为"0%"，则创建的填充不可见（即透明）；如果【Alpha】值为"100%"，则创建的填充不透明。

(6) 当前颜色样本——显示当前所选颜色。如果从填充【类型】下拉列表框中选择某个渐变填充样式，例如选择【线性】或【放射状】，则【当前颜色样本】将显示所创建的渐变内的颜色过渡。

(7) 系统颜色选择器——能够直观地选择颜色，通过拖动十字准线指针，直到找到所需的颜色。

(8) 16 进制值——显示当前颜色的 16 进制值。若要使用 16 进制值更改颜色，可以输入一个新的值。16 进制颜色值（也叫做 HEX 值）是 6 位的字母数字组合，代表一种颜色。

4.1.2 创建和编辑填充

填充颜色可以分为纯色和渐变色，渐变填充又包括线性渐变和放射状渐变两种模式，Flash 的自定义填充类似于 Photoshop，可以移动、增加和删除图标 🔲。

- 移动 🔲——选中 🔲 之后拖动鼠标即可在渐变色条上移动位置。
- 增加 🔲——光标移动到渐变色条时自动变为加号，只要在渐变色条上单击就可以增加 🔲，如图 4-2 所示。
- 删除 🔲——按住 <Alt>+<Ctrl> 键，鼠标移动到渐变色条时会自动变为剪刀形状，单击即可删去 🔲，如图 4-3 所示。或用鼠标选中 🔲 后按住鼠标左键直接向下拖拽，也可将其删除。

图 4-2　增加 🔲

图 4-3　删除 🔲

4.2　制作颜色色彩动画

对实例颜色属性的编辑可以制作出很多常见的动画效果，如淡入淡出、明暗交替等效果，在这一节学习运动色彩动画和形变色彩动画的制作方法，通过实例掌握元件的色彩编辑和实例的颜色属性的调整，也进一步熟悉【时间轴】面板层与帧的使用方法。

4.2.1 制作五彩缤纷的文字

下面来制作一个如图 4-4 所示五彩缤纷的文字逐一出现和消失(打字机效果)和文字的淡入淡出效果，本实例的最终效果文件见"实例"(Demo\ch4\4-1.fla)。

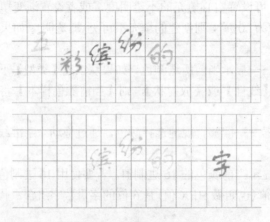

图 4-4　五彩缤纷的文字

具体操作步骤如下。

（1）新建一个 Flash 动画文档，设定【大小】为 "300*200"，在工作区右上角的下拉列表框中选择【显示全部】选项。

（2）单击工具箱中的【文本工具】按钮 T，在【属性】面板中设定字体为 "方正舒体"，字号为 "40"，字体类型为粗体，颜色为红色，在舞台上单击输入 "五彩缤纷的文字"。

（3）在菜单栏中选择【修改】→【分离】命令，将文本分离成单独的文字，如图 4-5 所示。分别选择每一个字，然后按<F8>键转换为元件，在弹出的对话框中命名，在【类型】选项区中点选【图形】单选钮，将文字分别存入【库】面板中。

图 4-5　将文字分离

（4）在舞台上将除 "五" 之外的 6 个字删除，在【时间轴】面板第 20 帧按<F6>键，创建关键帧。单击选中文字，在【属性】面板的【颜色】下拉列表框中选择【Alpha】，在其右侧的文本框中输入 "16%"，如图 4-6 所示。在【时间轴】面板图层 1 的第 1 到第 20 帧中任意一帧上右击，并在弹出的快捷菜单中选择【创建补间动画】命令，就完成了一个文字的淡出动画效果的制作。

图 4-6　透明度设定

（5）单击【时间轴】面板左下方的【插入图层】按钮，在第 5 帧按<F6>键，创建关键帧。从【库】面板中拖动 "彩" 字到舞台上，双击文字，原地进入元件的编辑状态，将文字的颜色改为黄色，如图 4-7 所示。

图 4-7　原地编辑元件的颜色

　提示

为了便于文字的对齐和放置，可以打开工作区的网格，在舞台上右击，在弹出的快捷菜单中选择【网格】→【显示网格】命令。

（6）单击【场景 1】，回到场景中，在第 25 帧按<F6>键插入关键帧。选中文字，在【属性】面板的【颜色】下拉列表框中选择【Alpha】，在其右侧的文本框中输入"16%"，在【时间轴】面板图层 2 中间的任意一帧上右击，在弹出的快捷菜单中选择【创建补间动画】命令，就又完成了一个文字的淡出动画效果的制作。

（7）依次类推，再新建 5 个图层，分别在第 10、15、20、25、30 帧插入关键帧，对其余的字做相同处理，双击每一个字，编辑每个字的颜色，进行淡出动画的设定，【时间轴】面板如图 4-8 所示。

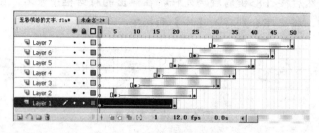

图 4-8 【时间轴】面板

（8）按<Enter>键预览动画效果，按下<Ctrl>+<Enter>键测试动画，"五彩缤纷的文字"逐一出现和消失（打字机效果），如图 4-4 所示。

4.2.2 制作流光溢彩的光环

再来制作一个如图 4-9 所示若隐若现、不断交错变化的两组彩色光环，本实例最终效果文件见"实例"（Demo\ch4\4-2.fla）。

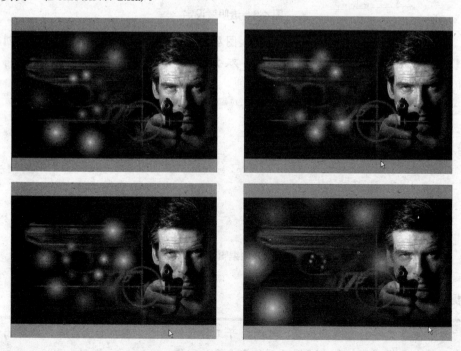

图 4-9 流光溢彩的光环

具体操作步骤如下。

(1) 新建一个 Flash 动画文档，背景为黑色，在工作区右上角的下拉列表框中选择【显示全部】选项。

(2) 在菜单栏中选择【插入】→【新建元件】命令，新建一个图形元件，命名为"光"。右击并在弹出的快捷菜单中选择【网格】→【显示网格】命令，将网格打开便于对齐，单击工具箱中的【矩形工具】按钮，设定边框为无色，填充绿色到黑色的放射状渐变。在【颜色】面板中设定黑色的【Alpha】值为"0%"，【颜色】面板如图 4-10 所示。按住<Shift>键绘制一个正方形，单击【任意变形工具】按钮，鼠标移动到四个角的任意一个角边，按住<Shift>键旋转 45°，如图 4-11 所示。

(3) 再编辑 4 个相同的图形，分别设置为红色、蓝色和黄色到透明黑色的放射状渐变填充，放置 4 个图形成四边形，如图 4-12 所示。

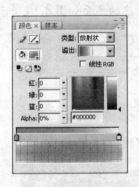

图 4-10 设置【颜色】面板

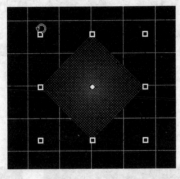

图 4-11 旋转

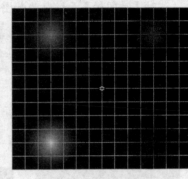

图 4-12 光

提示

为了保证四个图形的大小相等，也可以先复制三个相同的矩形，再修改填充颜色。

(4) 在菜单栏中选择【插入】→【新建元件】命令，再新建一个图形元件，命名为"光 2"。从【库】面板中拖拽"光"到舞台，在菜单栏中选择【窗口】→【变形】命令，打开【变形】面板，弹出【缩放】和【旋转】对话框，在【旋转】文本框中输入"45°"，在【缩放】文本框中输入"80%"，如图 4-13 所示。

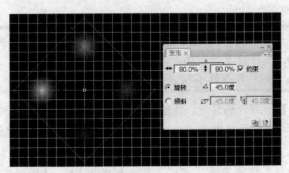

图 4-13 光 2

(5) 在菜单栏中选择【插入】→【新建元件】命令，新建一个影片剪辑元件，命名为"光环"。单击拖拽"光 2"到舞台中央，在第 10 帧和第 20 帧按<F6>键插入关键帧。在菜单栏中选择【修改】→【变形】命令，打开【变形】面板，单击第 1 帧，缩放 22%；单击第 10 帧，缩放 150%，旋转 170°；单击第 20 帧，缩放 22%；右击第 1 帧，在弹出的快捷菜单中选择【创建补间动画】命令，在【属性】面板的【旋转】下拉列表框中选择【顺时针】并输入"2"次；右击第 10 帧，在弹出的快捷菜单中选择【创建补间动画】命令，【时间轴】面板如图 4-14 所示。

(6) 单击【插入图层】▢，新建一个图层，单击拖拽"光"到舞台中央，在第 10 帧和第 20 帧按<F6>键插入关键帧。在菜单栏中选择【窗口】→【变形】命令，打开【变形】面板，单击第 1 帧，缩放 150%；单击第 10 帧，缩放 20%，旋转-170°；单击第 20 帧，缩放 150%；右击第 1 帧，在菜单栏中选择【创建补间动画】命令，在【属性】面板的【旋转】下拉列表框中选择【逆时针】并输入"2"次；右击第 10 帧，在弹出的快捷菜单中选择【创建补间动画】命令，这时【时间轴】面板变为如图 4-15 所示，舞台上 3 个关键帧对应的画面如图 4-16 所示。

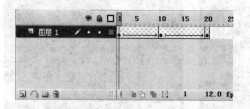
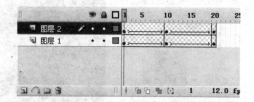

图 4-14　【时间轴】面板　　　　　　　　图 4-15　【时间轴】面板

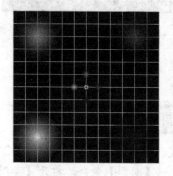
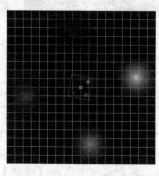
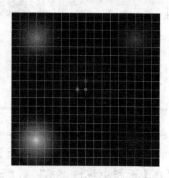

图 4-16　影片剪辑的 3 个关键帧

 提示

　　使用影片剪辑元件▣可以创建可重用的动画片段。影片剪辑拥有各自独立于主时间轴的多帧时间轴。可以将多帧时间轴看作是嵌套在主时间轴内，它们可以包含交互式控件、声音甚至其他影片剪辑实例。

(7) 单击【场景 1】，回到场景中，现在播放动画并没有任何动画效果，因为影片剪辑只是一个元件，只有把它拖放到舞台上才能起作用。把图层 1 重命名为"背景"，导入图片"007"，单击【矩形工具】▢，边框为无色，填充浅灰色，绘制矩形条。单击工具栏中的【对齐】按钮▣，打开【对齐】面板，依次单击【相对于舞台】按钮▢、【匹配宽度】按钮▣、【水平

中齐】按钮品、【上对齐】按钮⫪⫪，按住<Alt>键向下拖拽复制出一个灰色矩形条，再单击
【对齐】面板中的【底对齐】按钮⫱⫱，放到舞台底部，如图 4-17 所示。

(8) 单击【插入图层】按钮🔲，新建一个图层，命名为"光环"。拖入影片剪辑"光环"，
再单击【插入图层】按钮🔲，新建图层命名为"光环 2"。拖入影片剪辑"光环"，用【任意
变形工具】或【变形】面板将光环旋转 45°，如图 4-18 所示。

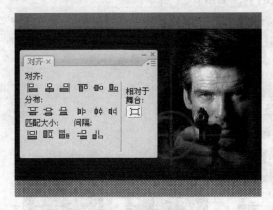

图 4-17 设定背景

图 4-18 旋转"光环"

(9) 动画的【时间轴】面板只有 1 帧，如图 4-19 所示，按<Enter>键无法看到动画效果，
按<Ctrl>+<Enter>键测试动画，光环交错转动起来，如图 4-9 所示。

图 4-19 动画最终的【时间轴】面板

4.2.3 制作霓虹灯文字特效

前两个实例都是有关运动色彩动画的内容，下面结合实例再来学习一下形变色彩动画的制
作方法。

制作一个如图 4-20 所示文字边缘的色彩不断变化的霓虹灯文字特效，本实例最终效果文
件见"实例"（Demo\ch4\4-3.fla）。

图 4-20 霓虹灯文字特效

具体操作步骤如下。

（1）新建一个 Flash 动画文档，背景色为黑色，在工作区右上角的下拉列表框中选择【显示全部】选项。

（2）单击工具箱中的【文本工具】按钮 T，在【属性】面板中设定字体为"Arial Black"，字号为"60"，在舞台上单击，输入文字"FLASH"，如图 4-21 所示。

（3）在菜单栏中选择【修改】→【分离】命令，将文字分解成单个的文字，再在菜单栏中选择【修改】→【分离】命令，或按<Ctrl>+<B>键，再次分离文字为图形，在【颜色】面板中设定黑色到白色再到黑色的线性渐变，如图 4-22 所示，文字如图 4-23 所示。

图 4-21　输入文字　　　　图 4-22　【颜色】面板　　　　图 4-23　渐变文字

（4）在空白处单击，取消对文字的选择，单击工具箱中的【墨水瓶工具】按钮，边框颜色设为红色，粗细为"2"，在每一个字上依次单击，填充边框颜色，如图 4-24 所示。

 注意

> 在填充边框颜色时，要在字母"A"上单击两次，因为现在的文字已经分解成图形，字母"A"由两部分组成。

（5）分别在第 5、10、15、20、25、30 帧，按<F6>键插入关键帧，依次单击修改边框颜色为橙、黄、绿、青、蓝、紫，如图 4-25 所示，按<Enter>键，可看到边框颜色跳变的文字。

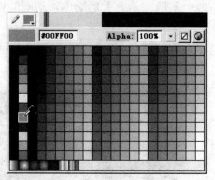

图 4-24　填充边框　　　　　　　　图 4-25　修改边框颜色

（6）在每一段颜色变化的中间帧上右击，在弹出的快捷菜单上选择【创建补间形状】命令，最终的【时间轴】面板如图 4-26 所示。

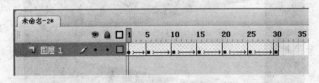

图 4-26　【时间轴】面板

（7）按<Enter>键预览动画效果，按<Ctrl>+<Enter>键测试动画，文字的边框颜色均匀变化，如同霓虹灯闪过，如图 4-20 所示。

4.3　制作光效色彩动画

上一节学习了有关颜色的色彩动画，这一节来学习巧妙运用色彩来实现光效的动画效果。

4.3.1　制作立体感的光芒

先来制作一个如图 4-27 所示的好像从字后面射出了一道道立体感的光芒，随着光的出现文字也逐个显示出来的动画效果，通过【钢笔工具】和渐变色的调整制作光效，利用光的淡入淡出和缩放动画模拟立体光的照射效果。本实例最终效果文件见"实例"（Demo\ch4\4-4.fla）。

图 4-27　立体感的光芒

具体操作步骤如下。

（1）新建一个 Flash 动画文档，背景色为黑色，在工作区右上角的下拉列表中框选择【显示全部】选项。

（2）在菜单栏中选择【插入】→【新建元件】命令，新建一个图形元件，命名为"light"。单击【钢笔工具】按钮 绘制一束灯光的形状，如图 4-28 所示，在 1 点的位置单击释放鼠标，在 2 点的位置单击释放鼠标，创建一条直线，在 3 点的位置单击拖动鼠标，拉杆上下垂直，在 4

点单击释放鼠标，创建两条曲率相同的曲线，在 5 点单击释放鼠标，最后在 1 点双击闭合曲线。

图 4-28　光芒绘制

（3）选中内部填充，在【颜色】面板中设置为透明黑色到淡黄色的线性渐变，如图 4-29 所示。选中图形边框，按<Delete>键删除，最终效果如图 4-30 所示。

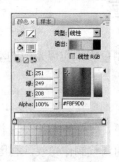

图 4-29　渐变填充【颜色】面板

图 4-30　立体光芒

（4）单击场景 1，把图层 1 重命名为"文字"。在第 10 帧按<F6>键创建关键帧，输入文字"立"，字体为黑体，字号为 50，颜色为淡黄色。依次类推，在第 13 帧、16 帧、19 帧分别按<F6>键插入关键帧，输入"体"、"光"、"芒"，在第 35 帧按<F5>键插入普通帧，【时间轴】面板如图 4-31 所示。

图 4-31　文字图层

（5）单击【时间轴】面板左下方的【插入图层】按钮 ▢，创建新图层，命名为"light1"。在第 7 帧按<F6>键创建关键帧，把元件"light"拖到舞台合适位置，如图 4-32 所示。

提示

为了确定元件"light"的位置，可以在【时间轴】面板中将播放头放置在第 10 帧之后有文字出现的帧上进行参考。

（6）单击选中光芒，在【属性】面板的【颜色】下拉列表框中选择【Alpha】选项并设定透明度为"0%"。

（7）在第14帧按<F6>键，在【属性】面板的【颜色】下拉列表框中选择【Alpha】选项，并设定透明度为"80%"。在菜单栏中选择【窗口】→【变形】命令，打开【变形】面板，水平缩放设置为"60%"，将光芒移动到合适的位置，如图4-33所示。

图4-32 光芒的位置

图4-33 光芒第2个关键帧的位置

（8）在第28帧按<F6>键，在【属性】面板的【颜色】下拉列表框中选择【Alpha】选项，并设定透明度为"0%"。在【变形】面板中设定水平缩放为"30%"，将光芒移动到合适的位置，如图4-34所示。

（9）在两段动画中间任意一帧右击并在弹出的快捷菜单中选择【创建补间动画】命令，【时间轴】面板如图4-35所示，光芒从无到有，再从有到无，水平缩小，好像从远处照射过来。

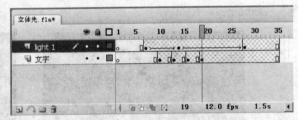

图4-34 光芒第3个关键帧的位置

图4-35 【时间轴】面板

这个立体感的光芒动画效果正是利用了投影的原理来实现的，3个关键帧对应的透明度和缩放如表4-1所示。

表4-1 关键帧比较表

属性 \ 关键帧	第1个关键帧	第2个关键帧	第3个关键帧
透明度	0%	80%	0%
水平缩放	100%	60%	30%

（10）单击【时间轴】面板左下方的【插入图层】按钮，新建图层命名为"light2"，复制图层"light1"的所有帧，粘贴到新图层的第10帧，并移动到合适的位置，遮住文本"体"，如图4-36所示。

（11）单击【时间轴】面板左下方的【插入图层】按钮两次，分别新建两个图层，并把图层"light1"的帧粘贴到第13帧和第16帧，并放置到合适的位置，遮住文本"光"和"芒"，

【时间轴】面板如图 4-37 所示。

（12）按<Enter>键预览动画效果，按<Ctrl>+<Enter>键测试动画，字后面好像射出了一道道立体感的光芒，随着光的出现文字也逐个显示出来，如图 4-27 所示。

图 4-36　关键帧位置

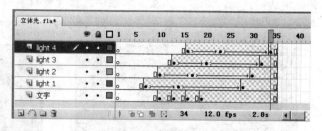

图 4-37　立体光芒【时间轴】面板

 提示

为了达到更好的效果，也可以为文字制作淡入淡出的动画效果。

4.3.2　制作眩光效果

再来制作一个如图 4-38 所示一道眩光由远及近的动画效果。本实例最终效果文件见"实例"（Demo\ch4\4-5.fla）。

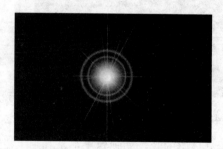

图 4-38　光芒第 3 个关键帧的位置

具体操作步骤如下。

（1）新建一个 Flash 动画文档，背景色为黑色，在工作区右上角的下拉列表框中选择【显示全部】选项。

（2）在菜单栏中选择【插入】→【新建元件】命令，新建一个图形元件，命名为"星光"，图层 1 命名为"光环"，在【颜色】面板的【类型】下拉列表框中选择【放射状】选项，各颜色值为(255，255，255，0%)、(236，214，213，50%)和(255，255，255，0%)，分布在右端，如图 4-39 所示。单击【椭圆工具】按钮◎，按<Shift>键绘制正圆，如图 4-40 所示。

（3）单击【时间轴】面板左下方的【插入图层】按钮⬛，新建图层命名为"光源"。在【颜色】面板的【类型】下拉列表框中选择【放射状】选项，各颜色值为(255，255，255，100%)和(255，201，90，0%)，分布在中间，如图 4-41 所示。单击【椭圆工具】按钮◎，按<Shift>

键绘制正圆, 如图 4-42 所示。

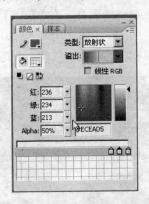

图 4-39　光环【颜色】面板

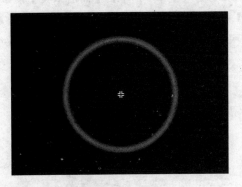

图 4-40　光环

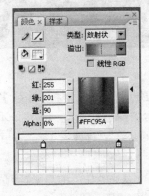

图 4-41　光源【颜色】面板

图 4-42　光源

(4) 单击【时间轴】面板左下方的【插入图层】🔲, 新建图层命名为"光芒"。单击【直线工具】按钮╲画一条直线, 选中直线, 在菜单栏中选择【修改】→【形状】→【将线条转换为填充】命令, 在【颜色】面板的【类型】下拉列表框中选择【线性】选项, 各颜色值为(255, 255, 255, 0%)、(192, 255, 255, 100%)和(255, 255, 255, 25%), 均匀分布, 如图 4-43 所示。

(5) 对直线进行三次复制并旋转和缩放长短, 如图 4-44 所示。

图 4-43　光芒【颜色】面板

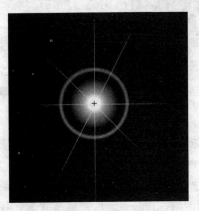

图 4-44　星光元件

计
算
机
职
业
培
训
丛
书

(6) 在菜单栏中选择【插入】→【新建元件】命令或按<Ctrl>+<F8>键，新建一个图形元件，命名为"蓝晕"。单击【椭圆工具】按钮◎，设定边框颜色为无色，在【颜色】面板的【类型】下拉列表框中选择【放射状】选项，各颜色值为(255，255，255，100%)、(0，9，187，100%)和(0，0，0，0%)，均匀分布，如图 4-45 所示。按住<Shift>键绘制正圆，如图 4-46 所示。

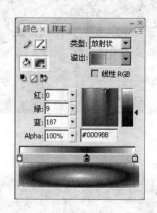

图 4-45　蓝晕【颜色】面板

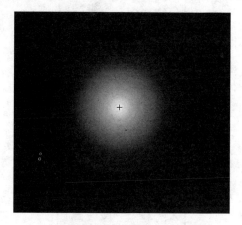

图 4-46　蓝晕元件

(7) 单击【场景 1】，切换到场景编辑状态，命名图层为"星光"。在第 1 帧置入"星光"元件，在第 30 帧按<F6>键，插入关键帧，将第 1 帧中的实例缩小到 30%，如图 4-47 所示。右击任意一帧，在弹出的快捷菜单中选择【创建补间动画】命令，在【属性】面板的【旋转】下拉列表框中选择【顺时针】选项，在其后的文本框中输入"1"次。

(8) 单击【插入图层】按钮，创建新图层，命名为"星光 2"。将星光层中的所有帧复制到"星光 2"上，拖动第一个关键帧到 15 帧，适当调整第 2 个关键帧的大小并设置【旋转】为【逆时针】，第 15 帧的画面如图 4-48 所示。

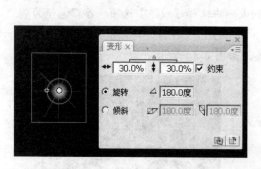

图 4-47　缩小"星光"

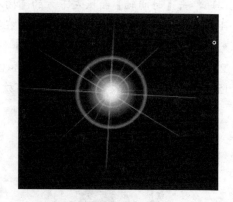

图 4-48　15 帧画面

(9) 单击【插入图层】按钮，创建新图层，命名为"蓝晕"。在第 1 帧处插入"蓝晕"符号，按<F6>键插入第 30 帧，在第 1、30 帧关键帧中分别调整透明度为 0%和 30%，调整蓝晕的叠放次序，使之放置在"星光"下层，【时间轴】面板如图 4-49 所示。

(10) 按<Enter>键预览动画效果，按下<Ctrl>+<Enter>键测试动画，出现一道眩光由远及近的动画效果。

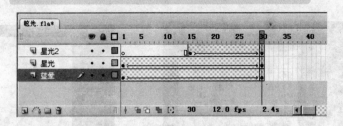

图 4-49 眩光【时间轴】面板

4.4 上机实训

4.4.1 制作翻书效果

1. 实训目的

通过制作一个如图 4-50 所示翻书的动画效果，进一步熟悉和掌握色彩动画的制作方法，并了解影片剪辑的使用技巧和平面虚拟三维翻书效果的制作技巧。本实训的最终效果文件见"实例"（Demo\ch4\4-6.fla）。

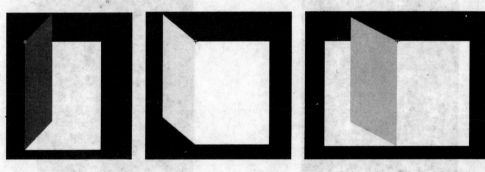

图 4-50 翻书效果

2. 实训步骤

（1）新建一个 Flash 动画文档，背景颜色设为黑色，在工作区右上角的下拉列表框中选择【显示全部】选项。

（2）在菜单栏中选择【插入】→【新建元件】命令，在弹出的对话框的图形元件的【名称】文本框中输入"书"，单击【确定】按钮进入到元件的编辑状态。单击【矩形工具】按钮，设定边框颜色为无色，填充颜色为红色，绘制一个矩形。选中矩形，单击工具栏中的【对齐】按钮，打开【对齐】面板，依次单击【相对于舞台】按钮、【左对齐】按钮、【上对齐】按钮，效果如图 4-51 所示。

（3）在【库】面板中"书"上右击复制粘贴出一个新的元件，选中矩形，将填充颜色由红色改为白色，如图 4-52 所示。

（4）在菜单栏中选择【插入】→【新建元件】命令，新建一个【影片剪辑】类型的元件。将【库】面板中"书"红色矩形拖入，单击工具栏中的【对齐】按钮，打开【对齐】面板，依次单击【相对于舞台】按钮、【左对齐】按钮、【上对齐】按钮。

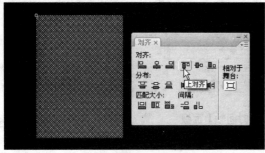

图 4-51　书对齐

图 4-52　白色复制元件

（5）在第 10 帧按<F6>键插入关键帧，单击【任意变形工具】按钮 ，将矩形向左缩放，向上斜切，如图 4-53 所示。在中间任意帧上右击，在弹出的快捷菜单中选择【创建补间动画】命令。

（6）单击【时间轴】面板左下方的【插入图层】按钮，在第 11 帧按<F6>键插入关键帧，右击图层 1 的第 10 帧，在弹出的快捷菜单中选择【复制帧】命令；在新层第 11 帧上右击，选择【粘贴帧】命令，将帧复制过来。在菜单栏中选择【修改】→【变形】→【水平翻转】命令，将矩形翻转到如图 4-54 所示的位置。

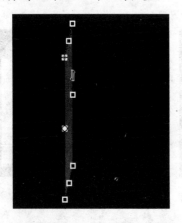

图 4-53　变形矩形

图 4-54　水平翻转

（7）在图层 2 的第 20 帧按<F7>键，插入空白关键帧，把图层 1 的第 1 帧复制过来。在菜单栏中选择【修改】→【变形】→【水平翻转】命令，右击中间任意帧，在弹出的快捷菜单中选择【创建补间动画】命令，【时间轴】面板如图 4-55 所示。

（8）选中第 11 帧，单击矩形，在【属性】面板的【颜色】下拉列表框中选择【色调】选项且为白色，【色彩数量】值设为 "90%"，如图 4-56 所示。

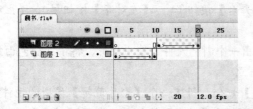

图 4-55　【时间轴】面板

图 4-56　颜色设定

（9）选中第 20 帧，单击矩形，在【属性】面板的【颜色】下拉列表框中选择【色调】选项且为白色，【色彩数量】值设为 "100%"。

（10）单击【插入图层】按钮 ，新建一个图层，将图层 1 的第 1 帧复制过来，单击选中图形，在【属性】面板中单击【交换】按钮，如图 4-57 所示。在弹出的对话框中选择 "书副本"，单击【确定】按钮，如图 4-58 所示。

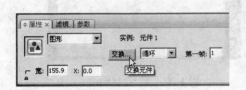

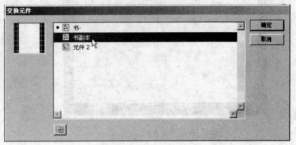

图 4-57 【属性】面板　　　　　　　　　　图 4-58 【交换元件】对话框

 提示

为了确保选中新层中的图形，可以先把图层 1 锁住。

（11）将图层 3 下移至最底层，在图层 2 之上再插入两个新的图层。在【时间轴】面板框选将图层 1、图层 2 全部选中，按住 <Alt> 键拖动至图层 4、图层 5，粘贴到图层 4 的第 21 帧，右击图层 4 的第 31 到第 40 帧，在弹出的快捷菜单中选择【删除帧】命令，【时间轴】面板如图 4-59 所示。

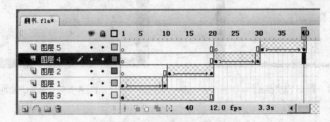

图 4-59 【时间轴】面板

（12）在图层 2、图层 3 的第 40 帧按 <F5> 键插入帧，【时间轴】面板变为如图 4-60 所示。

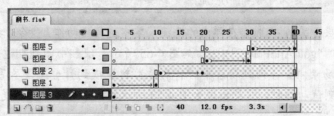

图 4-60 【时间轴】面板

（13）选中图层 4 的第 21 帧，单击矩形，在【属性】面板中单击【交换】按钮，在弹出的对话框中选择"书副本",单击【确定】按钮退出对话框。在【颜色】下拉列表框中选择【色调】选项且为黑色,【色彩数量】值设为"9%",如图 4-61 所示。第 30 帧交换成"书副本",在【颜色】下拉列表框中选择【色调】选项且为黑色,【色彩数量】值设为"23%",如图 4-62 所示。

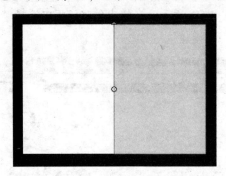

图 4-61　第 21 帧画面

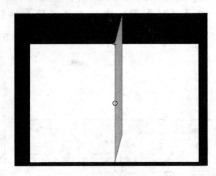

图 4-62　第 30 帧画面

　　(14) 选中图层 5 的第 31 帧,单击矩形,在【属性】面板中单击【交换】按钮,交换成"书副本"。在【颜色】下拉列表框中选择【色调】选项且为黑色,【色彩数量】值设为"23%",如图 4-63 所示。第 30 帧交换成"书副本",在【颜色】下拉列表框中选择【色调】选项且为黑色,【色彩数量】值设为"9%",如图 4-64 所示。

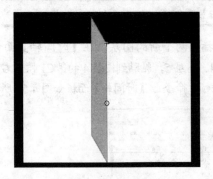

图 4-63　第 31 帧画面

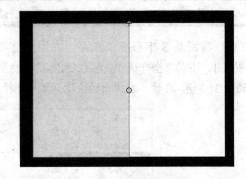

图 4-64　第 40 帧画面

 提示

　　色调设为黑色是为了使翻书时能感受到每一页透明的变化。

　　(15) 右击图层 5 的第 40 帧,在弹出的快捷菜单中选择【动作】命令,打开【动作】面板,在脚本行输入语句 "gotoAndPlay(21);",如图 4-65 所示,使翻书回到翻过封面之后。

　　(16) 单击【场景 1】,回到场景中,将影片剪辑拖拽到舞台上,尽管只有 1 帧,当按 <Ctrl>+<Enter>键测试动画时,就会出现如图 4-50 所示的翻书效果,这就是影片剪辑的特点。

 注意

　　注意脚本语句的大小写和书写语法规则。

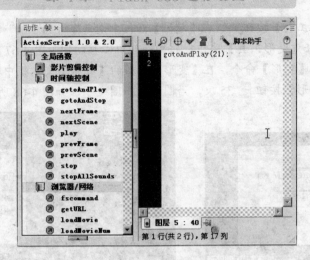

图 4-65 动作脚本

3. 实训总结

本实训巧妙运用了颜色属性的变化来实现翻书的效果，介绍了很多有关元件和实例颜色调整的方法，这些都是丰富动画效果的方法和技巧，希望读者熟练掌握，灵活运用。

4.4.2 制作旋转网址

1. 实训目的

通过制作如图 4-66 所示旋转网址的动画，掌握综合运用所学知识进行实践的基本思路和方法，进而熟练掌握色彩动画的制作方法，并了解影片剪辑的使用技巧和虚拟三维效果的制作技巧。本实训的最终效果文件见"实例"（Demo\ch4\4-7.fla）。

图 4-66 旋转网址

2. 实训步骤

（1）新建一个 Flash 动画文档，背景颜色设为黑色，在工作区右上角的下拉列表框中选择【显示全部】选项。

（2）单击【文本工具】按钮 T，在【属性】面板中设定字号为"20"，在舞台上单击输入文字"w"，单击【任意变形工具】按钮 将文字的中心移动到如图 4-67 所示的位置。在菜单栏中选择【窗口】→【变形】命令，在【变形】面板的【旋转】文本框中输入"10"，单击右下角【复制并应用变形】按钮 35 次，沿圆创建一圈文字，如图 4-68 所示。

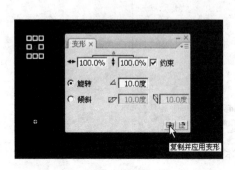

图 4-67 移动文字中心点并旋转

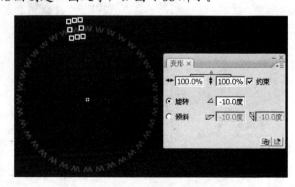

图 4-68 旋转复制

（3）单击【文本工具】按钮 T，依次单击每一个文字进行修改，输入网址名称，如图 4-69 所示。

图 4-69 依次输入文字

（4）圈选所有文字，按<F8>键将其转换为图形元件，命名为"文字"，转换前后的对比如图 4-70 所示。

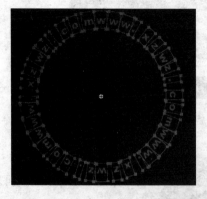

图 4-70 转换为图形元件前后的对比

(5) 在菜单栏中选择【插入】→【新建元件】命令，新建一个【类型】为【影片剪辑】的元件，【名称】为"旋转"，单击【确定】按钮进入编辑状态。

(6) 从【库】面板中将"文字"拖拽到舞台的中央，单击第 180 帧，按<F6>键插入关键帧。在中间任意一帧上右击，在弹出的快捷菜单中选择【创建补间动画】命令，在【属性】面板的【旋转】下拉列表框中选择【顺时针】选项，并在文本框中输入"1"次，如图 4-71 所示。这时按<Enter>键，可以看到网址旋转起来了。

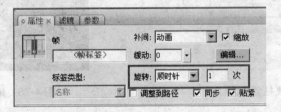

图 4-71　设定旋转参数

(7) 在菜单栏中选择【插入】→【新建元件】命令，新建一个【类型】为【图形】的元件，【名称】为"光晕"，单击【确定】按钮进入编辑状态。

(8) 单击工具箱中的【椭圆工具】按钮，在【颜色】面板中设定白色到白色再到透明白色的放射状渐变，如图 4-72 所示。在舞台上按住<Shift>键绘制一个正圆，如图 4-73 所示。

图 4-72　光晕【颜色】面板

图 4-73　绘制光晕

(9) 在菜单栏中选择【插入】→【新建元件】命令，新建一个【类型】为【图形】的元件，【名称】为"光柱"，单击【确定】按钮进入编辑状态。单击工具箱中的【矩形工具】按钮，在【颜色】面板中设定半透明白色到透明白色的线性渐变，如图 4-74 所示。在舞台上绘制一个矩形，单击【选择工具】按钮，移动端点至如图 4-75 所示光柱的形状。

(10) 单击【场景 1】，回到场景中，单击"图层 1"名称，重命名为"光晕"。将"光晕"拖拽到舞台上，单击【任意变形工具】按钮将其缩放成如图 4-76 所示的形状。

(11) 单击【时间轴】面板左下方的【插入图层】按钮，新建一个图层，命名为"阴影"。将"旋转"拖拽到舞台上，单击选中，在【属性】面板的【颜色】下拉列表框中选择【色调】选项，颜色设为"黑色"，如图 4-77 所示。再单击【任意变形工具】按钮将其缩放成如图 4-78 所示的形状。

计算机职业培训丛书

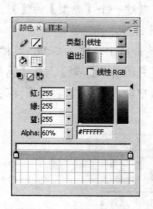

图 4-74　光柱颜色面板

图 4-75　编辑光柱

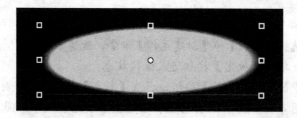

图 4-76　缩放光晕

图 4-77　设定色调

图 4-78　缩放网址

（12）单击【时间轴】面板左下方的【插入图层】按钮，新建一个图层，命名为"文字"。单击【文本工具】按钮，在【属性】面板中设定字体为"Arial Black"，字号为"260"，颜色为"深红色"，在舞台上单击，创建文本"e"，如图 4-79 所示。右击文字，在弹出的快捷菜单中选择【复制】命令，在空白处右击，在弹出的快捷菜单中选择【粘贴到当前位置】命令。在【属性】面板中将其颜色改为"橘黄色"，按<↑>键和<←>键各 10 次左右，使其产生错位，产生立体效果，如图 4-80 所示。

（13）单击【钢笔工具】按钮，在两个文本相交的地方创建图形，如图 4-81 所示，填充深红色。

提示

通过两个颜色不同的文本交错叠加，再在相交错的位置进行补充可以制作出三维效果的立体字。

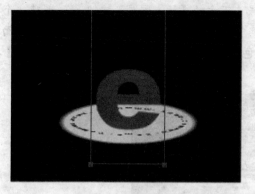

图 4-79　创建文本

图 4-80　复制文本

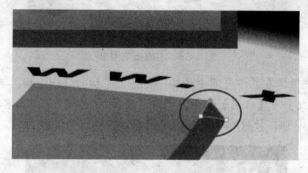

图 4-81　绘制相交点

　　(14) 单击【时间轴】面板左下方的【插入图层】按钮，新建一个图层，命名为"文字阴影"。将其拖放到"文字"层之下，将【库】面板中的"光晕"拖拽到舞台上，单击选中，在【属性】面板的【颜色】下拉列表框中选择【色调】选项，颜色设为"黑色"，再单击【任意变形工具】按钮将其缩放成如图 4-82 所示的效果。

 注意

　　文字的阴影也可以单独绘制，但为了减少数据量，要充分利用元件进行重复使用来优化动画。

图 4-82　文字阴影

(15) 选中"文字"层，单击【时间轴】面板左下方的【插入图层】按钮 ⬚，新建一个图层，命名为"旋转"。将【库】面板中的"旋转"拖拽到舞台上，单击选中，在【属性】面板的【颜色】下拉列表框中选择【色调】选项，颜色设为"白色"，再单击【任意变形工具】按钮 ⬚将其缩放扭曲变形成如图 4-83 所示的效果。

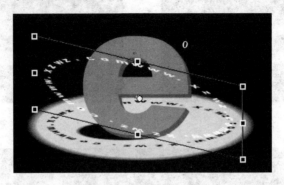

图 4-83　缩放扭曲网址

(16) 为了使网址像是在三维空间中旋转，要将文字切割进行遮挡。单击选中"文字"层，在菜单栏中选择【修改】→【分离】命令，将文字分离成图形，如图 4-84 所示。单击【选择工具】按钮 ▸选中上半部，按<Ctrl>+<X>键进行剪切。

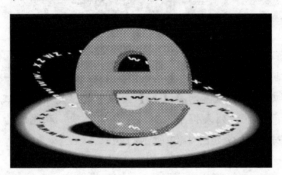

图 4-84　分离文字层

(17) 单击选中"旋转"层，单击【时间轴】面板左下方的【插入图层】按钮 ⬚，新建一个图层，命名为"文字上"。在舞台空白处单击，按<Ctrl>+<Shift>+<V>粘贴到当前位置，如图 4-85 所示，这时网址仿佛放置在三维空间中了。

图 4-85　将上半部粘贴到新层

（18）单击【时间轴】面板左下方的【插入图层】 ，新建一个图层，命名为"光柱"。将【库】面板中的"光柱"拖拽到舞台上，单击【任意变形工具】按钮 将其缩放成如图4-86所示的效果。

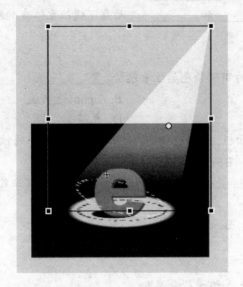

图4-86　缩放光柱

（19）这时动画就制作好了，【时间轴】面板如图4-87所示，共有7个图层，但仅有1帧。当按<Ctrl>+<Enter>键测试动画时，就会出现如图4-66所示旋转网址的效果。

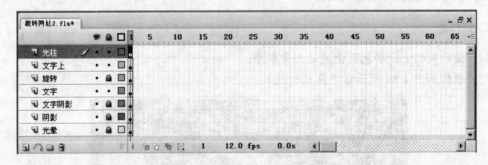

图4-87　旋转网址的【时间轴】面板

3. 实训总结

本实训综合运用了色彩动画的多种技巧来实现旋转网址的动画效果，同时也回顾了前几章学习的相关知识，希望读者能从中总结思路，摸索规律，做到举一反三。

4.5 习　　题

1. 填空题

（1）色彩动画就是在动画过程中有＿＿＿＿＿＿与＿＿＿＿＿＿效果的动画形式。

（2）使用【影片剪辑】元件可以创建_____的动画片段。影片剪辑拥有各自独立于主时间轴的多帧时间轴。可以将多帧时间轴看作是_____在主时间轴内，它们可以包含交互式控件、声音甚至其他_____实例。

（3）利用光的_____和_____动画可模拟立体光的照射效果。

2. 选择题

（1）在【属性】面板的实例颜色属性中包括_____。
A. 亮度   B. Alpha（透明度）
C. 色调   D. 色温

（2）选中【时间轴】面板上的帧，按住_____键可以将帧进行复制粘贴。
A. < Ctrl>   B. <Alt>   C. <Shift>   D. <Ctrl>+<Shift>

（3）按住键盘上的_____键，鼠标移动到渐变色条时会自动变为剪刀形状，单击即可删去□。
A. <Alt>   B. <Ctrl>   C. <Ctrl>+<Shift>   D. <Alt>+<Ctrl>

3. 问答题

（1）色彩动画是什么？如何进行分类？
（2）颜色面板的主要功能是什么？
（3）如何模拟立体光芒效果？
（4）影片剪辑的特点是什么？

4. 操作题

（1）设计制作一个颜色变化的动态导航条。
（2）制作如图 4-88 所示林中霞光的效果。

图 4-88　林中霞光的效果

第 5 章　Flash CS3 蒙版动画

【教学目标】

蒙版是Flash中一个很重要，也很有用的功能。蒙版动画就是一个动画层遮住下一个动画层一部分或全部，使其部分或全部显示出来的动画。由于在制作蒙版动画时可以融合运动、形变等若干种动画类型，因此它可以帮助人们设计制作出更加丰富生动的动画。

本章将重点学习蒙版动画的各种表现形式和制作技巧，通过学习希望读者掌握蒙版的概念和基本原理，了解蒙版动画的制作方法，并举一反三，结合实践巧妙地运用蒙版设计制作出各种蒙版动画效果。

【本章要点】

◆　认识遮罩层
◆　了解被遮罩层
◆　创建文字蒙版
◆　创建图形蒙版
◆　创建动画蒙版
◆　了解伪蒙版
◆　熟悉影片剪辑

5.1　认识蒙版动画

蒙版作为一个专有名词来源于印刷领域，在 Flash 中称之为"遮罩"，可以把其看作是一个带孔的画布，孔可以是任意的形状，遮盖在具有丰富动画内容的图层之上，然后通过这个画布中的孔来观看被画布覆盖的其他动画层中的运动对象，这就是蒙版的基本原理，而这个孔也就是要绘制编辑的区域。

5.1.1　认识 Flash 遮罩层

在 Flash 中，若要获得聚光灯效果和过渡效果，可以使用遮罩层创建一个孔，通过这个孔可以看到下面的图层。遮罩项目可以是填充的形状、文字对象、图形元件的实例或影片剪辑。将多个图层组织在一个遮罩层下可创建更加复杂的蒙版效果。若要创建动态效果，可以让遮罩层动起来。对于用作遮罩的填充形状，可以使用补间形状；对于类型对象、图形实例或影片剪辑，可以使用补间动画。当使用影片剪辑实例作为遮罩时，可以让遮罩沿着运动路径运动。

遮罩层要放在被遮罩的图层之上。与填充或笔触不同，遮罩项目就像一个窗口一样，透过它可以看到位于它下面的链接层区域，确定了一个显示范围。除了透过遮罩项目显示的内容之外，其余的所有内容都被遮罩层的其余部分隐藏起来。一个遮罩层只能包含一个遮罩项目。遮罩层不能在按钮内部，也不能将一个遮罩应用于另一个遮罩。

先来看两个蒙版的范例，如图 5-1 所示，不论是左侧图中在单色背景上，还是右侧图中的图片上，都是以一个不规则的图形作为蒙版，控制另一幅图片的显示区域。

图 5-1　蒙版范例

5.1.2　创建蒙版动画

蒙版动画就是一个动画层遮住下一个动画层一部分或全部，使其部分或全部显示出来的动画。要创建蒙版动画，至少需要有两层，一层作为遮罩层，一层作为被遮罩层，先来制作一个如图 5-2 所示简单的蒙版动画，说明蒙版动画的实现方法。本实例的最终效果文件见"实例"（Demo\ch5\5-1.fla）。

图 5-2　蒙版动画范例

具体操作步骤如下。

（1）新建一个 Flash 动画文档，在文档【属性】面板中设定大小为"550*200"，背景颜色为"黑色"，在工作区右上角的下拉列表框中选择【显示全部】选项。

（2）单击工具箱中的【文本工具】按钮 T，在【属性】面板中设定文字大小为 100，颜色红色，字体类型为斜体，在舞台上中间偏左的位置单击，输入"FLASH"。

(3) 单击【时间轴】面板左下方的【插入图层】按钮▣，在新图层上绘制一个椭圆，椭圆的属性为无边框颜色，填充白色到黑色的放射状渐变，大小如图 5-3 所示。

图 5-3　绘制椭圆

(4) 选中椭圆，按<F8>键，在弹出的【转换为元件】对话框中单击【确定】按钮，将椭圆图形转换为元件。单击图层 1 的第 15 帧，按<F5>键插入帧；单击图层 2 的第 15 帧，按<F6>键插入关键帧。将椭圆移动到文字的右侧，如图 5-4 所示，右击中间任意一帧，在弹出的快捷菜单中选择【创建补间动画】命令。

图 5-4　椭圆的运动动画

(5) 在图层 2 的名称上右击，在弹出的快捷菜单中选择【遮罩层】命令，如图 5-5 所示。这时【时间轴】面板发生了变化，图层 2 变成了遮罩层，图层 1 变成了被遮罩层，如图 5-6 所示。

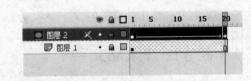

图 5-5　遮罩层　　　　　　　　　　图 5-6　设定遮罩层后的【时间轴】面板

(6) 按<Enter>键预览动画，文字在椭圆的动画区域内显现，如图 5-7 所示。

图 5-7　文字被遮罩的动画

提示

图 5-7 的动画效果与图 5-2 不同，这是因为图 5-7 是将文字作为被遮罩层，而在图 5-2 的动画中是将文字作为遮罩层。

（7）右击图层 2 的名称，在弹出的快捷菜单中取消遮罩层设定，单击并拖动图层 1 到图层 2 的上方，单击图层 1 的名称，在弹出的快捷菜单中选择【遮罩层】命令，这时【时间轴】面板如图 5-8 所示。按<Enter>键预览动画，出现了如图 5-2 所示的动画效果，实际上是椭圆在文字的区域内运动。

图 5-8　文字作为遮罩层的【时间轴】面板

通过这个实例，可以看出，哪一层在上作为遮罩层，就意味着该层对象只是作为一个区域，来控制下面被遮罩层对象的显示范围。遮罩层既可以是静止的，也可以是动态的。

 注意

遮罩层设定完成后，图层将自动被锁住。如果对层解锁，将可以进行修改，但要观看动画最终效果，必须锁住图层。

5.2　制作文字蒙版动画

使用蒙版可以制作出很多文字的动画效果，这在网页动画的设计与制作中是非常实用的，在这一节就继续学习几种常见的文字蒙版动画。

5.2.1　制作图片滚动文字

下面来制作一个如图 5-9 所示图片在文字上滚动的蒙版动画，本实例的最终效果文件见"实例"（Demo\ch5\5-2.fla），所用素材见"实例"（Demo\image\fire.jpg）。

图 5-9　图片滚动文字特效

具体操作步骤如下。

（1）新建一个 Flash 动画文档，设定大小为"550*200"，背景颜色为"黑色"，在工作区右上角的下拉列表框中选择【显示全部】选项。

(2) 在菜单栏中选择【文件】→【导入】→【导入到舞台】命令，导入一张图片，如图5-10所示。

图5-10 导入图片

(3) 单击【任意变形工具】按钮，在图片上单击，将其水平拉长、垂直方向缩小至如图5-11所示的形状。按<F8>键，在弹出的【转换为元件】对话框中单击【确定】按钮，将其转换为图形元件，如图5-12所示。

提示

图片进行拉长处理是为水平运动动画做准备。

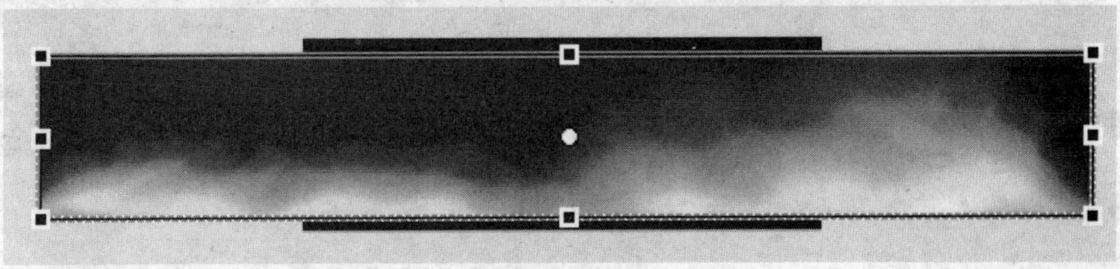

图5-11 缩放图片

图5-12 转换为元件

(4) 单击【时间轴】面板左下方的【插入图层】按钮，新建图层2，单击工具箱中的【文本工具】按钮T，在【属性】面板中设定字体为“Arial Black”，字体类型为“斜体”，字号为“70”，颜色可选择除黑色以外的任意颜色，在舞台上单击输入“FLASH CS3”。

(5) 在图层2的第25帧按<F5>键插入帧，在图层1的第25帧按<F6>键插入一个关键帧，第1帧将图片放置在右上角，第25帧将图片移动到左上角，如图5-13所示。右击任意一帧，在弹出的快捷菜单中选择【创建补间动画】命令。

图 5-13　图片从右上向左上移动

注意

所选图片尽量比文本框大，最好在运动的前后都能将文本全部遮盖。

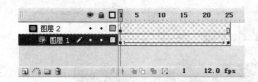

图 5-14　动画【时间轴】面板

（6）在图层 2 的名称上右击，在弹出的快捷菜单中选择【遮罩层】命令，使文字变成遮罩层，滚动的图片变为被遮罩层，【时间轴】面板如图 5-14 所示。

（7）按 <Enter> 键预览动画效果，按下 <Ctrl>+<Enter> 键测试动画，出现图片在文字上滚动的效果，如图 5-9 所示。

5.2.2　制作波动文字效果

再来制作一个如图 5-15 所示波动文字的动画，本实例的最终效果文件见"实例"（Demo\ch5\5-3.fla）。

图 5-15　波动文字

具体操作步骤如下。

（1）新建一个 Flash 动画文档，设定大小为 "600*200"，背景颜色为 "黑色"，在工作区右上角的下拉列表框中选择【显示全部】命令。

（2）单击工具箱中的【文本工具】按钮 T，在【属性】面板中设定文字大小为 "96"，颜色为 "黄色"，字体为 "华文行楷"，在舞台上输入 "波动文字"，如图 5-16 所示。

图 5-16　键入文字

（3）在菜单栏中选择【插入】→【新建元件】命令，在弹出的对话框的【名称】文本框中输入 "矩形条"。单击工具箱中的【矩形工具】按钮，在【属性】面板中设定无边框颜色，填充白色到黑色的线性渐变，打开右侧常用面板组中的【颜色】面板，将左侧白色块移动到中间，在左侧单击新建一个颜色块，设定为黑色，如图 5-17 所示，在舞台上绘制一个小矩形。

（4）单击工具箱中的【选择工具】按钮，选中矩形，按住<Alt>键向右移动进行复制，再选中一起多复制几个，复制出一个渐变的矩形条，如图 5-18 所示。

图 5-17　【颜色】面板　　　　　　　　　图 5-18　遮罩矩形条

（5）单击工作区左上角的【场景 1】，回到场景中，双击图层 1 名称，命名为 "文字 1"。单击第 50 帧，按<F5>插入帧（预计制作一个 50 帧长度的动画），单击图层 1 全部选中，在帧上右击，在弹出的快捷菜单中选择【复制帧】命令。

（6）单击【时间轴】面板左下方的【插入图层】按钮，命名为 "文字 2"。在第 1 帧上右击，在弹出的快捷菜单中选择【粘贴帧】命令，将文字复制到新层中，按<PgUp>键两下，再按<←>键两下，使文字向上、向左移动两个单位，如图 5-19 所示。

 提示

　　将文字向左上移动是为了使两个文字产生错位，形成阴影，在阴影的位置制作波动的动画效果。

图 5-19　文字错位

(7) 单击【插入图层】按钮，命名为"矩形条"。将【库】面板中的"矩形条"拖入到舞台上，左侧与文字的左侧对齐，将新层拖动到最下面，【时间轴】面板如图 5-20 所示。

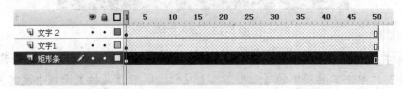

图 5-20　【时间轴】面板

(8) 单击"矩形条"层的第 50 帧，按<F6>键，插入关键帧，将矩形条向左移动，移动前后如图 5-21 所示，右击中间任意一帧，在弹出的快捷菜单中选择【创建补间动画】命令。

图 5-21　矩形条的起始及结束帧的位置

(9) 右击"文字 1"层的名称，在弹出的快捷菜单中选择【遮罩层】命令，【时间轴】面板如图 5-22 所示。

图 5-22　动画的【时间轴】面板

(10) 按<Enter>键预览动画，按<Ctrl>+<Enter>键测试动画，出现如图 5-15 所示波动文字的动画效果。

5.2.3　制作反色文字动画

下面再来制作一个如图 5-23 所示反色文字的动画效果，文字在黑色背景里是白字，进入白色背景就变成了黑字，这也是巧妙运用蒙版实现的动画效果。本实例的最终效果文件见"实例"（Demo\ch5\5-4.fla）。

图 5-23　反色文字动画

具体操作步骤如下.

（1）新建一个 Flash 动画文档，背景色设定为红色，在工作区右上角的下拉列表框中选择【显示全部】选项。

（2）单击工具箱中的【矩形工具】按钮，在【属性】面板中设定边框颜色为无色，填充颜色为黑色。在舞台上绘制一个矩形，单击工具栏中的【对齐】按钮，打开【对齐】面板，单击【相对于舞台】按钮、【匹配宽度】按钮、【水平中齐】按钮、【垂直中齐】按钮，用【选择工具】按钮选中矩形右半边，如图 5-24（a）所示。在【属性】面板中设定填充颜色为白色，制作出左半边黑色，右半边白色的背景，如图 5-24（b）所示。

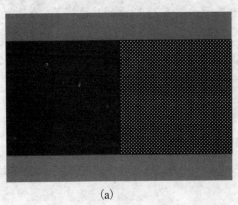
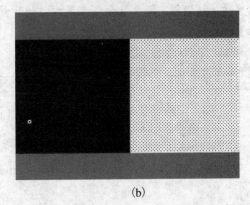

（a）　　　　　　　　　　　　　　　　　　（b）

图 5-24　制作背景图

（3）单击【时间轴】面板左下方的【插入图层】按钮，新建一个图层，将图层 1 的黑白背景复制粘贴到图层 2 中。选中图层 2，在菜单栏中选择【修改】→【变形】→【水平翻转】命令，将图层 2 变成左白右黑的背景，如图 5-25 所示。

图 5-25 图层 2 左白右黑的背景

（4）再单击【时间轴】面板左下方的【插入图层】按钮，新建一个图层。单击工具箱中的【文本工具】按钮T，在【属性】面板中设定文字大小为"96"，颜色可任意选择，字体为"Arial Black"，在舞台上输入"Flash CS3"。

（5）分别在图层 1 和图层 2 的第 30 帧按<F5>键插入帧，在文字层的第 1 帧将文字移动到舞台右侧；选中文字层的第 30 帧，按<F6>键插入关键帧，将文字移动到舞台左侧；中间任选一帧右击，在弹出的快捷菜单中选择【创建补间动画】命令，文字运动前后的画面如图 5-26 所示。

图 5-26 文字运动前后的画面

（6）右击文字层的名称，在弹出的快捷菜单中选择【遮罩层】命令，将文字作为遮罩，左白右黑作为被遮罩，那么就会在左黑右白的背景中显示如图 5-23 所示的反色字了，这时的【时间轴】面板如图 5-27 所示。

图 5-27 动画的【时间轴】面板

（7）按<Enter>键预览动画，按<Ctrl>+<Enter>键测试动画，即可看到反色文字的动画效果。

 提示

> 遮罩层作为一个显示区域，主要是形状起作用，颜色可以任意设定，而被遮罩层只有在遮罩层的区域中显示，这个反色字就是在遮罩层文字的显示区域中显示被遮罩层的左白右黑实现的。

5.3　制作图形蒙版动画

上一节学习了有关文字蒙版的一些特效动画，这一节来学习巧妙运用图形作为蒙版的动画效果。

5.3.1　制作探照灯动画

先来制作一个如图 5-28 所示如探照灯经过图片的动画效果，本实例的最终效果文件见"实例"（Demo\ch5\5-5.fla），所用素材见"站点实例"（WebDemo\image\特警.jpg）。

图 5-28　探照灯动画

具体操作步骤如下。

（1）新建一个 Flash 动画文档，文档大小设为"400*200"，在工作区右上角的下拉列表框中选择【显示全部】选项。

（2）在菜单栏中选择【文件】→【导入】→【导入到舞台】命令，导入一张图片，单击工具栏中的【对齐】按钮 ⊞，单击【相对于舞台】按钮 ☐、【匹配宽度】按钮 ▦、【匹配高度】按钮 ▥、【水平中齐】按钮 ▦、【垂直中齐】按钮 ▥，按<F8>键将图片转换为图形元件，如图 5-29 所示。

（3）单击选中元件，在【属性】面板的【颜色】下拉列表框中选择【亮度】选项，调整数值为"-60%"，调整后的图形元件如图 5-30 所示。

图 5-29 转换为图形元件

图 5-30 亮度值调整后的图形元件

（4）单击【时间轴】面板左下方的【插入图层】按钮，新建一个图层，从【库】面板中将图片元件拖放到舞台中央，与图层 1 的图片元件重叠。

（5）再单击【时间轴】面板的左下方的【插入图层】按钮，新建一个图层，单击工具箱中的【椭圆工具】按钮，在舞台上绘制一个模仿探照灯大小的椭圆，颜色可任意选择，按<F8>键转换为图形元件，如图 5-31 所示。

图 5-31 绘制椭圆

（6）分别单击图层 1 和图层 2 的第 30 帧，按<F5>键插入帧；再分别单击椭圆图层的第 15
帧和 30 帧，按下<F6>键插入关键帧。在第 15 帧将椭圆移动一个位置，单击【任意变形工具】按
钮　将其放大；再在第 30 帧将椭圆移动到另外一个位置，将其缩小，如图 5-32 所示。

 提示

　　　　在这里进行关键帧的放大缩小是为了模拟近大远小的透视效果，通常情况下还应
该考虑近实远虚等自然规律。

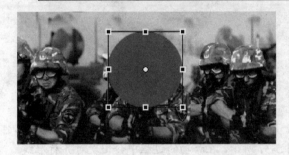

图 5-32　椭圆两个关键帧的位置、大小比较

（7）在每段中间任选一帧右击，在弹出的快捷菜单中选择【创建补间动画】命令。右击椭
圆图层的名称，在弹出的快捷菜单中选择【遮罩层】命令，【时间轴】面板如图 5-33 所示。

图 5-33　【时间轴】面板

（8）这时按<Enter>键预览动画，可以看到椭圆经过图片照亮图片的动画效果。

 提示

　　　　为了效果更加逼真，产生如图 5-28 所示的遮罩效果，我们还要进一步制作一个
半透明的遮挡物。这个遮挡物不作为遮罩，而是真正地进行遮盖。

（9）在【库】面板中右击"元件 2"，在弹出的快捷菜单中选择【直接复制】命令，打开
如图 5-34 所示的对话框，单击【确定】按钮，产生一个名为"元件 2 副本"的元件。

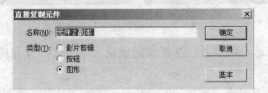

图 5-34　【直接复制元件】对话框

（10）双击"元件 2 副本"，进入其编辑状态，在【颜色】面板中设定填充透明黑色到黑色的放射状渐变，如图 5-35 所示。单击【渐变变形工具】按钮，调整其中心点和范围，如图 5-36 所示。

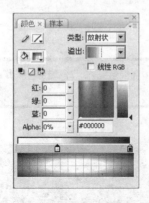

图 5-35 【颜色】面板

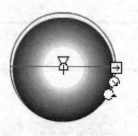

图 5-36 填充变形

（11）单击【场景 1】，回到场景中，单击【插入图层】按钮，新建一个图层，将"元件 2 副本"拖放到与"元件 2"重合的位置，如图 5-37 所示，在移动的过程中会出现对齐标准线。

图 5-37 放置"元件 2 副本"

（12）分别单击新椭圆图层的第 15 帧和第 30 帧，按<F6>键插入关键帧。在第 15 帧将椭圆移动到遮罩的位置，单击【任意变形工具】按钮将其放大，使其与"元件 2"重合；再在第 30 帧将椭圆移动到遮罩的位置，将其缩小，使其与"元件 2"重合，如图 5-38 所示。

图 5-38 两个关键帧椭圆与遮罩重合

（13）在每段中间任选一帧右击，在弹出的快捷菜单中选择【创建补间动画】命令，【时间轴】面板如图 5-39 所示。

（14）按<Enter>键预览动画，按<Ctrl>+<Enter>键测试动画，看到如图 5-28 所示探照灯经过的动画效果。

图 5-39　动画的【时间轴】面板

5.3.2　制作水中倒影动画

下面利用蒙版实现水中倒影的效果，水中的倒影朦胧并且不断晃动，模拟出水纹的效果，如图 5-40 所示。本实例的最终效果文件见"实例"（Demo\ch5\5-6.fla），所用素材见"实例"（Demo\image\ Malamute.jpg）。

图 5-40　水中倒影动画

具体操作步骤如下。

（1）新建一个 Flash 动画文档，背景设为黑色，在工作区右上角的下拉列表框中选择【显示全部】选项。

（2）在菜单栏中选择【文件】→【导入】→【导入到舞台】命令，导入一张图片。单击工具箱中的【任意变形工具】按钮将其放大缩小到合适的大小，按<F8>键将其转换为图形元件，如图 5-41 所示。

图 5-41　导入图片并转换为图形元件

(3) 在菜单栏中选择【修改】→【变形】→【垂直翻转】命令，将图片放置在舞台的下半部，如图 5-42 所示。双击图层 1 的名称，命名为"倒影 100"。

图 5-42　垂直翻转

(4) 单击【时间轴】面板左下方的【插入图层】按钮，新建一个图层，命名为"倒影60"。右击"倒影100"第1帧，在弹出的快捷菜单中选择【复制帧】命令，右击"倒影60"第1帧，在弹出的快捷菜单中选择【粘贴帧】命令，单击图片，按<↓>键和<→>箭头各两次，使图片向下向右移动两个单位。

(5) 在【属性】面板的【颜色】下拉列表框中选择【Alpha】选项，设定透明度值为"60%"，产生水中虚影的效果，如图 5-43 所示。

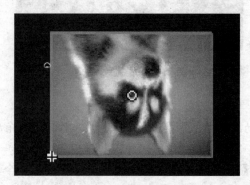

图 5-43　水中虚影的效果

(6) 单击【时间轴】面板左下方的【插入图层】按钮，新建一个图层，命名为"mask"。单击工具箱中的【矩形工具】按钮在倒影上绘制一些不规则排列的矩形条，如图 5-44 所示。

图 5-44　绘制遮罩

提示

> 在绘制遮罩的矩形条时为了绘制方便，可以把【视图】→【贴紧】→【贴紧至对象】的勾选去掉。

(7) 单击 "mask" 层的第 1 帧，将矩形条全部选中，按<F8>键转换为图形元件，命名为 "Mask"。

(8) 分别单击 "倒影 100" 和 "倒影 60" 的第 30 帧，按<F5>键插入帧，单击 "mask" 层的第 30 帧，按<F6>键插入关键帧，将矩形条移动到倒影图片的下方，使其穿过图片，如图 5-45 所示。

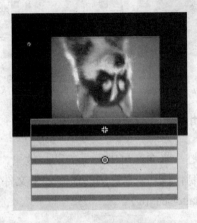

图 5-45　遮罩穿过图片

(9) 右击 "mask" 层名称，在弹出的快捷菜单中选择【遮罩层】命令，这时按<Enter>键可以看到水纹经过图片不断晃动的动画效果。

(10) 单击【时间轴】面板左下方的【插入图层】按钮，新建一个图层，命名为 "水面"。单击工具箱中的【矩形工具】按钮，在【属性】面板中设定边框颜色为无色，填充颜色为蓝绿色。打开常用面板组的【颜色】面板，将蓝绿色的【Alpha】值设为 "30%"，如图 5-46 所示，使其半透明。在舞台上绘制一个矩形，如图 5-47 所示。

图 5-46　颜色透明度设定

图 5-47　绘制半透明水面

（11）单击【时间轴】面板左下方的【插入图层】按钮，新建一个图层，命名为"图片"。将【库】面板中的图片元件拖入到舞台上，放置在倒影上方，如图 5-48 所示。

（12）按<Enter>键预览动画，按<Ctrl>+<Enter>键测试动画，水面中如有涟漪从图片的倒影中经过，最终的【时间轴】面板如图 5-49 所示。

图 5-48　拖放图片

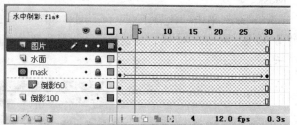

图 5-49　【时间轴】面板

5.3.3　制作水波荡漾动画

通过制作一个仿佛有风吹过，水面在风中荡漾的动画效果，如图 5-50 所示，学习巧妙运用蒙版实现特殊效果的方法和制作技巧。本实例的最终效果文件见"实例"（Demo\ch5\5-7.fla），所用素材见"实例"（Demo\image\sea.jpg）。

图 5-50　水波荡漾效果

具体操作步骤如下。

（1）新建一个 Flash 动画文档，在【属性】面板中设定尺寸大小为"600*300"，在工作区右上角的下拉列表框中选择【显示全部】。

（2）在菜单栏中选择【文件】→【导入】→【导入到舞台】命令，将图片导入进来。单击工具栏中的【对齐】按钮，打开【对齐】面板，依次单击【相对于舞台】按钮、【匹配宽度】按钮、【匹配高度】按钮、【水平中齐】按钮、【垂直中齐】按钮，将图片放置在舞台正中央。

（3）选中图片，按<F8>键，在弹出对话框的【类型】选项区中点选【图形】单选钮，单击【确定】按钮，将图片转换为图形元件，如图 5-51 所示。

图 5-51　导入图片

（4）单击【时间轴】面板左下方的【插入图层】按钮 ，新建一个图层。从【库】面板中将图形元件拖拽到舞台上，单击工具栏中的【对齐】按钮 ，打开【对齐】面板，依次单击【相对于舞台】按钮 、【水平中齐】按钮 、【垂直中齐】按钮 ，将图片放置在舞台正中央，分别按键盘上的<↓>键和<→>键两次，在【属性】面板的【颜色】下拉列表框中选择【Alpha】选项并将其值设为"60%"，产生如图 5-52 所示的虚影效果。

图 5-52　虚影效果

（5）单击【插入图层】按钮 ，新建一个图层，命名为"mask"。单击工具箱中的【刷子工具】按钮 ，在工具箱下方选项区设定刷子大小和刷子形状为适中大小和扁圆形状，如图5-53 所示。

 注意

刷子的属性选择在绘制中非常重要，选择扁圆形状可以模拟手绘的随意效果，软件会自动消除鼠标的抖动，达到较为理想的手绘效果。

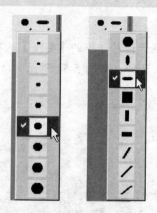

图 5-53　【刷子工具】设定

（6）在水面上任意绘制任意图形，如图 5-54 所示。

图 5-54　绘制任意图形

（7）分别在两个图片图层的第 25 帧按<F5>键插入帧，在"mask"层的第 25 帧按<F6>键插入关键帧，单击"mask"图层的第 25 帧，单击【刷子工具】按钮 再次任意绘制图形，如图 5-55 所示。

图 5-55　第 25 帧绘制任意图形

（8）在"mask"图层的中间任意一帧右击，在弹出的快捷菜单中选择【创建补间形状】命令，按<Enter>键测试动画，两组图形产生形变动画效果。

 提示

> 形变动画的起始和结束关键帧的图形要有一定的相似性，不能差异过大，这样产生的形变动画才能有预期的效果。

（9）在"mask"图层名称上右击，在弹出的快捷菜单中选择【遮罩层】命令，将其转换为遮罩层，遮住图片的虚影部分，这时按下<Enter>键预览动画，水面上产生了荡漾的动画效果，【时间轴】面板如图 5-56 所示。

（10）在弹出的快捷菜单中选择【文件】→【保存】命令，将文件保存。按下<Ctrl+Enter>键测试动画，可以在源文件同一目录下产生导出的动画文件。

图 5-56 【时间轴】面板

这个实例介绍了蒙版使用的方法和技巧，同时还介绍了工具箱中【刷子工具】的使用方法。运用【刷子工具】可以模仿手绘效果，绘制出各种图形和图案，是 Flash 常用的绘制工具。这一实例的遮罩层运用了形变动画，通过形变遮罩产生水波荡漾的效果，这也是蒙版动画常用的制作技巧。

5.4 上机实训

5.4.1 制作放大镜效果

1. 实训目的

通过制作一个如图 5-57 所示经典蒙版动画"放大镜"，进一步熟悉蒙版动画的制作方法和技巧，分清蒙版和伪蒙版的区别，提高实际操作中解决问题的能力。本实训的最终效果文件见"实例"（Demo\ch5\5-8.fla）。

图 5-57 放大镜效果

2. 实训步骤

（1）新建一个 Flash 动画文档，在工作区右上角的下拉列表框中选择【显示全部】选项。

（2）在菜单栏中选择【插入】→【新建元件】命令，在弹出的对话框的【名称】文本框中输入为"放大镜"，点选【图形】单选钮，单击【确定】按钮进入到元件的编辑状态。单击工具箱中的【椭圆工具】按钮◎，在【属性】面板中设定边框颜色为深灰色，宽度为"4"，填充颜色为无色，在舞台中央按住<Shift>键绘制一个正圆。再单击工具箱中的【矩形工具】按钮▢，在【属性】面板中设定边框颜色为深灰色，填充颜色为白色到黑色的线性渐变，在圆形下面绘制一个矩形作为放大镜的手柄，如图 5-58 所示。

（3）单击工作区左上角的"场景1"，回到场景中，单击工具箱中的【文本工具】按钮T，在【属性】面板中设定颜色为红色，字体为"Arial Black"，字号为"60"，字体类型为斜体，在舞台上输入"Flash CS3"，如图 5-59 所示。单击图层 1 的名称，重命名为"小文字"，在第 30 帧按<F5>键插入帧。

图 5-58　放大镜图形元件　　　　　　　　图 5-59　键入小文字

（4）单击【时间轴】面板左下方的【插入图层】按钮↴，新建一个图层，双击名称，命名为"大文字"。单击工具箱中的【文本工具】按钮T，字号改为"75"，在舞台上输入"Flash CS3"，如图 5-60 所示。

图 5-60　键入大文字

（5）单击【时间轴】面板左下方的【插入图层】按钮↴，再新建一个图层，双击名称，命名为"放大镜"。将"放大镜"从【库】面板中拖放到舞台上文字的左侧，单击工具箱中的【任意变形工具】按钮，鼠标移动到四个角上出现旋转图标时逆时针旋转30°，在第30帧按<F6>键插入关键帧，将"放大镜"从左侧移动到右侧，如图 5-61 所示。

图 5-61　放大镜从左侧移动到右侧

（6）选择"大文字"图层，单击【时间轴】面板左下方的【插入图层】按钮，再新建一个图层，双击名称，命名为"遮罩"。单击工具箱中的【椭圆工具】按钮，在【属性】面板中设定无边框颜色，填充任意颜色，按住<Shift>键绘制一个正圆，圆的大小与放大镜的镜片大小相同，如图 5-62 所示。

（7）选中遮罩，按<F8>键将其转换为图形元件，命名为"遮罩"。单击"遮罩"层的第 30 帧，按<F6>键创建关键帧，将遮罩移动到右侧与放大镜同步，右击"遮罩"层名称，在弹出的快捷菜单中选择【遮罩层】命令，使大文字只在镜片中显示，如图 5-63 所示。

图 5-62　绘制遮罩圆形　　　　　　　　　　图 5-63　大文字被遮罩

 提示

> 大文字被遮罩，但小文字还在镜片中显示，如何将小文字遮住呢？这里需要用到伪蒙版。所谓伪蒙版，就是指图层中对象的颜色与舞台的颜色一致，从视觉上达到绝对遮挡的效果。

（8）选择"小文字"层，单击【时间轴】面板左下方的【插入图层】按钮，再新建一个图层，双击名称，命名为"伪蒙版"。单击工具箱中的【椭圆工具】按钮，在【属性】面板中设定边框颜色为无色，填充背景颜色，这里选择白色，按住<Shift>键绘制一个正圆，圆的大小与放大镜的镜片大小相同，如图 5-64 所示。

（9）选中"伪蒙版"，按<F8>键将其转换为图形元件，命名为"伪蒙版"。单击"伪蒙版"层的第 30 帧，按<F6>键插入关键帧，将伪蒙版移动到右侧与放大镜同步，这时的【时间轴】面板共有五层，排列顺序如图 5-65 所示。分别在"伪蒙版"，"遮罩"、"放大镜"层的任意帧上右击，在弹出的快捷菜单中选择【创建补间动画】命令。

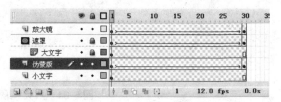

图 5-64　小文字的伪蒙版　　　　　　　图 5-65　动画的【时间轴】面板

（10）按<Ctrl>+<Enter>键测试动画，如同放大镜从文字上经过，镜片中文字被放大，如图 5-57 所示。

 注意

> 在这个实例中大文字使用的是蒙版动画，而小文字实际上是在镜片区域中被遮挡，不需要设定为遮罩层。

3. 实训总结

本实训进一步介绍了蒙版动画的制作技巧，还介绍了蒙版与伪蒙版的区别。在实际操作中，要具体问题具体分析，巧妙运用蒙版来实现各种动画效果。这一实例运用到了很多本章学到的相关知识，是一个经典的蒙版动画范例，请读者熟练掌握。

5.4.2　制作环游地球动画

1. 实训目的

通过制作一个如图 5-66 所示环游地球的动画效果，进一步学习巧妙运用蒙版实现特殊效果的方法和制作技巧。本实例的最终效果文件见"实例"（Demo\ch5\5-9.fla），所用素材见"实例"（Demo\image\map.jpg）。

图 5-66　环游地球动画

2. 实训步骤

（1）新建一个 Flash 动画文档，在【属性】面板中设定尺寸大小为"300*300"，背景颜色设为"深蓝色"，在工作区右上角的下拉列表框中选择【显示全部】选项。

（2）在菜单栏中选择【文件】→【导入】→【导入到舞台】命令，将地图图片导入进来。选中图片，单击【任意变形工具】按钮，将其缩小，按<F8>键，在弹出的对话框中点选【图形】单选钮，设定【名称】为"map"，单击【确定】按钮，将图片转换为图形元件，如图 5-67 所示。

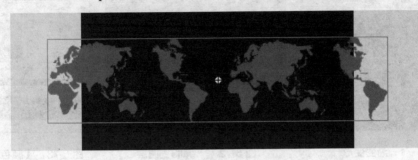

图 5-67　导入地图转换为图形元件

（3）在菜单栏中选择【插入】→【新建元件】命令，在弹出的对话框中点选【影片剪辑】单选钮，设定【名称】为"world"，单击【确定】按钮，进入影片剪辑的编辑状态。

（4）单击【椭圆工具】按钮，设定边框颜色为无色，填充颜色为蓝黑色(R: 0，G: 0，B: 38)，在舞台上按住<Shift>键绘制一个正圆，如图 5-68 所示。双击图层 1 名称，重命名为"ball1"。

（5）单击【插入图层】按钮，新建一个图层，命名为"ball2"。将"ball1"的正圆复制、粘贴到新图层中，将填充颜色改为普蓝(R: 43，G: 56，B: 82)到黑蓝色的放射状渐变(R: 9，G: 12，B: 28)，如图 5-69 所示。【颜色】面板如图 5-70 所示。

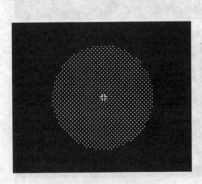

图 5-68　绘制黑色正圆

图 5-69　绘制渐变正圆

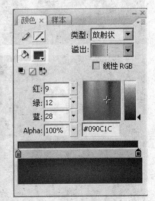

图 5-70　【颜色】面板

（6）单击【渐变变形工具】按钮，移动渐变中心点，放大渐变范围，如图 5-71 所示。

（7）单击【插入图层】按钮，新建一个图层，命名为"ball3"。将"ball2"的正圆复制、粘贴到新层中，将填充色改为橘红(R: 255，G: 90，B: 0)到黑色的放射状渐变，如图 5-72 所示。【颜色】面板如图 5-73 所示。

提示

> 这里要为地球的前面和后面分别创建遮罩，所以新建了两个 ball 图层。

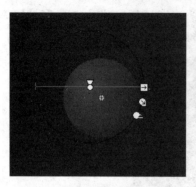

图 5-71 渐变变形

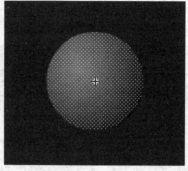

图 5-72 "ball3" 图层

图 5-73 【颜色】面板

（8）单击【插入图层】按钮，新建一个图层，命名为 "map1"。将 "map" 从【库】面板中拖拽到舞台上，在第 60 帧按<F6>键插入关键帧，将其从左侧移动到右侧，如图 5-74 所示。

图 5-74 将地图从左侧移动到右侧

 注意

> 地图是两张世界地图水平拼接的，在两个关键帧的设定上尽量使地图的位置相同，这样当旋转起来才不会出现跳动的现象。

第 5 章　Flash CS3 蒙版动画

(9) 右击 "map1"，在弹出的快捷菜单中选择【遮罩层】命令，这时按<Enter>键播放动画，可以看到如图 5-75 所示地球旋转的动画效果。

图 5-75　地球旋转

(10) 下面再来制作地球后面的遮罩效果。选择 "ball2"，单击【插入图层】按钮，新建一个图层，命名为 "map2"。将 "map" 从【库】面板中拖拽到舞台上，单击选中地图，在【属性】面板的【颜色】下拉中列表框选择【色调】选项，设定颜色为灰蓝色(41，50，68)，如图 5-76 所示。

图 5-76　设定色调

(11) 在 "map2" 的第 60 帧按<F6>键插入关键帧，将其从右侧移动到左侧，两个关键帧的地图位置也要尽量吻合，而且要与 "map1" 相接，如图 5-77 所示。

图 5-77　将地图从右侧移动到左侧

133

（12）右击"map2"，在弹出的快捷菜单中选择【遮罩层】命令，这时按<Enter>键播放动画，可以看到如图 5-78 所示地球三维旋转的动画效果。

图 5-78　地球三维旋转效果

（13）单击"map1"，单击【插入图层】按钮，再新建一个图层，命名为"ball4"。将"ball2"的正圆复制、粘贴到新层中，将填充色改为透明深蓝(0，0，38)到深蓝绿(0，48，99)的放射状渐变，如图 5-79 所示，设定一个背光的阴影区域。【颜色】面板如图 5-80 所示，影片剪辑的【时间轴】面板如图 5-81 所示。

图 5-79　设定背光阴影

图 5-80　【颜色】面板

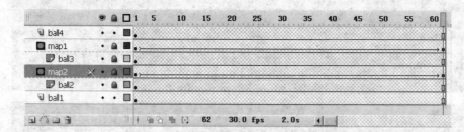

图 5-81　影片剪辑的【时间轴】面板

（14）单击【场景 1】，回到场景中，将地图删除。将"world"影片剪辑从【库】面板中拖拽到舞台上，单击选中，在【属性】面板的【颜色】下拉列表框中选择【高级】，单击【设置】按钮，在弹出的【高级效果】对话框中设置颜色和透明度，如图 5-82 所示。单击【确定】按钮，地球变为如图 5-83 所示的效果。

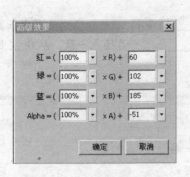

图 5-82　【高级效果】对话框

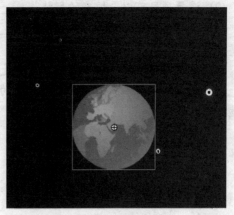

图 5-83　地球颜色调整

（15）单击【插入图层】按钮，单击【文本工具】按钮 T，设定字体为"幼圆"，字号为"25"，在舞台上输入文字"环游地球80天"，如图 5-84 所示。

（16）在菜单栏中选择【修改】→【分离】命令，将文字分离成单个的文字，如图 5-85 所示。依次单击进行移动，围绕地球放置，如图 5-86 所示。

图 5-84　键入文字

图 5-85　文字分离

图 5-86　围绕地球放置

（17）按<Ctrl>+<Enter>键测试动画，地球旋转起来，如图 5-66 所示。

3. 实训总结

本实训运用了两个遮罩动画，分别对地球的前半部和后半部进行了动画设定，虚拟了一个三维透明旋转地球的动画效果，值得强调的是正面地图和背面地图的配合关系，从而实现不间断动画的效果，在此基础上还为地球添加了背光阴影的效果，增加了地球的立体效果。

5.5　习　　题

1. 填空题

（1）蒙版动画就是一个动画层遮住下一个动画层_____，使其_____显示出来的动画。

(2) 遮罩项目可以是填充的形状、_____、图形元件的实例或_____。

(3) 要创建蒙版动画，至少需要_____层，一层作为_____层，一层作为_____层。

(4) 遮罩层作为一个显示区域，主要是_____起作用，_____可以任意设定。

(5) 所谓伪蒙版，就是指图层中对象的颜色与_____的颜色一致，从视觉上达到绝对遮挡的效果。

2. 选择题

(1) 遮罩层在被遮罩层的_____。

    A. 上一层   B. 下一层

    C. 同一层   D. 都可以

(2) 一个遮罩层能包含_____个遮罩项目。

    A. 1 个   B. 2 个

    C. 3 个   D. 几个都行

(3) 下列对遮罩层的描述正确的是_____。

    A. 遮罩层要放在被遮罩的图层之下。

    B. 一个遮罩层只能包含一个遮罩项目。

    C. 在按钮内部也可以设定遮罩层。

    D. 可以将一个遮罩应用于另一个遮罩。

(4) 下列哪些可以作为遮罩？

    A. 填充的形状   B. 文字对象

    C. 图形元件的实例   D. 影片剪辑

3. 问答题

(1) 蒙版是什么？蒙版的基本原理是什么？

(2) 蒙版动画的制作中应注意哪些问题？

(3) 遮罩层可以是动画吗，遮罩层有哪些特点？

(4) 什么是伪蒙版？与蒙版有什么区别？

4. 操作题

(1) 设计制作一个图形蒙版的效果。

(2) 制作水纹散开的蒙版效果。

(3) 在蒙版中制作动画实现放射旋转效果。

第 6 章　Flash CS3 特效动画

【教学目标】

Flash CS3 中的特殊效果包括滤镜、混合模式和时间轴特效。使用滤镜可以为文本、按钮和影片剪辑添加视觉效果，如图形或文字的发光、投影等。使用混合模式可以创建复合图像。使用时间轴特效可以快速创建复杂的动画。通过本章的学习，使读者基本掌握滤镜和混合模式的使用方法以及时间轴特效的制作方法，并结合实践将滤镜、混合模式和时间轴特效巧妙运用到动画的设计与制作中。

【本章要点】

- ◆ 认识滤镜
- ◆ 创建投影
- ◆ 创建模糊
- ◆ 制作发光
- ◆ 制作斜角
- ◆ 制作渐变发光
- ◆ 制作渐变斜角
- ◆ 调整颜色
- ◆ 创建时间轴特效
- ◆ 复制到网格
- ◆ 分布式直接复制
- ◆ 扩展
- ◆ 爆炸
- ◆ 变形
- ◆ 转变

6.1　认识滤镜

当需要为图形或文字添加一些发光或投影等特殊效果时，仅运用绘制工具来实现比较困难，而使用 Flash CS3 滤镜(图形效果)，可以为文本、按钮和影片剪辑增添有趣的视觉效果。

6.1.1　关于使滤镜活动

Flash 所独有的一个功能是可以使用补间动画让应用的滤镜动起来。在一个补间动画的不同关键帧上的各个对象，都有在中间帧上补间的相应滤镜的参数。如果某个滤镜在补间的另一端没有相匹配的滤镜（相同类型的滤镜），则会自动添加匹配的滤镜，以确保在动画序列的末端出现该效果。

为了防止在补间一端缺少某个滤镜或者滤镜在每一端以不同的顺序应用时，补间动画不能正常运行，Flash 会执行以下操作。

(1) 如果将补间动画应用于已应用了滤镜的影片剪辑，则在补间的另一端插入关键帧时，该影片剪辑在补间的最后一帧上自动具有它在补间开头所具有的滤镜，并且层叠顺序相同。

(2) 如果将影片剪辑放在两个不同帧上，并且对于每个影片剪辑应用不同滤镜，此外，两帧之间又应用了补间动画，则 Flash 首先处理带滤镜最多的影片剪辑。然后，Flash 会比较应用于第一个影片剪辑和第二个影片剪辑的滤镜。如果在第二个影片剪辑中找不到匹配的滤镜，Flash 会生成一个不带参数并具有现有滤镜颜色的虚拟滤镜。

(3) 如果两个关键帧之间存在补间动画并且向其中一个关键帧中的对象添加了滤镜，则 Flash 会在到达补间另一端的关键帧时自动将一个虚拟滤镜添加到影片剪辑。

(4) 如果两个关键帧之间存在补间动画并且从其中一个关键帧中的对象上删除了滤镜，则 Flash 会在到达补间另一端的关键帧时自动从影片剪辑中删除匹配的滤镜。

(5) 如果补间动画起始处和结束处的滤镜参数设置不一致，Flash 会将起始帧的滤镜设置应用于插补帧。挖空、内侧阴影、内侧发光以及渐变发光和渐变斜角类型，在补间起始和结束处设置不同时会出现不一致的设置。

例如，如果使用投影滤镜创建补间动画，在补间的第一帧上应用挖空投影，而在补间的最后一帧上应用内侧阴影，则 Flash 会更正补间动画中滤镜使用的不一致现象。在这种情况下，Flash 会应用补间的第一帧上所用的滤镜设置，即挖空投影。

6.1.2　关于滤镜和 Flash Player 的性能

应用于对象的滤镜类型、数量和质量会影响 SWF 文件的播放性能。应用于对象的滤镜越多，Flash Player 要正确显示创建的视觉效果所需的处理量也就越大。建议对一个给定对象只应用有限数量的滤镜。

每个滤镜都包含控件，可以调整所应用滤镜的强度和质量。在运行速度较慢的计算机上，使用较低的设置可以提高性能。如果要创建在一系列不同性能的计算机上回放的内容，或者不能确定观众可使用的计算机的计算能力，要将质量级别设置为"低"，以实现最佳的回放性能。

6.2　应　用　滤　镜

对象每添加一个新的滤镜，在【属性】面板中，就会将其添加到该对象所应用的滤镜的列表中。可以对一个对象应用多个滤镜，也可以删除以前应用的滤镜。只能对文本、按钮和影片剪辑对象应用滤镜。

可以创建滤镜设置库，轻松地将同一个滤镜或滤镜集应用于对象。Flash 将创建的滤镜预设

存储在【属性】面板上，单击【滤镜】选项卡，打开【滤镜】面板，单击【添加滤镜】按钮，
如图 6-1 所示。

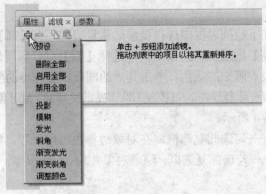

图 6-1　【滤镜】面板

6.2.1　应用投影

下面应用【投影】滤镜模拟对象投影到一个表面的效果，如图 6-2 所示。本实例的最终效
果文件见"实例"（Demo\ch6\6-1.fla）。

具体操作步骤如下。

（1）新建一个 Flash 动画文档，设定大小为"300*200"，
在工作区右上角的下拉列表框中选择【显示全部】选项。

（2）单击工具箱中的【文本工具】按钮 T，在【属性】
面板中设定字体为"Times New Roman"，字号为"100"，
字体类型为粗体，颜色为黑色，在舞台上单击输入"Flash"。

Flash

图 6-2　应用【投影】滤镜的文本

（3）单击选用文本，选择【滤镜】选项卡，打开【滤镜】面板，单击【添加滤镜】按钮，
然后在下拉列表中选择【投影】选项，如图 6-3 所示。

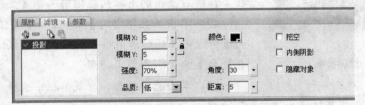

图 6-3　【滤镜】面板

（4）在【滤镜】面板上修改滤镜设置。

- 【模糊 X】、【模糊 Y】——设置投影的宽度和高度。在其后的文本框中输入数值，
  或单击按钮拖动滑块设置数值。
- 【强度】——设置投影的阴暗度。在其后的文本框中输入数值，或单击按钮拖动滑
  块设置数值。数值越大，阴影就越暗。
- 【距离】——设置投影与对象之间的距离。在其后的文本框中输入数值，或单击按钮

拖动滑块设置数值。

- 【角度】——设置投影的角度。在其后的文本框中输入数值，或单击按钮拖动角度盘设置数值。
- 【品质】——在下拉列表框中选择投影的质量级别。有【高】、【中】和【低】3个选项，选择【高】则近似于高斯模糊，选择【低】可以实现最佳的回放性能。
- 【颜色】——设置阴影的颜色。单击其后的图标，在弹出的颜色选择器中选择颜色。
- 【挖空】——勾选此复选框，可挖空(即从视觉上隐藏)源对象，并在挖空图像上只显示投影，如图6-4所示。
- 【内侧阴影】——勾选此复选框，在对象边界内应用阴影，如图6-5所示。
- 【隐藏对象】——勾选此复选框，隐藏对象并只显示其阴影，可以更轻松地创建逼真的阴影。

图6-4 【投影】滤镜的【挖空】效果　　　图6-5 【投影】滤镜的【内侧阴影】效果

6.2.2 创建倾斜投影

使投影滤镜倾斜，可创建一个更逼真的阴影。本实例的最终效果文件见"实例"(Demo\ch6\6-2.fla)。

图6-6 倾斜投影

具体操作步骤如下。

(1) 新建一个 Flash 动画文档，设定大小为"300*200"，在工作区右上角的下拉列表框中选择【显示全部】选项。

(2) 单击工具箱中的【矩形工具】按钮，在【属性】面板中设定【矩形边角半径】为"20"，填充色为深蓝色，在舞台上绘制一个圆角矩形。

(3) 单击选中矩形，在菜单栏中选择【修改】→【转换为元件】命令，将其转换为"按钮"元件。

(4) 选择【滤镜】选项卡，打开【滤镜】面板，单击【添加滤镜】按钮，然后在下拉列表中选择【投影】选项，设定【模糊 X】和【模糊 Y】为"16"。

(5) 右击"按钮"，在弹出的快捷菜单中选择【复制】命令，在空白处右击，在弹出的快捷菜单中选择【粘贴到当前位置】命令，单击【任意变形工具】按钮，使矩形旋转倾斜至如图6-7所示的形状。

(6) 选择【滤镜】选项卡，打开【滤镜】面板，勾选【隐藏对象】复选框隐藏对象副本，但隐藏对象的投影可见，如图6-8所示。

（7）在菜单栏中选择【修改】→【排列】→【下移一层】命令，将对象副本及其投影放置在复制操作的原始对象之后，如图 6-6 所示。

（8）调整【投影】滤镜设置和倾斜投影的角度，直到获得所需效果为止。

图 6-7　将复制的矩形变形

图 6-8　隐藏对象

6.2.3　应用模糊

使用【模糊】滤镜可以柔化对象的边缘和细节。将模糊应用于对象，可以让它看起来好像位于其他对象的后面，或者使对象看起来好像是运动的，如图 6-9 所示。本实例的最终效果文件见“实例”（Demo\ch6\6-3.fla）。

具体操作步骤如下。

（1）新建一个 Flash 动画文档，设定大小为“300*200”，在工作区右上角的下拉列表框中选择【显示全部】选项。

（2）单击工具箱中的【文本工具】按钮 T，在【属性】面板中设定字体为“Times New Roman”，字号为“100”，粗体，颜色为黑色，在舞台上单击输入“Flash”。

图 6-9　应用【模糊】滤镜的文本

（3）单击选用文本，选择【滤镜】选项卡，打开【滤镜】面板，单击【添加滤镜】按钮 ，在下拉列表中选择【模糊】选项，如图 6-10 所示。

图 6-10　【滤镜】面板

（4）在【滤镜】面板上修改滤镜设置。

- 【模糊 X】、【模糊 Y】——设置模糊的宽度和高度。在其后的文本框中输入数值，或单击按钮拖动滑块设置数值。
- 【品质】——在下拉列表框中选择模糊的质量级别。有【高】、【中】和【低】3 个选项，选择【高】则近似于高斯模糊，选择【低】可以实现最佳的回放性能。

6.2.4 应用发光

使用【发光】滤镜，可以为对象的周边应用颜色，如图 6-11 所示。本实例的最终效果文件见"实例"（Demo\ch6\6-4.fla）。

Flash

图 6-11 应用【发光】滤镜的文本

具体操作步骤如下。

（1）新建一个 Flash 动画文档，设定大小为 300*200，在工作区右上角的下拉列表框中选择【显示全部】选项。

（2）单击工具箱中的【文本工具】按钮 T，在【属性】面板中设定字体为"Times New Roman"，字号为"100"，字体类型为粗体，颜色为黑色，在舞台上单击输入"Flash"。

（3）单击选用文本，选择【滤镜】选项卡，打开【滤镜】面板，单击【添加滤镜】按钮，然后在下拉列表中选择【发光】选项，如图 6-12 所示。

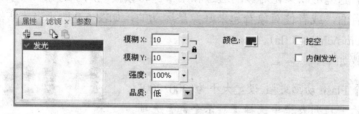

图 6-12 【滤镜】面板

（4）在【滤镜】面板上修改滤镜设置。

- 【模糊 X】、【模糊 Y】——设置发光的宽度和高度。在其后的文本框中输入数值，或单击按钮拖动滑块设置数值。

- 【强度】——设置发光的清晰度。在其后的文本框中输入数值，或单击按钮拖动滑块设置数值。

- 【品质】——在下拉列表框中选择发光的质量级别。有【高】、【中】和【低】3 个选项，选择【高】则近似于高斯模糊，选择【低】可以实现最佳的回放性能。

- 【颜色】——设置发光的颜色。单击其后的图标，在弹出的颜色选择器中选择颜色。

- 【挖空】——勾选此复选框，可挖空（即从视觉上隐藏）源对象，并在挖空图像上只显示发光，如图 6-13 所示。

- 【内侧发光】——勾选此复选框，在对象边界内应用发光，如图 6-14 所示。

图 6-13 【发光】滤镜的【挖空】效果

图 6-14 【发光】滤镜的【内侧发光】效果

6.2.5 应用斜角

应用【斜角】滤镜就是向对象应用加亮效果，使其看起来凸出于背景表面，如图 6-15 所示。本实例的最终效果文件见"实例"（Demo\ch6\6-5.fla）。

具体操作步骤如下。

（1）新建一个 Flash 动画文档，设定大小为 300*200，在工作区右上角的下拉列表框中选择【显示全部】选项。

（2）单击工具箱中的【文本工具】按钮 T，在【属性】面板中设定字体为"Times New Roman"，字号为"100"，字体类型为粗体，颜色为黑色，在舞台上单击输入"Flash"。

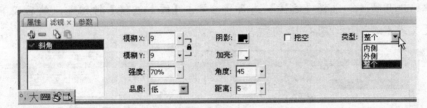

图 6-15 应用【斜角】滤镜的文本

（3）单击选用文本，选择【滤镜】选项卡，打开【滤镜】面板，单击【添加滤镜】按钮，然后在下拉列表中选择【斜角】选项，如图 6-16 所示。

图 6-16 【滤镜】面板

（4）在【滤镜】面板上修改滤镜设置。

- 【模糊 X】、【模糊 Y】——设置斜角的宽度和高度。在其后的文本框中输入数值，或单击按钮拖动滑块设置数值。

- 【强度】——设置斜角的不透明度并且不影响其宽度。在其后的文本框中输入数值，或单击按钮拖动滑块设置数值。

- 【距离】——设置斜角的宽度。在其后的文本框中输入数值，或单击按钮拖动滑块设置数值。

- 【角度】——设置斜边投下的阴影角度。在其后的文本框中输入数值，或单击按钮拖动角度盘设置数值。

- 【品质】——在下拉列表框中选择斜角的质量级别。有【高】、【中】和【低】3 个选项，选择【高】则近似于高斯模糊，选择【低】可以实现最佳的回放性能。

- 【类型】——在下拉列表框中选择斜角应用于对象的类型。有【内侧】、【外侧】和【整个】3 个选项。

- 【阴影】、【加亮】——设置斜角的阴影和加亮的颜色。单击其后的图标，在弹出的颜色选择器中选择颜色。

- 【挖空】——勾选此复选框，可挖空（即从视觉上隐藏）源对象，并在挖空图像上只显示斜角。

6.2.6 应用渐变发光

应用【渐变发光】滤镜可以在发光表面产生带渐变颜色的发光效果。渐变发光要求渐变开始处颜色的 Alpha 值为 0。不能移动此颜色的位置，但可以改变该颜色，如图 6-17 所示。本实例的最终效果文件见"实例"（Demo\ch6\6-6.fla）。

具体操作步骤如下。

图 6-17 应用渐变发光滤镜的文本

（1）新建一个 Flash 动画文档，设定大小为 300*200，在工作区右上角的下拉列表框中选择【显示全部】选项。

（2）单击工具箱中的【文本工具】按钮 T，在【属性】面板中设定字体为"Times New Roman"，字号为"100"，字体类型为粗体，颜色为黑色，在舞台上单击输入"Flash"。

（3）单击选用文本，选择【滤镜】选面卡，单击【添加滤镜】按钮 ，然后在下拉列表中选择【渐变发光】选项，如图 6-18 所示。

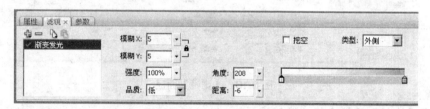

图 6-18 【滤镜】面板

（4）在【滤镜】面板上修改滤镜设置。

- 【模糊 X】、【模糊 Y】——设置发光的宽度和高度。在其后的文本框中输入数值，或单击按钮 拖动滑块设置数值。

- 【强度】——设置发光的不透明度并且不影响其宽度。在其后的文本框中输入数值，或单击按钮 拖动滑块设置数值。数值越大，阴影就越暗。

- 【距离】——设置阴影与对象之间的距离。在其后的文本框中输入数值，或单击按钮 拖动滑块设置数值。

- 【角度】——设置发光投下的阴影角度。在其后的文本框中输入数值，或单击按钮 拖动角度盘设置数值。

- 【品质】——在下拉列表框中选择渐变发光的质量级别。有【高】、【中】和【低】3 个选项，选择【高】则近似于高斯模糊，选择【低】可以实现最佳的回放性能。

- 【类型】——在下拉列表框中为对象选择应用的发光类型。有【内侧】、【外侧】和【整个】3 个选项。

- 【渐变定义栏】——设置发光的渐变颜色。渐变包含两种或多种可相互淡入或混合的颜色。单击渐变定义栏下的颜色指针 ，在弹出的颜色选择器中选择颜色。滑动颜色指针，可调整该颜色在渐变中的级别和位置。

- 【挖空】——勾选此复选框，可挖空（即从视觉上隐藏）源对象，并在挖空图像上只显示渐变发光。

提示

> 要向渐变中添加指针，单击渐变定义栏或其下方即可。若要创建有多达 15 种颜色转变的渐变，全部添加 15 个颜色指针。要重新放置渐变上的指针，沿着渐变定义栏拖动指针即可。若要删除指针，将指针向下拖离渐变定义栏即可。

6.2.7　应用渐变斜角

应用【渐变斜角】滤镜可以产生一种凸起效果，使得对象看起来好像从背景上凸起，且斜角表面有渐变颜色，如图 6-19 所示。渐变斜角要求渐变的中间有一种颜色的 Alpha 值为 0。本实例的最终效果文件见"实例"（Demo\ch6\6-7.fla）。

具体操作步骤如下。

（1）新建一个 Flash 动画文档，设定大小为 300*200，在工作区右上角的下拉列表框中选择【显示全部】选项。

图 6-19　应用【渐变斜角】滤镜的文本

（2）单击工具箱中的【文本工具】按钮 T，在【属性】面板中设定字体为"Times New Roman"，字号为"100"，字体类型为粗体，颜色为黑色，在舞台上单击输入"Flash"。

（3）单击选用文本，选择【滤镜】选项卡，打开【滤镜】面板，单击【添加滤镜】按钮，然后在下拉列表中选择【渐变斜角】选项，如图 6-20 所示。

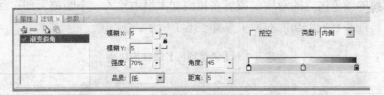

图 6-20　【滤镜】面板

（4）在【滤镜】面板上修改滤镜设置。

- 【模糊 X】、【模糊 Y】——设置斜角的宽度和高度。在其后的文本框中输入数值，或单击按钮拖动滑块设置数值。
- 【强度】——设置斜角的平滑度并且不影响其宽度。在其后的文本框中输入数值，或单击按钮拖动滑块设置数值。数值越大，阴影就越暗。
- 【距离】——设置斜角的宽度。在其后的文本框中输入数值，或单击按钮拖动滑块设置数值。
- 【角度】——设置光源的角度。在其后的文本框中输入数值，或单击按钮拖动角度盘设置数值。
- 【品质】——在下拉列表框中选择渐变斜角的质量级别。有【高】、【中】和【低】

3 个选项，选择【高】则近似于高斯模糊，选择【低】可以实现最佳的回放性能。

- 【类型】——在下拉列表框中为对象选择应用的斜角类型。有【内侧】、【外侧】和【整个】3 个选项。
- 【渐变定义栏】——设置斜角的渐变颜色。渐变包含两种或多种可相互淡入或混合的颜色。单击渐变定义栏下的颜色指针 $\square$，在弹出的颜色选择器中选择颜色。滑动颜色指针，可调整该颜色在渐变中的级别和位置。
- 【挖空】——勾选此复选框，可挖空（即从视觉上隐藏）源对象，并在挖空图像上只显示渐变斜角。

6.2.8 应用调整颜色

如果只想将"亮度"控件应用于对象，可使用位于【属性】面板中的颜色控件。若要获得与应用滤镜相比更高的性能，要选择【属性】面板的【颜色】下拉列表框中的【亮度】选项。

选择要调整颜色的对象，然后选择【滤镜】选项卡，打开【滤镜】面板，单击【添加滤镜】按钮 $\oplus$，然后在下拉列表中选择【调整颜色】选项，如图 6-21 所示。本实例的最终效果文件见"实例"（Demo\ch6\6-8.fla）。

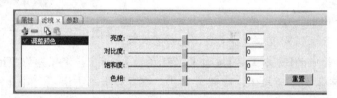

图 6-21　【滤镜】面板

拖动要调整的颜色属性的滑块，或者在相应文本框中输入一个数值，即可调整颜色属性。【调整颜色】属性和它们的功能对应关系如表 6-1 所示。

表 6-1　【调整颜色】属性与功能

属　　性	功　　能
【对比度】	调整图像的加亮、阴影及中调
【亮度】	调整图像的亮度
【饱和度】	调整颜色的强度
【色相】	调整颜色的深浅

若要将所有的颜色调整重置为 0 并使对象恢复其原来的状态，可以单击【重置】按钮。

6.3　应用混合模式

使用 Flash 中的混合模式，可以创建复合图像。复合是改变两个或两个以上重叠对象的透明度或者颜色相互关系的过程。使用混合，可以混合重叠影片剪辑中的颜色，从而创造独特的效果。

混合模式包含以下元素。

● 混合颜色——应用于混合模式的颜色。

● 不透明度——应用于混合模式的透明度。

● 基准颜色——混合颜色下面的像素的颜色。

● 结果颜色——基准颜色上混合效果的结果。

6.3.1 了解混合模式的类型

混合模式不仅取决于要应用混合的对象的颜色，还取决于基础颜色。应用不同的混合模式，可以获得不同的效果，如表 6-2 所示。为了直观地说明不同的混合模式如何影响图像的外观，用一张图作为示范进行比较，如图 6-22 所示。一种混合模式产生的效果可能会有很大差异，具体取决于基础图像的颜色和应用的混合模式的类型。

表 6-2　混合模式与效果

混合模式	混合效果
正常	正常应用颜色，不与基准颜色发生交互
图层	可以层叠各个影片剪辑，而不影响其颜色
变暗	只替换比混合颜色亮的区域。 比混合颜色暗的区域将保持不变
色彩增殖	将基准颜色与混合颜色复合，从而产生较暗的颜色
变亮	只替换比混合颜色暗的像素。 比混合颜色亮的区域将保持不变
滤色	将混合颜色的反色与基准颜色复合，从而产生漂白效果
叠加	复合或过滤颜色，具体操作需取决于基准颜色
强光	复合或过滤颜色，具体操作需取决于混合模式颜色。该效果类似于用点光源照射对象
差异	从基色减去混合色或从混合色减去基色，具体取决于哪一种的亮度值较大。 该效果类似于彩色底片
加色	通常用于在两个图像之间创建动画的变亮分解效果
减色	通常用于在两个图像之间创建动画的变暗分解效果
反色	反转基准颜色
Alpha	应用 Alpha 遮罩层
擦除	删除所有基准颜色像素，包括背景图像中的基准颜色像素

　注意

【擦除】和【Alpha】混合模式要求将图层混合模式应用于父级影片剪辑。不能将背景剪辑更改为【擦除】并应用它，因为该对象将是不可见的。

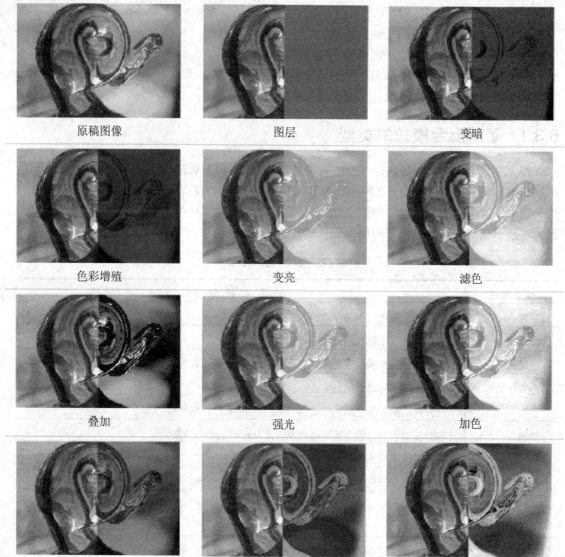

图 6-22　混合模式示范图

6.3.2　应用混合模式

应用混合模式的具体操作步骤如下。

（1）选择要应用混合模式的影片剪辑实例。

（2）若要调整影片剪辑实例的颜色和透明度，可以选择【属性】面板中的【颜色】下拉列表框中的选项进行调整。

（3）从【属性】面板的【混合】下拉列表框中，选择影片剪辑实例的混合模式，如图 6-23 所示，对所选的影片剪辑实例应用混合模式。

图 6-23 混合模式

(4) 通过设置影片剪辑的颜色和透明度以及不同的混合模式，以获得所需效果。

 注意

> 因为发布 SWF 文件时多个图形元件会合并为一个形状，所以不能对不同的图形元件应用不同的混合模式。

6.4 应用时间轴特效

通过在【时间轴】面板中添加特效，可以用最少的步骤创建各种不同的复杂动画效果。Flash CS3 内置的时间轴特效有变形、转换、分散式直接复制、复制到网格、模糊、投影、展开和分离。通过参数的设定，可以获得不同的效果。

使用预建的时间轴特效可以对以下对象应用时间轴特效，即文本、图形（包括形状、组以及图形元件）、位图图像、按钮元件。如果将时间轴特效应用于影片剪辑时，特效将嵌套在该影片剪辑中。

6.4.1 添加时间轴特效

向对象添加时间轴特效时，Flash 将创建一个图层并将该对象移至此新图层。对象放置于特效图形内，而且特效所需的所有补间和变形都位于此新创建图层上的图形中。

此新图层自动获得与特效相同的名称，而且其后会附加一个数字，代表在文档内的所有特效中应用此特效的顺序。

添加时间轴特效时，将向库中添加一个与该特效同名的文件夹，它包含了在创建该特效时所使用的元素。

添加时间轴特效的方法有很多种，可以在下面的方法中任选其一。

（1）选择要为其添加时间轴特效的对象。在菜单栏中选择【插入】→【时间轴板特效】命令，然后从中选择一种特效，如图 6-24 所示。

（2）右击要为其添加时间轴特效的对象，在弹出的快捷菜单中选择【时间轴特效】命令，然后选择一种特效，如图 6-25 所示。

图 6-24　添加时间轴特效方法一

图 6-25　添加时间轴特效方法二

6.4.2　设置时间轴特效

每种时间轴特效都以一种特定方式处理图形或元件，并允许更改所需特效的个别参数。表 6-3 所示为时间轴特效类别，当预览窗口时会显示了更改设置后发生的变化。

表 6-3　时间轴特效类别

时间轴特效名称		特效说明
变形/转换	变形	调整选定元素的位置、缩放比例、旋转、Alpha 和色调。使用【变形】可应用单一特效或特效组合，从而产生淡入/淡出、放大/缩小以及左旋/右旋特效
	转换	使用淡变、擦除或两种特效的组合向内擦除或向外擦除选定对象
帮助	分散式直接复制	直接复制选定对象在设置中输入的次数。第一个元素是原始对象的副本。对象将按一定增量发生改变，直至最终对象反映设置中输入的参数为止
	复制到网格	按列数直接复制选定对象，然后乘以行数，以便创建元素的网格
效果	分离	产生对象发生分离爆炸的错觉。文本或复杂对象组(元件、形状或视频片断)的元素裂开、自旋和向外弯曲
	展开	在一段时间内放大、缩小或者放大和缩小对象。此特效在组合在一起或在影片剪辑或图形元件中组合的两个或多个对象上使用效果最好。此特效在包含文本或字母的对象上使用效果很好
	投影	在选定元素下方创建阴影
	模糊	通过更改对象在一段时间内的 Alpha 值、位置或比例创建运动模糊特效

1. 变形

【变形】也就是形状发生变化，具体操作步骤如下。

（1）新建一个 Flash 动画文档，设定大小为"300*200"，在工作区右上角的下拉列表框中选择【显示全部】选项。

（2）单击工具箱中的【文本工具】按钮 T，在【属性】面板中设定字体为"Times New Roman"，字号为"100"，字体类型为粗体，颜色为黑色，在舞台上单击输入"Flash"。

（3）右击文本，在弹出的快捷菜单中选择【时间轴特效】→【变形/转换】→【变形】命令，弹出【变形】对话框，如图 6-26 所示。

（4）设定参数时，单击【更新预览】按钮，可以在预览窗口中观看动画效果。设定完毕后，单击【确定】按钮，这时【时间轴】面板会自动生成动画，按<Enter>键预览动画，就会出现设定的变形动画效果。

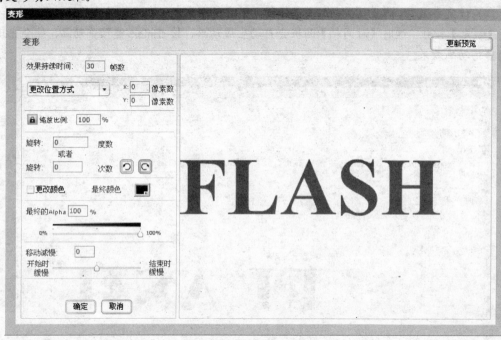

图 6-26 【变形】对话框

各参数的功能如下。

- 【效果持续时间】——设置特效持续的时间长度(以帧为单位)。
- 【移动位置】——按 X、Y 偏移量(以像素为单位)移动位置。
- 【更改位置方式】——按 X、Y 偏移量(以像素为单位)改变位置。
- 【缩放比例】——锁定时，可连续应用更改(以百分比为单位)；取消锁定，可单独应用 X 或 Y 轴更改(以百分比为单位)。
- 【旋转】——设置对象的旋转角度(以度数为单位)、旋转次数(逆时针、顺时针)。
- 【更改颜色】——勾选此复选框将改变对象的颜色；取消此复选框的勾选，不改变对象的颜色。
- 【最终颜色】——单击此按钮，可以指定对象最后的颜色(RGB 十六进制值)
- 【最终的 Alpha】——设置对象最后的 Alpha 透明度(以百分比为单位)。
- 【移动减慢】——可以设置开始时慢速，然后逐渐变快，或开始时快，然后逐渐变慢。

2. 转换

通过【转换】可以设定过渡或转场效果，具体操作步骤如下。

（1）新建一个 Flash 动画文档，设定大小为 300*200，在工作区右上角的下拉列表框中选择【显示全部】选项。

（2）单击工具箱中的【文本工具】按钮 T，在【属性】面板中设定字体为 "Times New Roman"，字号为 "100"，字体类型为粗体，颜色为黑色，在舞台上单击输入 "Flash"。

（3）右击文本，在弹出的快捷菜单中选择【时间轴特效】→【变形/转换】→【转换】命令，弹出【转换】对话框，如图 6-27 所示。

（4）设定参数时，单击【更新预览】按钮，可以在预览窗口中观看动画效果。设定完毕后，单击【确定】按钮，这时【时间轴】面板会自动生成动画，按<Enter>键预览动画，就会出现设定的转场动画效果。

图 6-27　【转换】对话框

各参数的功能如下。

- 【效果持续时间】——设置特效持续的时间长度(以帧为单位)。
- 【方向】——可以点选【入】或【出】单选钮，选择向内或向外的转换方向。勾选【淡化】复选框，产生淡入淡出效果；勾选【涂抹】复选框，产生擦除效果。单击其后的方向按钮可选涂抹方向。
- 【移动减慢】——可以设置开始时慢速，然后逐渐变快，或开始时快，然后逐渐变慢。

3. 分散式直接复制

【分散式直接复制】就相当于阵列复制的效果，具体操作步骤如下。

（1）新建一个 Flash 动画文档，设定大小为"300*200"，在工作区右上角的下拉列表框中选择【显示全部】选项。

（2）单击工具箱中的【文本工具】按钮 T，在【属性】面板中设定字体为"Times New Roman"，字号为"100"，字体类型为粗体，颜色为黑色，在舞台上单击输入"Flash"。

（3）右击文本，在弹出的快捷菜单中选择【时间轴特效】→【帮助】→【分散式直接复制】命令，弹出【分散式直接复制】对话框，如图 6-28 所示。

（4）设定参数时，单击【更新预览】按钮，可以在预览窗口中观看最终效果。设定完毕后，单击【确定】按钮，这时舞台上就会出现设定的分布复制的效果。

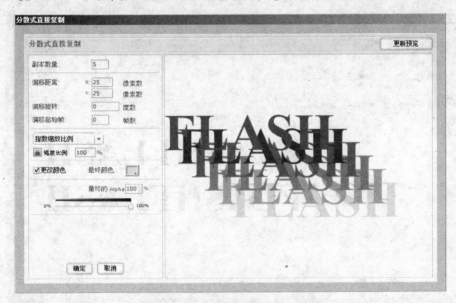

图 6-28 【分散式直接复制】对话框

各参数的功能如下。

- 【副本数量】——设置要复制的副本数。
- 【偏移距离】——X 位置表示 X 轴方向的偏移量（以像素为单位），Y 位置表示 Y 轴方向的偏移量（以像素为单位）。
- 【偏移旋转】——设置偏移旋转的角度（以度为单位）。
- 【偏移起始帧】——设置偏移开始的帧编号（以时间轴间的帧数为单位）。
- 【缩放比例】——在上方的下拉列表框中选择【指数缩放比例】，则按该文本框中的百分数在 X 和 Y 方向进行指数级缩放（以增量百分比为单位）；若选择【线性缩放比例】，则按百分数的 X 和 Y 方向进行线性缩放（以增量百分比为单位）。
- 【更改颜色】——勾选此复选框可以改变副本的颜色。
- 【最终颜色】——最终副本具有此颜色值，中间副本向该值逐渐过渡（RGB 十六进制值）。
- 【最终的 Alpha】——设置最后复本的 Alpha 透明度（以百分比为单位）。

4. 复制到网格

【复制到网格】也是一种复制的效果，具体操作步骤如下。

(1) 新建一个 Flash 动画文档，设定大小为 "300*200"，在工作区右上角的下拉列表框中选择【显示全部】选项。

(2) 单击工具箱中的【文本工具】按钮 T，在【属性】面板中设定字体为 "Times New Roman"，字号为 "100"，字体类型为粗体，颜色为黑色，在舞台上单击输入 "Flash"。

(3) 右击文本，在弹出的快捷菜单中选择【时间轴特效】→【帮助】→【复制到网格】命令，弹出【复制到网格】对话框，如图 6-29 所示。

(4) 设定参数时，单击【更新预览】按钮，可以在预览窗口中观看最终效果。设定完毕后，单击【确定】按钮，这时舞台上就会出现设定的复制的效果。

图 6-29 【复制到网格】对话框

各参数的功能如下。

● 【网格尺寸】——【行数】用于设置网格的行数；【列数】用于设置网格的列数。

● 【网格间距】——【行数】用于设置行间距(以像素为单位)；【列数】用于设置列间距(以像素为单位)。

5. 分离

【分离】特效的作用是产生对象分离的幻觉。可以对对象产生打散、旋转和向外抛散的动画效果。具体操作步骤如下。

(1) 新建一个 Flash 动画文档，设定大小为 "300*200"，在工作区右上角的下拉列表框中选择【显示全部】选项。

(2) 单击工具箱中的【文本工具】按钮 T，在【属性】面板中设定字体为 "Times New Roman"，字号为 100，字体类型为粗体，颜色为黑色，在舞台上单击输入 "Flash"。

(3) 右击文本，在弹出的快捷菜单中选择【时间轴特效】→【效果】→【分离】命令，弹出【分离】对话框，如图 6-30 所示。

(4) 设定参数时，单击【更新预览】按钮，可以在预览窗口中观看动画效果。设定完毕后，单击【确定】按钮，这时时间轴上会自动生成设定的分离动画效果。

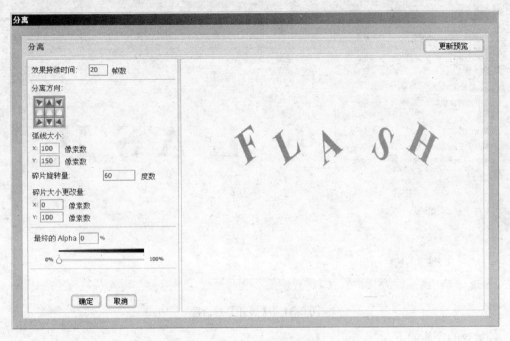

图 6-30 【分离】对话框

各参数的功能如下。

● 【效果持续时间】——设置特效持续的时间长度(以帧为单位)。
● 【分离方向】——单击此图标的方向按钮，可设置分离特效的运动方向，可选择向左上方、上方、右上方、左下方、下方、右下方。
● 【弧线大小】——设置以像素为单位的 X、Y 偏移量。
● 【碎片旋转量】——设置碎片的旋转角度(以度数为单位)。
● 【碎片大小更改量】——设置碎片的大小(以像素为单位)。
● 【最终的 Alpha】——设置分离特效最后的 Alpha 透明度(以百分比为单位)。

6. 展开

【展开】特效的作用是扩展或收缩对象，具体操作步骤如下。

(1) 新建一个 Flash 动画文档，设定大小为"300*200"，在工作区右上角的下拉列表框中选择【显示全部】选项。

(2) 单击工具箱中的【文本工具】按钮 T ，在【属性】面板中设定字体为"Times New Roman"，字号为"100"，字体类型为粗体，颜色为黑色，在舞台上单击输入"Flash"。

(3) 右击文本，在弹出的快捷菜单中选择【时间轴特效】→【效果】→【展开】命令，弹出【展开】对话框，如图 6-31 所示。

(4) 设定参数时，单击【更新预览】按钮，可以在预览窗口中观看动画效果。设定完毕后，单击【确定】按钮，这时【时间轴】面板上会自动生成设定的展开动画效果。

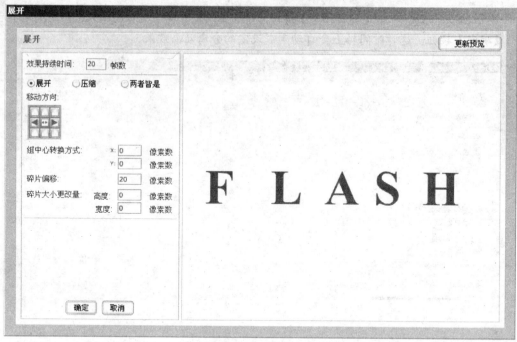

图 6-31 【展开】对话框

各参数的功能如下。

- 【效果持续时间】——设置特效持续的时间长度(以帧为单位)。
- 【展开】、【压缩】、【两者皆是】——点选某个单选钮,设置特效的运动方式。
- 【移动方向】——单击此图标的方向按钮,可设置展开特效的运动方向,可选择向左、从中心、向右。
- 【组中心转换方式】——按 X、Y 偏移量(以像素为单位)转换组中心。
- 【碎片偏移】——设置碎片(如文本中的每个文字)的偏移量(以像素为单位)。
- 【碎片大小更改量】——通过改变高度和宽度值来改变碎片的大小(以像素为单位)。

7. 投影

【投影】特效的作用是产生阴影效果,具体操作步骤如下。

(1) 新建一个 Flash 动画文档,设定大小为 300*200,在工作区右上角的下拉列表框中选择【显示全部】选项。

(2) 单击工具箱中的【文本工具】按钮 T,在【属性】面板中设定字体为"Times New Roman",字号为"100",字体类型为粗体,颜色为黑色,在舞台上单击输入"Flash"。

(3) 右击文本,在弹出的快捷菜单中选择【时间轴特效】→【效果】→【投影】命令,弹出【投影】对话框,如图 6-32 所示。

(4) 设定参数时,单击【更新预览】按钮,可以在预览窗口中观看阴影效果。设定完毕后,单击【确定】按钮,这时舞台上的文字产生了阴影效果。

图 6-32　【投影】对话框

各参数的功能如下。

- 【颜色】——设置阴影的颜色。
- 【Alpha 透明度】——设置阴影的 Alpha 透明度。
- 【阴影偏移】——设置阴影在 X 和 Y 轴方向的偏移量(以像素为单位)。

8. 模糊

【模糊】特效的作用是通过改变透明度、位置或缩放比例来创建运动模糊的效果,具体操作步骤如下。

(1) 新建一个 Flash 动画文档,设定大小为 300*200,在工作区右上角的下拉列表框中选择【显示全部】选项。

(2) 单击工具箱中的【文本工具】按钮 T,在【属性】面板中设定字体为"Times New Roman",字号为"100",字体类型为粗体,颜色为黑色,在舞台上单击输入"Flash"。

(3) 右击文本,在弹出的快捷菜单中选择【时间轴特效】→【效果】→【模糊】命令,打开【模糊】对话框,如图 6-33 所示。

(4) 设定参数时,单击【更新预览】按钮,可以在预览窗口中观看动画效果。设定完毕后,单击【确定】按钮,这时时间轴上会自动生成设定的模糊动画效果。

各参数的功能如下。

- 【效果持续时间】——设置特效持续的时间长度(以帧为单位)。
- 【分辨率】——用于调整动画的细腻程度。
- 【缩放比例】——根据元件大小,按比例数值缩放元件。

- 【允许水平模糊】——勾选此复选框，则在水平方向产生模糊效果。
- 【允许垂直模糊】——勾选此复选框，则在垂直方向产生模糊效果。
- 【移动方向】——单击此图标中的方向按钮，可以设置运动模糊的方向。

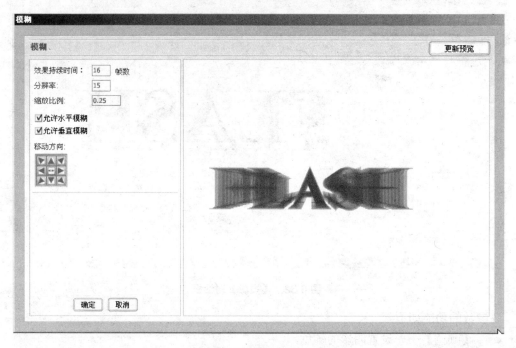

图 6-33　【模糊】对话框

6.4.3　编辑时间轴特效

在舞台上选择与特效关联的对象，右击该对象，然后在弹出的快捷菜单中选择【时间轴特效】→【编辑特效】命令，打开【模糊】对话框，编辑特效，修改后单击【确定】按钮即可。

6.4.4　删除时间轴特效

在舞台上，右击具有要删除的时间轴特效的对象，然后在弹出的快捷菜单中选择【时间轴特效】→【删除特效】命令，即可删除特效。

6.5　上 机 实 训

6.5.1　制作波纹动画

1. 实训目的

通过制作一个如图 6-34 所示水波纹的动画效果，进一步学习巧妙运用滤镜实现特殊效果的方法和制作技巧。本实例的最终效果文件见"实例"（Demo\ch6\6-9.fla）。

图 6-34　波纹动画效果

2. 实训步骤

（1）新建一个 Flash 动画文档，背景颜色设为深蓝色，在工作区右上角的下拉列表框中选择【显示全部】选项。

（2）在菜单栏中选择【插入】→【新建元件】命令，弹出【创建新元件】对话框，点选【图形】单选钮，在【名称】文本框中输入"波纹"，单击【确定】按钮，进入图形的编辑状态。

（3）单击工具箱中的【刷子工具】按钮，在选项区设定刷子的大小和形状，在【属性】面板中设定颜色为蓝色，【平滑】值为"10"，如图 6-35 所示，在舞台上绘制不规则的波纹形状，如图 6-36 所示。

图 6-35　刷子属性　　　　　　　　　　图 6-36　绘制波纹

（4）在菜单栏中选择【插入】→【新建元件】命令，在弹出的对话框中点选【影片剪辑】单选钮，在【名称】文本框中输入"波纹上"，单击【确定】按钮，进入影片剪辑的编辑状态。从【库】面板中将"波纹"拖拽进来，在第 20 帧和第 40 帧分别按<F6>键插入关键帧，在第 20 帧将"波纹"向右上方移动一点距离，在两段中间任意一帧右击，在弹出的快捷菜单中选择【创建补间动画】命令，单击【绘图纸外观】按钮，【时间轴】面板如图 6-37 所示，动画效果如图 6-38 所示。

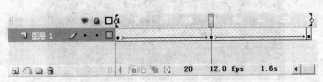

图 6-37　【时间轴】面板

图 6-38 "波纹上"动画效果

（5）在菜单栏中选择【插入】→【新建元件】命令，在弹出的对话框中点选【影片剪辑】单选钮，在【名称】文本框中输入"波纹下"，单击【确定】按钮，进入影片剪辑的编辑状态。从【库】面板中将"波纹"拖拽进来，在第 20 帧和第 40 帧分别按<F6>键插入关键帧，在第 20 帧将"波纹"向左下方移动一点距离，在两段中间任意一帧右击，在弹出的快捷菜单中选择【创建补间动画】命令，单击【绘图纸外观】按钮，动画效果如图 6-39 所示。

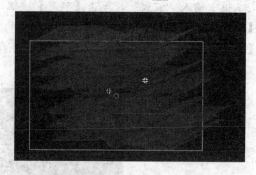

图 6-39 "波纹下"动画效果

（6）在菜单栏中选择【插入】→【新建元件】命令，在弹出的对话框中点选【影片剪辑】单选钮，在【名称】文本框中输入"波纹重叠"，单击【确定】按钮，进入影片剪辑的编辑状态，从【库】面板中将"波纹上"拖拽进来。

（7）单击【插入图层】，在新图层中将"波纹下"拖拽进来，使"波纹下"比"波纹上"略高，如图 6-40 所示。

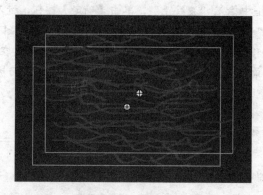

图 6-40 "波纹重叠"

(8) 在菜单栏中选择【插入】→【新建元件】命令，在弹出的对话框中点选【影片剪辑】单击钮，在【名称】文本框中输入"波纹模糊"，单击【确定】按钮，进入影片剪辑的编辑状态，从【库】面板中将"波纹重叠"拖拽进来。

(9) 单击选中"波纹重叠"，选择【滤镜】面板，单击【添加滤镜】按钮，然后在下拉列表中选择【模糊】选项，在默认状态下，X 轴与 Y 轴的模糊值是同步变化的，单击旁边的锁状按钮，解除其同步锁定，如图 6-41 所示分别修改 X 与 Y 的模糊值，效果如图 6-42 所示。

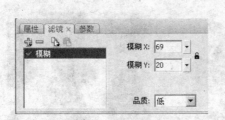

图 6-41　【模糊】滤镜设定

图 6-42　"波纹模糊"效果

(10) 单击【场景 1】，回到场景中，从【库】面板中将"波纹模糊"拖拽进来，根据需要调整大小和位置，按<Ctrl>+<Enter>键测试动画，可以看到水波纹的动画效果。

(11) 为了实现波纹有光照的效果，双击【库】面板中的"波纹"，将波纹形状全部选中，在【颜色】面板的【类型】下拉列表框中选择【放射状】选项，渐变颜色为从淡蓝到蓝色，如图 6-43 所示，效果如图 6-44 所示。

图 6-43　【颜色】面板

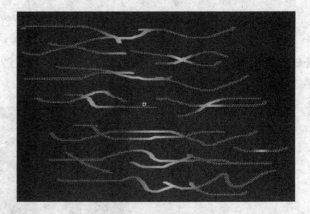

图 6-44　光照"波纹"效果

(12) 单击【场景 1】，再次回到场景中，按<Ctrl>+<Enter>键测试动画，可以看到如图 6-34 所示有光照效果的水波纹动画。

3. 实训总结

本实训在运动动画的基础上运用了模糊滤镜，将两个动画叠加在一起，产生水波纹的动画效果。滤镜功能看似简单，其具体运用却需要不断地去探索尝试，才能更好地发挥出它的作用，为创作出更专业的作品服务。

6.5.2　制作爆炸效果

1. 实训目的

通过制作一个如图 6-45 所示图片爆炸的动画效果，进一步学习巧妙运用时间轴特效实现特殊效果的方法和制作技巧。这里也涉及到了投影滤镜的使用，投影滤镜是最常用的滤镜之一，也是学习的重点。本实例的最终效果文件见"实例"（Demo\ch6\6-10.fla），所用素材见"实例"（Demo\image\球星.jpg）。

图 6-45　爆炸效果

2. 实训步骤

（1）新建一个 Flash 动画文档，在工作区右上角的下拉列表框中选择【显示全部】选项。

（2）在菜单栏中选择【文件】→【导入】→【导入到舞台】命令，将图片导入进来，单击【任意变形工具】按钮 ，缩放图片到合适大小，按<F8>键将其转换为元件，点选【影片剪辑】单选钮，单击【确定】按钮，效果如图 6-46 所示。

图 6-46　导入图片

(3) 在菜单栏中选择【插入】→【时间轴特效】→【效果】→【分离】命令，弹出如图 6-47 所示的对话框，设置爆炸的方向、位置、角度以及最后爆炸碎片的透明度，读者可以自己动手试一下。

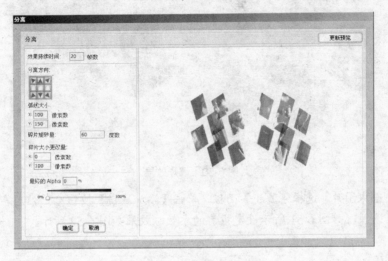

图 6-47 【分离】对话框

 注意

对话框左侧是效果设置区域，右侧是效果预览区域，由于制作的爆炸特效是一段动画，因此在效果预览区域中将不停地重复播放按照当前设置制作的爆炸效果。应该特别强调的是，如果修改了设置的数值，就需要单击预览区域上方的【更新预览】按钮刷新效果，否则是看不到最新的预览效果的。

(4) 单击【确定】按钮，【时间轴】面板如图 6-48 所示，【库】面板中自动添加了一个"分离 1"影片剪辑和"特效文件夹"，"特效文件夹"中放置生成的每一个碎片的影片剪辑，如图 6-49 所示。

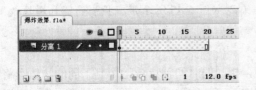

图 6-48 【时间轴】面板

图 6-49 【库】面板

（5）按<Ctrl>+<Enter>键可以测试动画效果，看到图片爆炸的效果，如图 6-50 所示。

图 6-50　爆炸效果

（6）单击选中图片，选择【滤镜】面板，单击【添加滤镜】按钮➕，然后在下拉列表框中选择【投影】选项，如图 6-51 所示设定投影的参数，效果如图 6-52 所示。

提示

　　要先设定时间轴特效，再给影片剪辑加投影滤镜，这样才能够看到投影的效果，因为图片影片剪辑进行分离后就转变成分离影片剪辑了。

图 6-51　投影滤镜　　　　　　　　　　　　　　　　图 6-52　投影效果

（7）按<Ctrl>+<Enter>键测试动画效果，可以看到如图 6-45 所示带有投影的图片爆炸效果。

3. 实训总结

　　本实训既使用了时间轴特效，又用到了滤镜，相同的时间轴特效运用到不同的物体上将产生不同的效果。"分离"时间轴特效在图片上使用就可以实现与文字不同的效果，类似于爆炸的效果。综合运用各种特效，可以实现多种多样的动画效果。

6.6 习　题

1. 填空题

(1) 当需要为图形或文字添加一些发光或投影等特殊效果时，仅运用绘制工具来实现比较困难，而使用 Flash CS3_____，可以为文本、按钮和影片剪辑增添有趣的视觉效果。

(2) 应用于对象的滤镜_____、_____和_____会影响 SWF 文件的播放性能。

(3) 应用渐变斜角可以产生一种_____，使得对象看起来好像_____，且斜角表面有_____。

(4) 应用调整颜色滤镜可以调整对比度、_____、_____和_____。

(5) 混合模式包含以下元素：混合颜色、_____、_____和_____。

(6) Flash CS3 内置的时间轴特效有变形、_____、分散式直接复制、_____、模糊、投影、_____和分离。

(7) "分离"特效的作用是产生_____的幻觉。可以对对象产生打散、_____和向外抛散的动画效果。

2. 选择题

(1) 使用_____ 滤镜，可以为对象的周边应用颜色。
　　A. 投影　　　　　B. 模糊　　　　　C. 发光　　　　　D. 斜角

(2) 要为对象添加过渡、擦除等转场效果，应选择_____时间轴特效。
　　A. 变形　　　　　B. 转换　　　　　C. 展开　　　　　D. 分离

(3) 下面哪一种时间轴特效没有动画效果。
　　A. 模糊　　　　　B. 展开　　　　　C. 投影　　　　　D. 分离

3. 问答题

(1) Flash CS3 中的滤镜包括哪些内容，可以给什么对象添加滤镜？

(2) 如何为对象添加滤镜？

(3) Flash CS3 中内置的时间轴特效分为几类？哪些是动态的，哪些是静态的？

(4) 如何添加、编辑和删除时间轴特效？

4. 操作题

(1) 运用滤镜制作一个立体文字。

(2) 结合滤镜和时间轴特效设计并制作一段网站进入动画。

第 7 章　Flash CS3 行为基础

【教学目标】

ActionScript 是 Flash 的脚本撰写语言，通过它可以为动画添加交互。在本章将重点学习 ActionScript 的基础知识和 ActionScript 3.0 的主要功能，在此基础上还将学习按钮的创建及交互的设定，通过学习使读者掌握按钮的制作方法和 ActionScript 行为语言的基本命令，了解动画控制的基本方法。

【本章要点】

- ◆ 认识 ActionScript
- ◆ 认识 ActionScript 3.0
- ◆ 打开动作面板
- ◆ 开启脚本助手
- ◆ 打开脚本窗口
- ◆ 添加行为
- ◆ 添加组件
- ◆ 设定变量和常量
- ◆ 认识数据类型
- ◆ 调整属性
- ◆ 认识方法
- ◆ 认识事件
- ◆ 创建按钮
- ◆ 添加交互
- ◆ 添加动画控制
- ◆ 添加超链接
- ◆ 设定浏览器/网络

7.1　了解 Action Script

ActionScript 脚本撰写语言可以为应用程序添加复杂的交互性、回放控制和数据显示。可以使用动作面板、脚本窗口或外部编辑器在创作环境内添加 ActionScript。

7.1.1　Action Script 的基础知识

ActionScript 遵循自身的语法规则和保留关键字，并且允许使用变量存储和检索信息。

ActionScript 含有一个很大的内置类库，可以通过创建对象来执行许多有用的任务。虽然 ActionScript 内容非常丰富，技术含量很高，但并不需要了解每个 ActionScript 元素就可以开始 撰写脚本。如果有明确的目标，则可通过简单的动作开始构建脚本。

ActionScript 和 JavaScript 均基于 ECMA-262 标准，它是 ECMAScript 脚本撰写语言的国际 标准。因此，熟悉 JavaScript 的开发人员应该很快就能熟悉 ActionScript。

在 Flash CS3 中有多种使用 ActionScript 的方法。

● 使用【脚本助手】模式可以在不亲自编写代码的情况下将 ActionScript 添加到 FLA 文件。在菜单栏中选择【窗口】→【动作】命令，打开【动作-帧】面板，用于输入 每个动作所需的参数，如图 7-1 所示。当然必须对完成特定任务应使用哪些函数有所 了解，但不必学习语法。许多设计人员和非程序员都使用此模式。

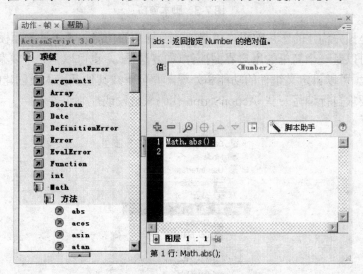

图 7-1 【动作-帧】面板

● 使用行为可以在不编写代码的情况下将代码添加到文件中。行为是针对常见任务预先 编写的脚本。可以添加行为，然后轻松地在【行为】面板中配置它。在菜单栏中选择 【窗口】→【行为】命令，如图 7-2 所示，在弹出的【行为】面板中单击【添加行为】 按钮，在下拉列表中选择相应行为。行为仅对 ActionScript 2.0 及更早版本可用。

图 7-2 【行为】面板

● 用户自己编写 ActionScript 可获得最大的灵活性和对文档的最大控制能力，但同时要求非常熟悉 ActionScript 语言和约定，如图 7-3 所示。

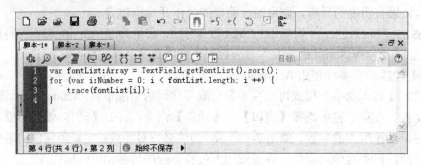

图 7-3 脚本窗口

● 组件是预先构建的影片剪辑，可帮助实现复杂的功能，【组件】面板如图 7-4 所示。组件可以是一个简单的用户界面控件(如复选框)，也可以是一个复杂的控件(如滚动窗格)。可以自定义组件的功能和外观，并可下载其他开发人员创建的组件。大多数组件要求自行编写一些 ActionScript 代码来触发或控制组件。

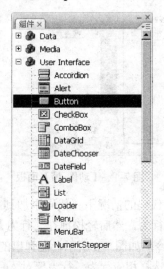

图 7-4 【组件】面板

因为 ActionScript 是一种编程语言，所以，首先了解几个通用的计算机编程概念，则会对学习 ActionScript 很有帮助。

1. 变量和常量

由于编程主要涉及更改计算机内存中的信息，因此在程序中需要一种方法来表示单条信息。"变量"是一个名称，它代表计算机内存中的值。在编写语句来处理值时，编写变量名来代替值。只要计算机看到程序中的变量名，就会查看自己的内存并使用在内存中找到的值。例如，如果两个名为"value1"和"value2"的变量都包含一个数字，用户可以编写如下语句以将这两个数字相加。

```
value1+value2
```

在实际执行这些步骤时，计算机将查看每个变量中的值，并将它们相加。

在 ActionScript 3.0 中，一个变量实际上包含三个不同部分。

- 变量名。
- 可以存储在变量中的数据的类型。
- 存储在计算机内存中的实际值。

刚才我们讨论了计算机是如何将名称作为值的占位符的。数据类型也非常重要。在 Action Script 中创建变量时，应指定该变量将保存的数据的特定类型。此后，程序的指令只能在该变量中存储此类型的数据，可以使用与该变量的数据类型关联的特定特性来处理值。在 Action Script 中，要创建一个变量(称为"声明"变量)，应使用 var 语句。

```
var value1: Number;
```

本例指示计算机创建一个名为"value1"的变量，该变量仅保存 Number 数据("Number" 是在 ActionScript 中定义的一种特定数据类型)。还可以立即在变量中存储一个值。

```
var value2:Number = 17;
```

在 Adobe Flash CS3 Professional 中，还包含另外一种变量声明方法。在将一个影片剪辑元件、按钮元件或文本字段放置在舞台上时，可以在【属性】面板中为它指定一个实例名称。在后台，Flash 将创建一个与该实例名称同名的变量，可以在 ActionScript 代码中使用该变量来引用该舞台项目。例如，如果将一个影片剪辑元件放在舞台上并为它指定了实例名称 rocketShip，那么，只要在 ActionScript 代码中使用变量 rocketShip，实际上就是在处理该影片剪辑。

2. 数据类型

在 ActionScript 中，可以将很多数据类型作为所创建的变量的数据类型。其中的某些数据类型可以看作是"简单"或"基本"数据类型。

- String——一个文本值，例如，一个名称或书中某一章的文字。
- Numeric——对于 numeric 型数据，ActionScript 3.0 包含 3 种特定的数据类型：Number 表示任何数值，包括有小数部分或没有小数部分的值；Int 表示一个整数(不带小数部分的整数)；Uint 表示一个"无符号"整数，即不能为负数的整数。
- Boolean——一个 true 或 false 值，例如开关是否开启或两个值是否相等。

简单数据类型表示单条信息，例如单个数字或单个文本序列。然而，ActionScript 中定义的大部分数据类型都可以被描述为复杂数据类型，因为它们表示组合在一起的一组值。例如，数据类型为 Date 的变量表示单个值，即时间中的某个片刻。然而，该日期值实际上表示为几个值，即年、月、日、时、分、秒等，它们都是单独的数字。所以，虽然认为日期是单个值(可以通过创建一个 Date 变量将日期作为单个值来对待)，而在计算机内部却认为日期是组合在一起、共同定义单个日期的一组值。

大部分内置数据类型以及程序员定义的数据类型都是复杂数据类型。

- MovieClip——影片剪辑元件。

- TextField——动态文本字段或输入文本字段。
- SimpleButton——按钮元件。
- Date——有关时间中的某个片刻的信息(日期和时间)。

经常用作数据类型的同义词的两个词是类和对象。"类"仅仅是数据类型的定义,就像用于该数据类型的所有对象的模板,例如"所有 Example 数据类型的变量都拥有这些特性:A、B 和 C"。而"对象"仅仅是类的一个实际的实例,可将一个数据类型为 MovieClip 的变量描述为一个 MovieClip 对象。下面几条陈述虽然表达的方式不同,但意思是相同的。

- 变量 myVariable 的数据类型是 Number。
- 变量 myVariable 是一个 Number 实例。
- 变量 myVariable 是一个 Number 对象。
- 变量 myVariable 是 Number 类的一个实例。

3. 属性

"属性"表示某个对象中绑定在一起的若干数据块中的一个。Song 对象可能具有名为 artist 和 title 的属性。MovieClip 类具有 rotation、x、width 和 alpha 等属性。可以像处理单个变量那样处理属性。事实上,可以将属性视为包含在对象中的"子"变量。

以下是一些使用属性的 ActionScript 代码的示例。以下代码行将名为 square 的 MovieClip 移动到 100 个像素的 x 坐标处。

```
square.x = 100;
```

以下代码使用 rotation 属性旋转 square MovieClip 以便与 triangle MovieClip 的旋转相匹配。

```
square.rotation = triangle.rotation;
```

以下代码更改 square MovieClip 的水平缩放比例,以使其宽度为原始宽度的 1.5 倍。

```
square.scaleX = 1.5;
```

请注意上面几个示例的通用结构,将变量(square 和 triangle)用作对象的名称,后跟一个句点(.)和属性名(x、rotation 和 scaleX)。句点称为"点运算符",用于指示用户要访问对象的某个子元素。整个结构"变量名-点-属性名"的使用类似于单个变量,变量是计算机内存中的单个值的名称。

4. 方法

"方法"是指可以由对象执行的操作。例如,如果在 Flash 中使用【时间轴】面板上的几个关键帧和动画制作了一个影片剪辑元件,则可以播放或停止该影片剪辑,或者指示它将播放头移到特定的帧。

下面的代码指示名为 shortFilm 的 MovieClip 开始播放。

```
shortFilm.play();
```

下面的代码行使名为 shortFilm 的 MovieClip 停止播放(播放头停在原地,就像暂停播放视频一样)。

```
shortFilm.stop();
```

下面的代码使名为 shortFilm 的 MovieClip 将其播放头移到第 1 帧，然后停止播放（就像后退视频一样）。

```
shortFilm.gotoAndStop(1);
```

正如所看到的一样，可以通过依次写下对象名(变量)、句点、方法名和小括号来访问方法，这与属性类似。小括号是指示要"调用"某个方法(即指示对象执行该动作)的方式。有时，为了传递执行动作所需的额外信息，将值(或变量)放入小括号中。这些值称为方法"参数"。例如，gotoAndStop()方法需要知道应转到哪一帧，所以要求小括号中有一个参数。有些方法(如play()和stop())自身的意义已非常明确，因此不需要额外信息。但书写时仍然带有小括号。

与属性(和变量)不同的是，方法不能用作值占位符。然而，一些方法可以执行计算并返回可以像变量一样使用的结果。例如，Number 类的 toString() 方法将数值转换为文本表示形式。

```
var numericData:Number = 9;
var textData:String = numericData.toString();
```

例如，如果希望在屏幕上的文本字段中显示 Number 变量的值，应使用 toString() 方法。TextField 类的 text 属性(表示实际在屏幕上显示的文本内容)被定义为 String，所以它只能包含文本值。下面的一行代码将变量 numericData 中的数值转换为文本，然后使这些文本显示在屏幕上名为 calculatorDisplay 的 TextField 对象中。

```
calculatorDisplay.text = numericData.toString();
```

5. 事件

"事件"是确定计算机执行哪些指令以及何时执行的机制。本质上，"事件"就是所发生的、ActionScript 能够识别并可响应的事情。许多事件与用户交互有关，例如，用户单击按钮，或按键盘上的键，但也有其他类型的事件。例如，如果使用 ActionScript 加载外部图像，有一个事件可让用户知道图像何时加载完毕。本质上，当 ActionScript 程序正在运行时，Adobe Flash Player 只是坐等某些事情的发生，当这些事情发生时，Flash Player 将运行为这些事件指定的特定 ActionScript 代码。

指定为响应特定事件而应执行的某些动作的技术称为"事件处理"。在编写执行事件处理的 ActionScript 代码时，需要识别 3 个重要元素。

- 事件源——发生该事件的是哪个对象？例如，哪个按钮会被单击，或哪个 Loader 对象正在加载图像？事件源也称为"事件目标"，因为 Flash Player 将此对象(实际在其中发生事件)作为事件的目标。
- 事件——将要发生什么事情，以及希望响应什么事情？识别事件是非常重要的，因为许多对象都会触发多个事件。
- 响应——当事件发生时，希望执行哪些步骤？

无论何时编写处理事件的 ActionScript 代码，都会包括这 3 个元素，并且代码将遵循以下基本结构(以粗体显示的元素是将针对具体情况填写的占位符)。

```
function eventResponse(eventObject:EventType):void
```

计算机职业培训丛书

```
{
    //    此处是为响应事件而执行的动作。
}
eventSource.addEventListener(EventType.EVENT_NAME, eventResponse);
```

此代码执行两个操作。首先，定义一个函数，这是指定为响应事件而要执行的动作的方法。接下来，调用源对象的 addEventListener() 方法，实际上就是为指定事件"订阅"该函数，以便当该事件发生时，执行该函数的动作。我们将更为详细地讨论其中每个部分。

"函数"提供一种将若干个动作组合在一起、用类似于快捷名称的单个名称来执行这些动作的方法。函数与方法完全相同，只是不必与特定类关联(事实上，方法可以被定义为与特定类关联的函数)。在创建事件处理函数时，必须选择函数名称(本例中为 eventResponse)，还必须指定一个参数(本例中的名称为 eventObject)。指定函数参数类似于声明变量，所以还必须指明参数的数据类型。将为每个事件定义一个 ActionScript 类，并且为函数参数指定的数据类型始终是与要响应的特定事件关联的类。最后，在左大括号与右大括号之间({...})，编写用户希望计算机在事件发生时执行的指令。

一旦编写了事件处理函数，就需要通知事件源对象(发生事件的对象，如按钮)用户希望在该事件发生时调用函数。可通过调用该对象的 addEventListener() 方法来实现此目的(所有具有事件的对象都同时具有 addEventListener() 方法)。addEventListener() 方法有如下两个参数。

- 第一个参数是希望响应的特定事件的名称。同样，每个事件都与一个特定类关联，而该类将为每个事件预定义一个特殊值。类似于事件自己的唯一名称(应将其用于第一个参数)。
- 第二个参数是事件响应函数的名称。请注意，如果将函数名称作为参数进行传递，则在写入函数名称时不使用括号。

6. 创建对象实例

当然，在 ActionScript 中使用对象之前，该对象首先必须存在。创建对象的步骤之一是声明变量。然而，声明变量仅仅是在计算机的内存中创建一个空位置。用户必须为变量指定实际值，即创建一个对象并将它存储在该变量中，然后再尝试使用或处理该变量。创建对象的过程称为对象"实例化"，即创建特定类的实例。

有一种创建对象实例的简单方法完全不必涉及 ActionScript。在 Flash 中，当将一个影片剪辑元件、按钮元件或文本字段放置在舞台上，并在【属性】面板中为它指定实例名时，Flash 会自动声明一个拥有该实例名的变量，创建一个对象实例并将该对象存储在该变量中。同样，在 Adobe Flex Builder 中，当用户以 Adobe Macromedia® MXML™ 创建一个组件(通过用 MXML 标签进行编码或通过将组件放置在处于设计模式下的编辑器中)并为该组件分配一个 ID(在 MXML 标记中或在 Flex 属性视图中)时，该 ID 将成为一个 ActionScript 变量的名称，并且会创建该组件的一个实例并将它存储在该变量中。

然而，用户不会总是希望直观地创建对象。还可以通过几种方法来创建仅使用 ActionScript 的对象实例。首先，借助几个 ActionScript 数据类型，可以使用"文本表达式"(直接写入 ActionScript 代码的值)创建一个实例。下面给出了一些示例。

- 文本数字值(直接输入数字)

```
var someNumber:Number = 17.239;
```

```
var someNegativeInteger:int = -53;
var someUint:uint = 22;
```

● 文本字符串值(用双引号将本文引起来)

```
var firstName:String = "George";
var soliloquy:String = "To be or not to be, that is the question...";
```

● 文本布尔值(使用字面值 true 或 false)

```
var niceWeather:Boolean = true;
var playingOutside:Boolean = false;
```

● 文本 XML 值(直接输入 XML)

```
var employee:XML = <employee>
        <firstName>Harold</firstName>
        <lastName>Webster</lastName>
    </employee>;
```

ActionScript 还为 Array、RegExp、Object 和 Function 数据类型定义了文本表达式。

对于其他任何数据类型而言,要创建一个对象实例,应将 new 运算符与类名一起使用,如下所示。

```
var raceCar:MovieClip = new MovieClip();
var birthday:Date = new Date(2006, 7, 9);
```

通常,将使用 new 运算符创建的对象称为"调用类的构造函数"。"构造函数"是一种特殊方法,在创建类实例的过程中将调用该方法。请注意,当以此方法创建实例时,请在类名后加上小括号,有时还可以指定参数值,这是在调用方法时另外可执行的两个操作。

 提示

> 甚至对于可使用文本表达式创建实例的数据类型,也可以使用 new 运算符来创建对象实例。例如,下面的两行代码执行的是相同的操作:
>
> ```
> var someNumber:Number = 6.33;
> var someNumber:Number = new Number(6.33);
> ```

熟悉使用 new ClassName() 创建对象的方法是非常重要的。如果需要创建无可视化表示形式的 ActionScript 数据类型的一个实例(无法通过将项目放置在 Flash 舞台上来创建,也无法在 Flex Builder MXML 编辑器的设计模式下创建),则只能通过使用 new 运算符在 ActionScript 中直接创建对象来实现此目的。

具体到 Flash 中,new 运算符还可用于创建已在库中定义、但没有放在舞台上的影片剪辑元件的实例。

7. 常用编程元素

除了声明变量、创建对象实例以及使用属性和方法来处理对象之外,还可以使用其他几个构造块来创建 ActionScript 程序。

● 运算符

"运算符"是用于执行计算的特殊符号(有时候是词)。这些运算符主要用于数学运算,有时也用于值的比较。通常,运算符使用一个或多个值并算出一个结果。

加法运算符(+)将两个值相加,结果是一个数字。

```
var sum:Number = 23 + 32;
```

乘法运算符(*)将一个值与另一个值相乘,结果是一个数字。

```
var energy:Number = mass * speedOfLight * speedOfLight;
```

等于运算符(==)比较两个值,看它们是否相等,结果是一个 true 或 false(布尔)值。

```
if (dayOfWeek == "Wednesday")
{
    takeOutTrash();
}
```

如上所述,等于运算符和其他"比较"运算符通常用于 if 语句,以确定是否应执行某些指令。

● 注释

在编写 ActionScript 时,通常会希望给用户自己留一些注释,这些注释可能解释某些代码行如何工作或者为什么做出特定的选择。"代码注释"是一个工具,用于编写计算机应在代码中忽略的文本。ActionScript 包括两种注释。

单行注释——在一行中的任意位置放置两个斜杠来指定单行注释。计算机将忽略斜杠后直到该行末尾的所有内容。

// 这是注释,计算机将会忽略它。

```
var age:Number = 10; // 默认情况下,将 age 设置为 10。
```

多行注释——多行注释包括一个开始注释标记 (/*)、注释内容和一个结束注释标记(*/)。无论注释跨多少行,计算机都将忽略开始标记与结束标记之间的所有内容。

```
/*
```

这可能是一段非常长的说明,可能说明特定函数的作用或解释某一部分代码。在任何情况下,计算机都将忽略所有这些行。

```
*/
```

注释的另一种常见用法是临时禁用一行或多行代码。例如,如果要测试执行某操作的其他方法,或要查明为什么某些 ActionScript 代码没有按期望的方式工作。

● 流控制

在程序中,经常需要重复某些动作,仅执行某些动作而不执行其他动作,或根据某些条件执行替代动作等等。"流控制"就是用于控制执行哪些动作。ActionScript 中提供了几种类型的流控制元素。

函数——函数类似于快捷方式,提供了一种将一系列动作组合到单个名称下的方法,并可用于执行计算。函数对于处理事件尤为重要，但也可用作组合一系列指令的通用工具。

循环——使用循环结构，可指定计算机反复执行一组指令，直到达到设定的次数或某些条件改变为止。通常借助循环并使用一个其值在计算机每执行完一次循环后就改变的变量来处理几个相关项。

条件语句——条件语句提供一种方法，用于指定仅在某些情况下才执行的某些指令或针对不同的条件提供不同的指令集。最常见的一类条件语句是 if 语句。if 语句检查该语句括号中的值或表达式。如果值为 true，则执行大括号中的代码行，否则将忽略它们。如下例所示。

```
if (age < 20)
{
    // show special teenager-targeted content
}
```

else 语句与 if 语句一起使用，用于指定在条件不为 true 时执行的替代指令：

```
if (username == "admin")
{
    // 执行一些仅限管理员完成的操作，如显示额外选项
}
else
{
    // 执行一些非管理员完成的操作
}
```

7.1.2　Action Script 3.0 的主要功能

Flash 包含多个 ActionScript 版本，以满足各类开发人员和回放硬件的需要。

- ActionScript 3.0 的执行速度极快。与其他 ActionScript 版本相比，此版本要求开发人员对面向对象的编程概念有更深入的了解。ActionScript 3.0 完全符合 ECMAScript 规范，提供了更出色的 XML 处理、一个改进的事件模型以及一个用于处理屏幕元素的改进的体系结构。使用 ActionScript 3.0 的 FLA 文件不能包含 ActionScript 的早期版本。
- ActionScript 2.0 比 ActionScript 3.0 更容易学习。尽管 Flash Player 运行编译后的 ActionScript 2.0 代码比运行编译后的 ActionScript 3.0 代码的速度慢，但 ActionScript 2.0 对于许多计算量不大的项目仍然十分有用。例如，更面向设计的内容。ActionScript 2.0 也基于 ECMAScript 规范，但并不完全遵循该规范。
- ActionScript 1.0 是最简单的 ActionScript，仍为 Flash Lite Player 的一些版本所使用。ActionScript 1.0 和 ActionScript 2.0 可共存于同一个 FLA 文件中。
- Flash Lite 2.x ActionScript 是 ActionScript 2.0 的子集，受运行在移动电话和移动设备上的 Flash Lite 2.x 的支持。
- Flash Lite 1.x ActionScript 是 ActionScript 1.0 的子集，受运行在移动电话和移动设备上的 Flash Lite 1.x 的支持。ActionScript 3.0 的脚本编写功能超越了 ActionScript 的早期版本，旨在方便创建拥有大型数据集和面向对象的可重用代码库的高度复杂应用程序。虽然 ActionScript 3.0 对于在 Adobe Flash Player 9 中运行的内容并不是必需的，

但它使用新型的虚拟机 AVM2 实现了性能的改善。ActionScript 3.0 代码的执行速度可以比旧版 ActionScript 代码快 10 倍。

虽然 ActionScript 3.0 包含 ActionScript 编程人员所熟悉的许多类和功能，但 ActionScript 3.0 在架构和概念上是区别于早期的 ActionScript 版本的。ActionScript 3.0 中的改进部分包括新增的核心语言功能，以及能够更好地控制低级对象的改进了的 Flash Player API。

7.2 制 作 按 钮

按钮是用来控制动画中的电影片段实现交互的一种特殊的符号，可以改变动画的播放顺序，控制动画的播放时间和速度，并可以随时进行控制。在 Flash 中，按钮的种类主要分两种。一种是普通按钮，通过鼠标直接点击来实现交互。另一种是隐形按钮，隐形按钮显示不出来，它只是一个可以被响应交互的区域，可以实现一些特殊的交互效果。

7.2.1 认识按钮的 4 个关键帧

按钮是 3 种元件类型之一，它不同于其他两种类型的元件，按钮实际上是 4 帧的交互影片剪辑。在菜单栏中选择【插入】→【新建元件】命令，在弹出的对话框中选择按钮类型，单击【确定】按钮创建一个按钮元件，Flash 会创建一个包含 4 个帧的时间轴，如图 7-5 所示。前 3 帧显示按钮的 3 种可能状态；第 4 帧定义按钮的活动区域。时间轴实际上并不播放，它只是对指针运动和动作做出反应，跳转到相应的帧。

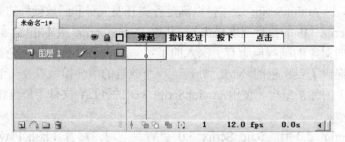

图 7-5 按钮的四帧【时间轴】面板

要制作一个交互式按钮，可把该按钮元件的一个实例放在舞台上，然后给该实例指定动作。必须将动作分配给文档中按钮的实例，而不是分配给按钮时间轴中的帧。按钮元件的时间轴上的每一帧都有一个特定的功能。

- 第 1 帧是弹起状态，代表指针没有经过按钮时该按钮的状态。
- 第 2 帧是指针经过状态，代表指针滑过按钮时该按钮的外观。
- 第 3 帧是按下状态，代表单击按钮时该按钮的外观。
- 第 4 帧是点击状态，定义响应鼠标单击的区域。 此区域在输出的动画文件中是不可见的，它是制作隐形按钮的关键。

7.2.2 了解按钮的8种状态

当给按钮加入交互,可以看到按钮有 8 种状态,分别是鼠标按下(press)、释放鼠标(release)、在外部释放鼠标(releaseOutside)、键盘按键(keyPress)、鼠标滑过(rollOver)、鼠标滑离(rollOut)、鼠标拖过(dragOver)和鼠标脱离(dragOut),如图 7-6 所示。

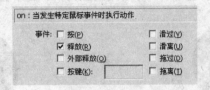

图 7-6 按钮的 8 种状态

7.2.3 创建按钮

下面通过一个按钮的创建来了解按钮的制作方法,立体图形按钮如图 7-7 所示。在弹起时为红色,文字标示"PLAY";鼠标经过时按钮变成绿色,文字的颜色变为黄色;按下时按钮变成蓝色,文字标示变为"GO",并向中心缩小。本实例的最终效果文件见"实例"(Demo\ch7\7-1.fla)。

图 7-7 按钮的创建

具体制作步骤如下。

(1) 新建一个按钮元件,进入按钮元件的编辑状态。

(2) 单击第 1 帧【弹起】,单击工具箱中的【椭圆工具】按钮,在【属性】面板中设定边框颜色为黑色,【笔触高度】为"1",填充红色到黑色的放射状渐变,按住<Shift>键绘制一个正圆。双击选中该圆,单击工具栏中的【对齐】按钮,打开【对齐】面板,依次按下【相对于舞台】按钮、【水平中齐】按钮、【垂直中齐】按钮,使圆放置在舞台中央,如图 7-8 所示。

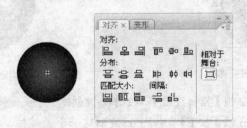

图 7-8 在舞台中央绘制一个正圆

（3）单击工具箱中的【渐变变形工具】按钮，单击选中正圆，将渐变的中心移动到右下角，如图 7-9 所示。

（4）单击【时间轴】面板左下方的【插入图层】按钮，新建一个图层，将图层 1 的正圆复制、粘贴到新图层上。单击工具箱中的【任意变形工具】按钮，单击选中正圆，同时按住<Shift>键和<Alt>键，将图层 2 的正圆向中心等比例缩小。单击工具箱中的【渐变变形工具】按钮，单击选中小圆，将渐变的中心移动到左上角，如图 7-10 所示。

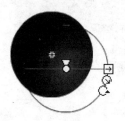
图 7-9　移动渐变中心

图 7-10　移动小圆渐变中心

（5）分别在图层 1 和图层 2 的第 2 帧【指针经过】按<F6>插入关键帧，分别将大圆和小圆的填充颜色改为绿色到黑色的放射状渐变。

 提示

　　按钮中的大圆和小圆也可以绘制在一个图层中，但使用两层来分别绘制，第一可以避免分割，第二方便分别操作处理。

（6）分别在图层 1 和图层 2 的第 3 帧【按F】和第 4 帧【点击】按下<F6>插入关键帧，分别将第 3 帧中大圆和小圆的填充颜色改为蓝色到黑色的放射状渐变，按住<Ctrl>键同时选中图层 1 和图层 2 的第 3 帧，选择工具箱中的【任意变形工具】按钮，同时按住<Shift>键和<Alt>键，将按钮向中心等比例缩小，如图 7-11 所示。

（7）单击【时间轴】面板左下方的【插入图层】按钮，新建一个图层。单击工具箱中的【文本工具】按钮T，在【属性】面板中设定文字大小为"16"，字体为"Arial Black"，颜色为白色，输入"PLAY"，打开【对齐】面板，分别单击【相对于舞台】按钮、【水平中齐】按钮、【垂直中齐】按钮，使文字放置在图形元件的中间，如图 7-12 所示。

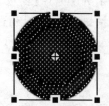
图 7-11　按下时整体缩小

图 7-12　为按钮添加文字并对齐

（8）单击新图层的第 2 帧【指针经过】，按<F6>键创建一个关键帧，将文字的颜色改为黄色。

（9）单击新图层的第 3 帧【按F】，按<F6>键创建一个关键帧，单击【文本工具】按钮T，单击文字，将文字改为"GO"，并参照第(7)步将文字放置在图形元件的中间。

（10）单击工作区左上角的【场景 1】，回到场景中，在菜单栏中选择【窗口】→【库】命令，打开【库】面板，将【库】面板中已创建的按钮元件拖入舞台中，按<Ctrl>+<Enter>键即可测试按钮。

 注意

> 必须把按钮拖放到舞台上才能看到按钮的效果，要想在场景中直接看到按钮的效果，应在菜单栏中选择【控制】→【启用简单按钮】命令，这时不用测试也可以看到按钮的效果。

7.3　控　制　影　片

Action Script 作为一种脚本撰写语言，是 Flash 的重要功能之一，可以通过它给动画添加复杂的交互性、回放控制和数据显示等。Action Script 遵循自身的语法规则和保留关键字，并且允许使用变量存储和检索信息。ActionScript 含有一个很大的内置类库，使用用户可以通过创建对象来执行许多有用的任务。用户不需要了解每个 ActionScript 元素就可以开始撰写脚本。如果用户有明确的目标，则可通过简单的动作构建脚本。下面结合两个实例来学习一下影片的控制。

7.3.1　控制影片播放

下面来为按钮加入交互，从而控制一段动画的播放。本实例的最终效果文件见"实例"（Demo\ch7\7-2.fla）。具体操作步骤如下。

（1）在菜单栏中选择【文件】→【打开】命令，打开一个读者曾经学习过的 Flash 动画的源文件或网页的首页面。

（2）新建一个按钮元件，选中第 1 帧【弹起】，在菜单栏中选择【窗口】→【动作】命令，打开【动作-帧】面板，在下拉列表框中选择【ActionScript 1.0&2.0】选项，双击【全局函数】→【时间轴控制】→【stop】命令，这时"stop（停止）"行为将添加到第 1 帧上，如图 7-13 所示，右边的编写视窗中就会显示标准的脚本语句。

图 7-13　【动作-帧】面板

注意

播放和测试动画，动画停在第 1 帧，【时间轴】面板的第 1 帧出现一个 "a" 的标识，表明在第 1 帧有行为语言。

（3）单击【时间轴】面板左下方的【插入图层】按钮，新建一个图层。在【库】面板上方的下拉列表框中选择按钮的源文件，这时就可以打开按钮的【库】面板，如图 7-14 所示。将按钮元件拖放到舞台的右下角，这样就可以在现在的动画中使用另一个已打开动画的元件了。

（4）单击按钮，在【属性】面板中为按钮实例命名为 "button"，如图 7-15 所示。

（5）右击带有 "a" 标识的第 1 帧①，在弹出的快捷菜单中选择【动作】命令，打开【动作-帧】面板，在右侧脚本区输入如图 7-16 所示的语句。

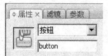

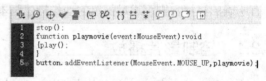

| 图 7-14 打开按钮的【库】面板 | 图 7-15 给按钮实例命名 | 图 7-16 动作脚本中输入语句 |

注意

Flash CS3 中的 ActionScript 3.0 版本不支持在按钮上写语句，要将语句写在帧上。

（6）按<Ctrl>+<Enter>键测试动画，动画停在第 1 帧，当鼠标进入按钮时，按钮变色，单击按钮时动画播放。

如果不习惯 ActionScript 3.0 的编程方法，可以在菜单栏中选择【文件】→【发布设置】命令，弹出【发布设置】对话框，选择【Flash】选项卡，在【ActionScript 版本】的下拉列表框中选择【ActionScript 2.0】选项，单击【确定】按钮，这样就可以直接给按钮添加语句了，按钮的语句如图 7-17 所示。

图 7-17 动作-按钮语句

单击按钮语句的第一行，弹出【脚本助手】对话框，如图 7-18 所示，可以显示按钮的 8 种状态，分别是【按(P)】、【释放(R)】、【外部释放(O)】，【按键(K)】、【滑过(V)】、【滑离(U)】、【拖过(D)】和【脱离(T)】。

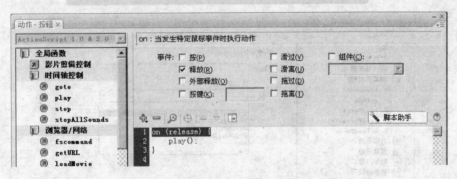

图 7-18　按钮 8 种状态的设定

7.3.2　设定超链接

如果要给按钮加上一个链接网址的交互行为，上述脚本应改为如下语句。

```
function GoToURL(event:MouseEvent){
var url=new URLRequest("http://www.*.com/")
navigateToURL(url)
}
button.addEventListener(MouseEvent.MOUSE_DOWN,GoToURL)
```

7.3.3　控制浏览器/网络

浏览器/网络控制脚本主要用于整个影片的载入和导出的控制，其中 FSCommand 最常用，它是 Flash 系统用来支持它的其他应用程序(如 Flash 播放器或浏览器)互相传达命令的工具。通过 FSCommand 可以使动画全屏播放，具体制作步骤如下。

(1) 打开或制作完动画后，右击第 1 帧，在弹出的快捷菜单中选择【动作】命令，打开【动作-帧】面板。

(2) 双击【全局函数】→【浏览器/网络】中的 FSCommand，弹出【脚本助手】对话框，在下拉列表框中选择【fullscreen[true/false]】，如图 7-19 所示。

- fullscreen[true/false]——指定 true 可将 Flash Player 设置为全屏模式；指定 false 可将播放器返回到标准菜单视图。
- allowscale[true/false]——控制影片的缩放。指定 false 可设置播放器始终按 SWF 文件的原始大小绘制 SWF 文件，从不进行缩放；指定 true 会强制将 SWF 文件缩放到播放器的 100%大小。
- showmenu[true/false]——控制探出菜单条目。指定 true 可启用整个上下文菜单项集合；指定 false 将隐藏除"关于 Flash Player"和"设置"外的所有上下文菜单项。
- trapallkeys[true/false]——指定 true 可将所有按键事件(包括快捷键)发送到 Flash Player 中的 onClipEvent(keyDown/keyUp)处理函数。
- exec——可以在放映文件内执行应用程序，在参数文本框中输入应用程序的路径。
- quit——关闭播放器。

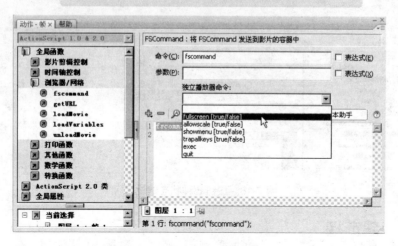

图 7-19　设定全屏

7.4　使 用 组 件

组件就如同一个复杂的影片剪辑，使用组件可以将应用程序的设计过程和编码过程分开。通过使用组件，开发人员可以创建设计人员在应用程序中能用到的功能。开发人员可以将常用功能封装到组件中，而设计人员可以通过更改组件的参数来自定义组件的大小、位置和行为。通过编辑组件的图形元素或外观，还可以更改组件的外观。

7.4.1　组件的类型

在菜单栏中选择【窗口】→【组件】命令，打开【组件】面板，如图 7-20 所示，可以看到组件包括下列用户界面(UI)组件。

图 7-20　UI 组件类型

除了用户界面组件，打开 "Video" 前的 "+" 号，如图 7-21 所示，Flash ActionScript 3.0 组件还包括下列组件和支持类型。

- FLVPlayback 组件（fl.video.FLVPlayback）——它是基于 SWC 的组件。FLVPlayback 组件可以轻松将视频播放器包括在 Flash 应用程序中，以便通过 HTTP 从 Adobe® Flash® Video Streaming Service（FVSS）或从 Adobe 的 Macromedia® Flash® Media Server（FMS）播放渐进式视频流。
- FLVPlayback——自定义 UI 组件，基于 FLA，同时使用于 FLVPlayback 组件的 ActionScript 2.0 和 ActionScript 3.0 版本。
- FLVPlayback Captioning 组件——为 FLVPlayback 提供关闭的字幕。

图 7-21　Video 组件类型

7.4.2　创建组件

拖动所需要的组件到舞台上，即可将面板中的组件应用在动画中。下面以创建 CheckBox（复选框）为例，学习创建组件的方法。具体操作步骤如下。

（1）将 CheckBox（复选框）组件拖动到舞台上，得到默认复选框组件，如图 7-22 所示。

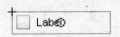

图 7-22　创建 CheckBox（复选框）

（2）双击复选框，进入编辑状态，如图 7-23 所示，这时【库】面板中增加了组件的附属元件，如图 7-24 所示。

（3）双击每一个元件，可以对每一个元素的外观进行编辑。

图 7-23　CheckBox（复选框）编辑状态

图 7-24　【库】面板

7.4.3　编辑组件

在创建组件之后，还要对它的参数进行设置，仍以上面创建的 CheckBox（复选框）组件为例进行编辑，具体操作步骤如下。

（1）单击 CheckBox（复选框），在菜单栏中选择【窗口】→【组件检查器】命令，打开【组件检查器】面板，如图 7-25 所示。

（2）单击第 1 个参数 "enabled" 的【值】，在其中可以选择 "true" 或 "false"，这是复选框的两种状态，"选中" 和 "未选中"，默认选择 "true"，是选中状态。

（3）单击第 2 个参数 "Label" 的【值】，变为文本框状态，在其中可以输入名称，比如 "秦朝"，如图 7-26 所示。

图 7-25　【组件检查器】面板

图 7-26　给复选框标签命名

（4）单击第 3 个参数 "Label Placement" 的【值】，在下拉列表框中确定标签的位置，默认为 "right（右）"，还有 "left（左）"、"top（顶）" 和 "bottom（底）"。

（5）单击第 4 个参数 "selected" 的【值】，在其中可以选择 "true" 或 "false"，这表明复选框是否可选择，默认选择 "false"，是不可以被选择。

（6）单击第 5 个参数 "visible" 的【值】，在其中可以选择 "true" 或 "false"，这表明复选框是否可见，默认选择 "true"，表明复选框可以显示。

（7）编辑好之后，按<Ctrl>+<Enter>键测试复选框效果。

7.5　上机实训

7.5.1　制作 Loading 动画

1. 实训目的

为使数据量较大的动画顺畅播放，一般情况下，可以先进行一个预载入的动画，通过制作一个如图 7-27 所示 Loading 的动画效果，学习动画载入条件语句的设定方法，同时了解场景的编辑和管理。本实例的最终效果文件见 "实例"（Demo\ch7\7-3.fla）。

图 7-27　Loading 动画

2. 实训步骤

（1）打开一个较大的 Flash 动画，默认为 "场景 1"。

（2）在菜单栏中选择【插入】→【场景】命令，创建场景 2，进入场景 2 的编辑状态。

（3）单击工具箱中的【矩形工具】按钮，在【属性】面板中设定边框颜色为白色，填充颜色白色到黑色的线性渐变，在舞台上绘制一个长条矩形，如图 7-28 所示。

图 7-28　长条矩形

（4）选中填充区，单击工具箱中的【渐变变形工具】按钮，将填充区顺时针旋转 90°，并向内缩放，如图 7-29 所示。

图 7-29 渐变变形

（5）双击边缘选中白色边框，按<Ctrl>+<X>键，进行剪切，在【时间轴】面板上单击【插入图层】按钮，新建一个图层，在新图层上按<Ctrl>+<Shift>+<V>键，将边框粘贴到原来的位置。

（6）在图层 1 的第 30 帧按<F6>键，插入关键帧，在第 1 帧单击【任意变形工具】按钮将长条矩形水平缩放，如图 7-30 所示。

图 7-30 水平缩放

（7）在中间任意一帧右击，在弹出的快捷菜单中选择【创建补间形状】命令，按<Enter>键，这时可以看到一个自动增长的色带形变动画。

（8）在图层 2 的第 30 帧按<F5>键，插入帧。

（9）单击【插入图层】按钮，新建一个图层，单击工具箱中的【文本工具】按钮T，在空白处单击，输入"Loading."，在【属性】面板中设定字体为"Times New Roman"，字号为"30"，颜色为白色，字体类型为加粗、斜体。在第 2 帧按<F6>键插入关键帧，单击文本，在文本后再输入一个"."，如图 7-31 所示。

图 7-31 创建文本

（10）依此类推，分别在第 3、4、5、6 帧插入关键帧，加入"."，按<Ctrl>键选中前 6 帧右击，在弹出的快捷菜单中选择【复制帧】命令，在第 7 帧右击，在弹出的快捷菜单中选择【粘贴帧】命令。再在第 13、19、25 帧粘贴帧，选中第 30 帧以后多余的帧，右击并在弹出的快捷菜单中选择【删除帧】命令，这时按<Enter>键，可以看到一个循环自动生长出省略号的逐帧动画，【时间轴】面板如图 7-32 所示。

（11）在菜单栏中选择【窗口】→【其他面板】→【场景】命令，打开【场景】面板，用鼠标将场景 2 拖拽到场景 1 的下面，如图 7-33 所示。

第7章 Flash CS3 行为基础

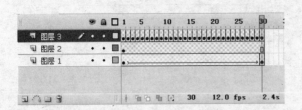

图 7-32 【时间轴】面板

图 7-33 【场景】面板

 提示

　　因为场景的播放顺序是由上至下自动播放的，所以要把 Loading 动画的场景放到上面先进行载入。

　　（11）右击图层 1 的最后一帧，在弹出的快捷菜单中选择【动作】命令，打开【动作】面板，确定是 ActionScript1.0&2.0，选择【语句】→【条件/循环】中的【if】语句，在【条件】文本框中输入 "_frameloaded>=totalframes"，意指完全载入所有帧，如图 7-34 所示。

图 7-34 条件语句

　　（12）选择【全局函数】→【时间轴控制】中的【goto】语句，在场景中选择【场景 1】，如图 7-35 所示。

　　（13）选择【语句】→【条件/循环】中的 "else" 语句，再选择【全局函数】→【时间轴控制】中的【goto】语句，意指不符合条件时停留在当前场景中播放，如图 7-36 所示。

　　（14）按<Ctrl>+<Enter>键测试动画，先载入 Loading，再播放动画。

　　（15）在播放器视窗菜单栏中选择【视图】→【带宽设置】命令，可以模拟互联网中的传输速率对此 Loading 动画进行检测，当左侧状态栏中的预加载完毕后，就会切换到场景 1 中播放动画，如图 7-37 所示。

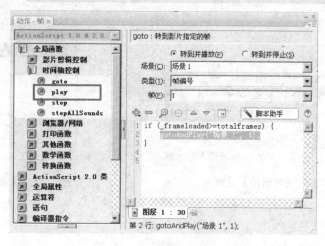

图 7-35　跳转语句

图 7-36　最后一帧动作

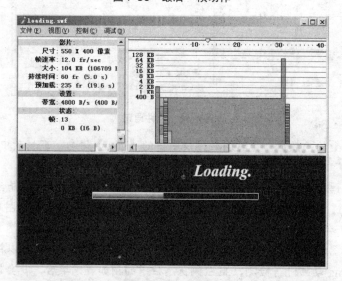

图 7-37　带宽设置

3. 实训总结

本实训介绍了预加载 Loading 动画的制作方法，通过一个条件语句判断是否加载完毕，加载完毕则播放动画，为加载完毕继续加载，这是大动画前常见的 Loading 动画效果，实例中还介绍了场景的创建和编辑方法，希望读者熟练掌握。

7.5.2　制作漫天飞雪

1. 实训目的

通过制作一个如图 7-38 所示鼠标经过的地方出现"漫天飞雪"的动画，明确元件的 3 种类型，掌握动画控制的基本制作方法。本实例的最终效果文件见"实例"（Demo\ch7\7-4.fla）。

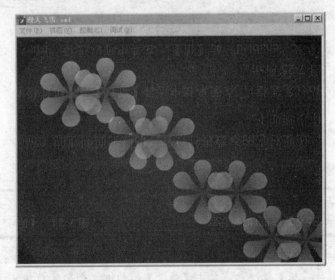

图 7-38　漫天飞雪

2. 实训步骤

（1）新建一个 Flash 动画文档，在工作区右上角的下拉列表框中选择【显示全部】选项。

（2）单击工具箱中的【矩形工具】按钮，在【属性】面板中设定边框为无色，填充蓝色到黑色的放射状渐变，在舞台上绘制一个矩形。单击工具栏中的【对齐】按钮，打开【对齐】面板，依次单击【相对于舞台】按钮、【匹配宽度】按钮、【匹配高度】按钮、【水平中齐】按钮、【垂直中齐】按钮，使矩形充满舞台作为背景，如图 7-39 所示。

（3）在菜单栏中选择【插入】→【新建元件】命令，在弹出的对话框中设置元件的【名称】为【雪花】，点选【图形】单选钮，单击【确定】按钮进入到元件的编辑状态。

（4）按照"第 2 章　Flash CS3 绘制工具"中介绍的方法绘制雪花，如图 7-40 所示。

（5）在菜单栏中选择【插入】→【新建元件】命令，在弹出的对话框中设置元件的【名称】为【透明】，点选【按钮】单选钮，单击【确定】按钮进入到按钮的编辑状态。在【点击】帧处按<F7>键，插入空白关键帧，单击【椭圆工具】按钮，在舞台中央绘制一个椭圆，【时间轴】面板如图 7-41 所示。

图 7-39 设定背景　　　　　　　　　　　图 7-40 绘制雪花

图 7-41 按钮的【时间轴】面板

 提示

> 　　只在【点击】帧上设定关键帧的按钮称之为透明按钮，它只是一个相应区域，在输出的时候是不可见的，因此透明按钮的颜色可以任意设定。

　　(6) 在菜单栏中选择【插入】→【新建元件】命令，在弹出的对话框中设置元件的【名称】为【雪】，点选【影片剪辑】单选钮，单击【确定】按钮进入到影片剪辑的编辑状态。从【库】面板中将"透明"按钮拖放倒舞台中央，按钮的颜色为透明的绿色，在第 2 帧按<F7>键插入空白关键帧，将"雪花"图形拖放到舞台中央；在第 15 帧按<F6>键插入关键帧，将"雪花"向下移动，在【属性】面板中设定第 15 帧雪花的透明度为"20%"，如图 7-42 所示。在中间任意一帧右击，在弹出的快捷菜单中选择【创建补间动画】命令，制作雪花飘落的动画，在飘落的过程中淡出。

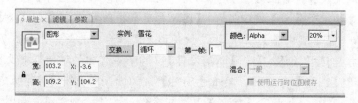

图 7-42 设定雪花透明度

　　(7) 右击第 1 帧，在弹出的快捷菜单中选择【动作】命令，弹出【动作-帧】面板，双击【全局函数】→【时间轴控制】中的【stop】，如图 7-43 所示。

　　(8) 右击按钮，在弹出的快捷菜单中选择【动作】命令，弹出【动作-按钮】面板，双击

【全局函数】→【时间轴控制】中的【goto】，打开【脚本助手】对话框，在【帧】栏中输入"2"，单击右侧脚本区的第1行，勾选【滑过】复选框，如图7-44所示。

图7-43　第1帧脚本

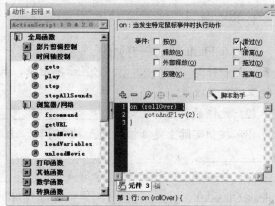

图7-44　按钮脚本

（9）单击【场景1】，回到场景中，插入一个新层，将"雪"影片剪辑拖入到舞台上，按住<Alt>键，进行复制，使影片剪辑铺满整个舞台，如图7-45所示。

（10）按<Ctrl>+<Enter>键测试动画，鼠标经过的地方飘落雪花，如图7-46所示。

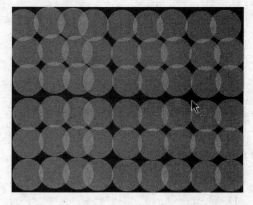

图7-45　影片剪辑铺满舞台

图7-46　最终效果

 注意

> 　　在这个实例中透明按钮的创建首先要确保前三帧都是空白帧，其次按钮的交互条件是"鼠标滑过"而不是默认的"释放鼠标"，这是最容易忽视出错的两个地方。

3. 实训总结

本实训进一步介绍了行为动画的制作方法，并介绍了3种类型元件的创建和使用方法，在实际制作中，要巧妙运用各种工具进行动画的制作。这一实例用到了本章学到的很多相关知识，是一个经典的行为动画范例，请读者熟练掌握。

7.6 习　　题

1. 填空题

(1) 在 Flash 中，按钮的种类主要分两种。一种是_____，通过鼠标直接点击来实现交互；另一种是_____，它显示不出来，只是一个可以被响应交互的区域，可以实现一些特殊的交互效果。

(2) 元件的类型有图形、_____和_____。

(3) 按钮实际上是 4 帧的交互影片剪辑，这 4 帧分别是_____、_____、按下和_____。

(4) 按钮有 8 种状态，分别是_____、释放鼠标(release)、在外部释放鼠标(releaseOutside)、_____、鼠标滑过(rollOver)、_____、鼠标拖过(dragOver)和_____。

2. 选择题

(1) 要想在场景中直接看到按钮的效果，要在菜单栏中选择【控制】→_____命令，这时不用测试也可以看到按钮的效果。

　　A.【启用简单帧动作】　　　　　B.【启用简单按钮】

　　C.【启用动态预览】　　　　　　D. 都可以

(2) 关于元件的描述正确的是_____。

　　A. 元件不可以重复使用。

　　B. 元件的名称和实例的名称一定要一致。

　　C. 可以在现在的动画中使用另一个已打开动画的元件。

　　D. 元件的类型只能是静态的。

(3) 在按钮元件的_____关键帧绘制图形，可以创建一个透明按钮。

　　A. 弹起　　　　　　　　　　　　B. 指针经过

　　C. 按下　　　　　　　　　　　　D. 点击

3. 问答题

(1) 如何创建按钮？如何为按钮添加链接？

(2) 如何用行为语句控制影片播放？

(3) 怎样为动画设定全屏播放？

4. 操作题

(1) 制作一个动画，设定输出时为全屏。

(2) 制作一个小型网站，网站中使用按钮链接网址。

第 8 章　Flash CS3 行为动画

【教学目标】

在本章将要重点学习如何运用 ActionScript 行为语言控制影片剪辑、动态文本、声音、视频等元素，在此基础上还将学习行为面板、动态文本等相关的知识，通过学习希望读者掌握行为动画的制作方法和 ActionScript 行为语言的相关命令，对 Flash 交互的设定有个初步的认识。

【本章要点】

◆　拖放影片剪辑
◆　复制影片剪辑
◆　调整影片剪辑属性
◆　创建动态文本
◆　设定动态字符串
◆　控制声音
◆　控制视频

8.1　控制影片剪辑

动作脚本中提供了一些诸如动作、运算符以及对象等元素，可将这些元素组织到脚本中，指示影片要执行什么操作，控制影片剪辑、按钮等，大多数动作只需要少量的变成经验，对于初学者而言并不难掌握，而有些动作可能需要对编程语言比较熟悉之后才能达到预期的效果，需要经过长期的学习和摸索才行，为了方便初学者学习，在发布设置中选择 ActionScript 2.0 版本。下面介绍几种最常用的影片剪辑控制动画。

8.1.1　控制影片剪辑拖放

通过影片剪辑控制脚本可以对影片剪辑进行各种操作控制，下面以前面学习的"探照灯"蒙版动画为例，通过脚本使蒙版可以随鼠标任意拖动，如图 8-1 所示。本实例的最终效果文件见"实例"（Demo\ch8\8-1.fla）。

图8-1　蒙版随鼠标移动效果

具体制作步骤如下。

（1）在菜单栏中选择【文件】→【打开】命令，打开"探照灯"动画，右击蒙版层（图层3），在弹出的快捷菜单中取消选择【遮罩层】命令，单击锁进行解锁，分别右击第15帧和第30帧的关键帧，在弹出的快捷菜单中选择【清除关键帧】命令，取消两个关键帧。在任一帧右击，在弹出的快捷菜单中选择【删除补间】命令，删除蒙版层的动画，【时间轴】面板如图8-2所示。

（2）单击椭圆蒙版，在【属性】面板中将元件的类型改为【影片剪辑】，为实例命名为"mask"，如图8-3所示。

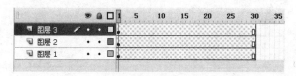 

图8-2　删除补间之后的【时间轴】面板　　　　图8-3　【属性】面板

（3）右击第1帧，在弹出的快捷菜单中选择【动作】命令，打开【动作-帧】面板，双击【全局函数】→【影片剪辑控制】中的【startDrag】，弹出【脚本助手】对话框，在【目标】文本框中输入"mask"，勾选【锁定鼠标到中央】复选框，如图8-4所示。

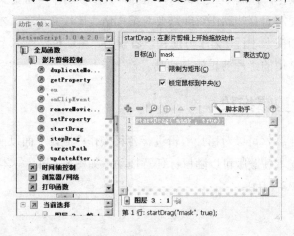

图8-4　【动作-帧】面板

注意

> "锁定鼠标到中央"指鼠标锁定在影片剪辑的中央，所以要将椭圆放置在影片剪辑的中央，才能保证鼠标在椭圆中央。

（4）在图层 3 的名称上右击，在弹出的快捷菜单中选择【遮罩层】命令，使椭圆变成遮罩层。

（5）按<Ctrl>+<Enter>键测试动画，拖动鼠标蒙版随之移动，鼠标始终保持在蒙版椭圆的中央，如图 8-1 所示。

8.1.2　创建影片剪辑复制

影片剪辑控制脚本的内容很丰富，灵活运用可以创建出各种特殊的动画效果。下面制作一个如图 8-5 所示流动的线，进一步学习影片剪辑的控制脚本。本实例的最终效果文件见"实例"（Demo\ch8\8-2.fla）。

图 8-5　流动的线

具体制作步骤如下。

（1）新建一个 Flash 动画文档，设定背景颜色为黑色，在工作区右上角的下拉列表框中选择【显示全部】选项。

（2）在菜单栏中选择【插入】→【新建元件】命令，在弹出的对话框的【名称】文本框中输入"线",点选【影片剪辑】单选钮,单击【确定】按钮进入到元件的编辑状态。

(3) 单击工具箱中的【线条工具】按钮,设定颜色为白色,笔触高度为"1"像素,在舞台上绘制直线,在【对齐】面板中分别单击【相对于舞台】按钮 口、【左对齐】按钮 昌、【垂直中齐】按钮 矼,如图 8-6 所示。

图 8-6 绘制直线

(4) 在第 20 帧按<F6>键插入关键帧,单击【任意变形工具】按钮 将直线水平缩放,如图 8-7 所示。右击中间任意一帧,在弹出的快捷菜单中选择【创建补间形状】命令,【时间轴】面板如图 8-8 所示。

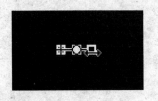

图 8-7 水平缩小直线

图 8-8 加入形变后的【时间轴】面板

(5) 右击第 1 帧,在弹出的快捷菜单中选择【复制帧】命令,右击第 40 帧,在弹出的快捷菜单中选择【粘贴帧】命令;右击第 20 和第 40 帧中间的任意一帧,在弹出的快捷菜单中选择【创建补间形状】命令,【时间轴】面板如图 8-9 所示,这样就制作了一段直线由长变短,再由短变长的动画。

(6) 单击【场景 1】,回到场景中,把"线"影片剪辑拖入到舞台中,实例命名为"rotate",如图 8-10 所示。

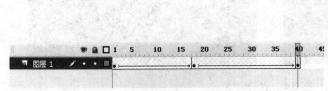

图 8-9 影片剪辑的【时间轴】面板

图 8-10 实例命名

(7) 右击第 1 帧,在弹出的快捷菜单中选择【动作】命令,打开【动作-帧】面板,双击【语句】→【变量】中的【set variable】,即设置变量,弹出【脚本助手】对话框,在【变量】文本框中输入"n",在【值】文本框中输入"n+2",并勾选【表达式】复选框,如图 8-11 所示。

(8) 双击【语句】→【条件/循环】中的【if】，即条件语句，在【条件】文本框中输入"n<=360"，即旋转一周(360°)，如图 8-12 所示。

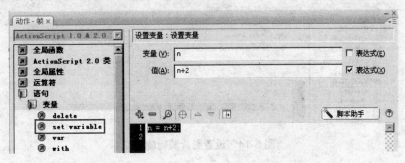

图 8-11　设置变量

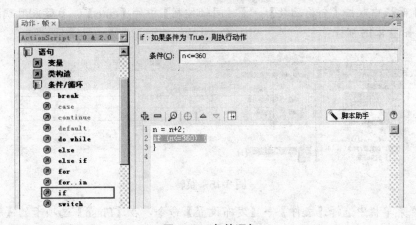

图 8-12　条件语句

(9) 双击【全局函数】→【影片剪辑控制】中的【duplicateMovieClip】，即对影片剪辑进行复制，在【目标】文本框中输入"rotate"，在【新名称】文本框中输入""rotate" add　n"，并勾选【表达式】复选框，在【深度】文本框中输入"n"，如图 8-13 所示。

图 8-13　复制影片剪辑

(10) 双击【全局函数】→【影片剪辑控制】中的【setProperty】，即可对影片剪辑的属性进行设置。在【属性】下拉列表框中选择【_rotation】，即旋转属性，在【目标】文本框中输入""rotate" add　n"，勾选【表达式】复选框，在【值】文本框中单击，双击【getProperty】，输入"("rotate", _rotation)+n",勾选【表达式】复选框,如图 8-14 所示。

图 8-14　设置影片剪辑旋转

（11）在第 2 帧按<F6>键插入关键帧,右击并在弹出的快捷菜单中选择【动作】命令,在
【动作-帧】面板中双击【全局函数】→【时间轴控制】中的【goto】,参数采用默认值,跳转
到第 1 帧,如图 8-15 所示。

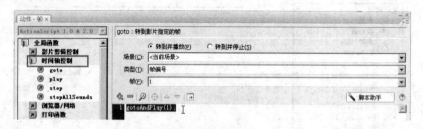

图 8-15　跳转

（12）在菜单栏中选择【文件】→【发布设置】命令,在【Flash】选项卡的【版本】下拉
列表框中选择【Flash Player 6】,即在 6 版本的播放器中播放,如图 8-16 所示。这时按
<Ctrl>+<Enter>键测试动画,就会出现如图 8-5 所示流动的线。

图 8-16　选择播放器版本

8.1.3　调整影片剪辑属性

关于影片剪辑控制的语言还有很多,下面再来制作一个如图 8-17 所示对象属性连续调整
的动画,通过上下左右的按钮来控制影片剪辑对象位置的变化。本实例的最终效果文件见"实
例"(Demo\ch8\8-3.fla)。

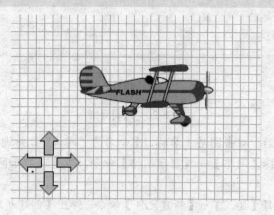

图 8-17　对象属性调整

具体制作步骤如下。

(1) 新建一个 Flash 动画文档，在工作区右上角的下拉列表框中选择【显示全部】选项。

(2) 在工作区内右击，在弹出的快捷菜单中选择【网格】→【显示网格】命令，如图 8-18 所示。舞台上就会出现网格，网格的大小可以进行编辑，右击并在弹出的快捷菜单中选择【网格】→【编辑网格】命令，弹出【网格】对话框，可以对网格的颜色、横向及纵向网格的大小以及是否贴紧至网格等属性进行设定，在这里将网格横向和纵向的大小都设为 20 像素，如图 8-19 所示。

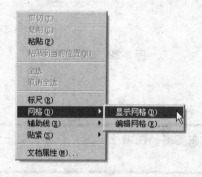

图 8-18　选择【显示网格】命令

图 8-19　【网格】对话框

注意

> 这里显示的"网格"只是作为辅助参考，当导出动画时是不可见的。

(3) 单击工具箱中的【线条工具】按钮，设定线条颜色为灰色，沿网格的横向纵向线条进行绘制，如图 8-20 所示。

提示

> 绘制线条时，按住<Shift>键可以绘制直线，单击工具箱中的【选择工具】按钮，选择绘制好的直线，按住<Alt>键拖动可以对直线进行复制。

图 8-20　绘制网格

（4）绘制完网格之后，双击图层 1 名称，重命名为"网格"，并进行锁定。在舞台上右击，在弹出的快捷菜单中选择【网格】→【显示网格】命令，取消【显示网格】复选框的勾选将会将网格隐藏。

（5）在菜单栏中选择【插入】→【新建元件】命令，弹出【创建新元件】对话框，勾选【影片剪辑】单选钮，命名为"飞机"，单击【确定】按钮，进入影片剪辑元件的编辑状态。使用工具箱中的工具绘制如图 8-21 所示的飞机机身，并进行颜色填充，如图 8-22 所示。

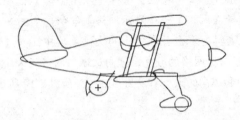

图 8-21　飞机线条　　　　　　　　　　图 8-22　填充颜色

注意

在绘制飞机机身时，应尽量使不同零件放置在不同的图层上，避免分割，便于修改和操作。

（6）在菜单栏中选择【插入】→【新建元件】命令，弹出【创建新元件】对话框，点选【图形】单选钮，命名为"旋转"，单击【确定】按钮，进入图形元件的编辑状态。使用工具箱中的工具绘制图形，如图 8-23 所示。

（7）双击【库】面板中的"飞机"影片剪辑，进入"飞机"编辑状态，插入新图层，从【库】面板中将"旋转"图形拖入到飞机前端，如图 8-24 所示。

图 8-23　"旋转"图形　　　　　　图 8-24　将"旋转"图形拖入飞机前端

（8）插入新图层，将前端固定"旋转"的零件复制粘贴到当前位置，单击【橡皮擦工具】按钮擦拭成如图 8-25 所示的形状。

（9）在所有图层的第 2 帧插入关键帧，选中"旋转"图形，单击【任意变形工具】按钮缩小旋转至如图 8-26 所示形状，由此绘制出一个前端旋转的小飞机动画。

图 8-25　第 1 帧　　　　　　　　　　　图 8-26　第 2 帧

（10）在菜单栏中选择【插入】→【新建元件】命令，弹出【创建新元件】对话框，点选【按钮】单选钮，命名为"箭头"，单击【确定】按钮，进入按钮元件的编辑状态。单击工具箱中的【矩形工具】按钮和【选择工具】按钮绘制箭头，分别在【指针经过】和【按】插入关键帧，修改箭头颜色为红色和绿色，如图 8-27 所示。

图 8-27　按钮的三个关键帧

（11）单击【场景 1】，回到场景中，插入新图层，将"飞机"影片剪辑拖入到舞台中央，在【属性】面板中为实例命名为"plane"，如图 8-28 所示。

（12）插入新图层，将"箭头"按钮拖入到舞台左下角，再拖入 3 个箭头进来，分别将其旋转、移动至如图 8-29 所示的位置。

 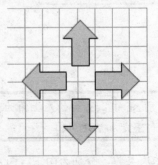

图 8-28　为影片剪辑实例命名　　　　　　图 8-29　箭头旋转移动

（13）右击向上的箭头，在弹出的快捷菜单中选择【动作】命令，打开【动作-按钮】面板，双击【全局函数】→【影片剪辑控制】中的【setProperty】，打开【脚本助手】对话框，在【属性】下拉列表框中选择"_y"，如图 8-30 所示。在【目标】文本框中输入"plane"，在【值】的位置单击，双击左侧【全局函数】→【影片剪辑控制】中的【getProperty】，【值】的设置如图 8-31 所示，然后勾选【表达式】复选框。

图 8-30　影片剪辑的属性选项

图 8-31　输入脚本

提示

　　在 Flash 中，舞台的左上角为坐标轴原点，因此上下位移是 y 位置，向上是减法运算，向下是加法运算。

（14）依次类推，分别为向下、向左和向右的箭头按钮设定影片剪辑控制语句。

向下箭头：on (release) {
　　　　setProperty("plane", _y, getProperty("plane",_y)+5);
}
向左箭头：on (release) {
　　　　setProperty("plane", _x, getProperty("plane",_x)-5);
}
向右箭头：on (release) {

```
    setProperty("plane", _x, getProperty("plane",_x)+5);
}
```

（15）按<Ctrl>+<Enter>键进行测试，飞机动画循环播放，单击上下左右箭头，飞机影片剪辑随之上下左右移动。

 注意

> getProperty()命令是动态读取实例的属性，setProperty()命令是动态设置实例的属性，如改变实例的位置、大小、透明度、可见度和旋转角度等属性，通过参数的设定，可以对影片剪辑的属性进行控制。

如果要控制影片剪辑对象的放大缩小，对应的语句如下。

放大：
```
on (press) {
    if (Number(getproperty("/plane", _xscale))<500) {
        setProperty("/plane",      _xscale,      Number(getproperty("/plane",
_xscale))+5);
        setProperty("/plane",      _yscale,      Number(getproperty("/plane",
_yscale))+5);
    }
}
```
缩小：
```
on (press) {
    if (Number(getproperty("/plane", _xscale))<500) {
        setProperty("/plane",      _xscale,      Number(getproperty("/plane",
_xscale))-5);
        setProperty("/plane",      _yscale,      Number(getproperty("/plane",
_yscale))-5);
    }
}
```

如果要控制影片剪辑对象透明度的变化，对应的语句如下。

淡入：
```
on (release) {
    if (Number(getproperty("/plane", _alpha))<99) {
        setProperty("/plane",      _alpha,      Number(getproperty("/plane",
_alpha))+2);
    }
}
```
淡出：
```
on (release) {
    if (Number(getproperty("/plane", _alpha))<99) {
        setProperty("/plane",      _alpha,      Number(getproperty("/plane",
_alpha))-2);
    }
}
```

请用户自己练习关于影片剪辑控制其他语句的设定和制作方法，这里就不再一一赘述。

8.2 运用动态文本

上一节学习了有关影片剪辑控制的行为动画，这一节来学习动态文本的参数设定以及脚本语言的灵活运用。

8.2.1 制作计时器

动态文本可以显示动态更新的文本内容，下面通过制作一个如图 8-32 所示常见的动画片头计时器，学习动态文本的创建与使用。本实例的最终效果文件见"实例"(Demo\ch8\8-4.fla)。

图 8-32　计时器

具体制作步骤如下。

（1）新建一个 Flash 动画文档，设定背景颜色为黑色，在工作区右上角的下拉列表框中选择【显示全部】选项。

（2）在菜单栏中选择【插入】→【新建元件】命令，在弹出的对话框中点选【图形】单选钮，单击【确定】按钮进入元件的编辑状态。

（3）单击工具箱中的【基本椭圆工具】按钮，如图 8-33 所示，在【属性】面板中设定边框颜色为无色，填充颜色为白色，【起始角度】为"180"，【结束角度】为"270"，如图 8-34 所示，按住<Shift>键在舞台上绘制一个 1/4 圆，在【对齐】面板中依次单击【相对于舞台】按钮口、【右对齐】按钮、【底对齐】按钮。

图 8-33 基本椭圆工具　　　　　　　　　　　　　　图 8-34　属性设定

(4) 选中 1/4 圆，在【颜色】面板中设定颜色为透明白色到白色的放射状渐变，如图 8-35 所示，单击【渐变变形工具】按钮 ，调整渐变，如图 8-36 所示。

(5) 在菜单栏中选择【插入】→【新建元件】命令，在弹出的对话框中点选【图形】单选钮，单击【确定】按钮进入元件的编辑状态。单击工具箱中的【矩形工具】按钮 ，在舞台上绘制长条矩形，在【对齐】面板中依次单击【相对于舞台】按钮 、【水平中齐】按钮 、【底对齐】按钮 ，单击【渐变变形工具】按钮 ，调整渐变，如图 8-37 所示。

图 8-35　颜色面板

图 8-36　渐变调整

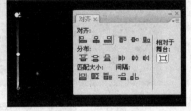

图 8-37　绘制长条矩形

(6) 单击【场景 1】回到场景中，单击工具箱中的【椭圆工具】 ，设定边框颜色为白色，填充颜色为无色，按住<Shift>+<Alt>键在舞台上绘制两个正圆环，在【对齐】面板中依次单击【相对于舞台】按钮 、【水平中齐】按钮 、【垂直中齐】按钮 ，如图 8-38 所示。

(7) 单击【插入图层】按钮 ，新建一个图层，单击工具箱中的【线条工具】按钮 ，按住<Shift>键在舞台上绘制两条直线，在【对齐】面板中依次单击【相对于舞台】按钮 、【水平中齐】按钮 、【垂直中齐】按钮 ，如图 8-39 所示。

图 8-38　绘制圆环

图 8-39　绘制直线

(8) 单击【插入图层】按钮 ，新建一个图层，将【库】面板中的长条矩形拖放到如图 8-40 所示的位置，单击【任意变形工具】按钮 调整中心点到矩形底端，在第 20 帧按<F6>键插入关键帧，右击中间任意帧，在弹出的快捷菜单中选择【创建补间动画】命令，在【属性】面板中设定顺时针旋转 1 次，在图层 1 和图层 2 的第 20 帧按<F5>键插入帧。

(9) 单击【插入图层】按钮 ，新建一个图层，将【库】面板中的 1/4 圆拖放到如图 8-41 所示的位置，单击【任意变形工具】按钮 调整中心点到 1/4 圆圆心端，在第 20 帧按<F6>键插入关键帧，右击中间任意帧，在弹出的快捷菜单中选择【创建补间动画】命令，在【属性】面板中设定顺时针旋转 1 次。

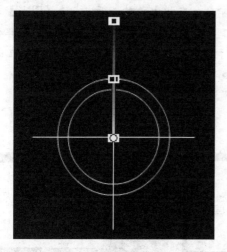

图 8-40　调整长条中心点

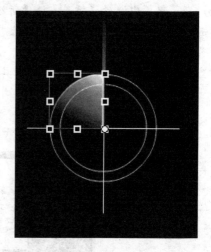

图 8-41　调整 1/4 圆中心点

　（10）单击【插入图层】按钮 ，新建一个图层，单击【文本工具】按钮 T ，在舞台上拖拽一个文本框，如图 8-42 所示，在【属性】面板中选择【动态文本】，【变量】设置为"timer"，字体字号如图 8-43 所示。

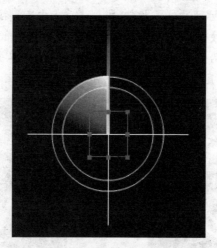

图 8-42　创建动态文本

图 8-43　设定动态文本属性

(11) 右击第 1 帧，在弹出的快捷菜单中选择【动作】命令，在弹出的【动作-帧】面板中，选择【语句】→【变量】中的【set variable】，将【变量】设置为 "timer"，【值】设置为 "10"，如图 8-44 所示。

图 8-44　第 1 帧动作面板

(12) 在第 20 帧按<F6>键插入关键帧，右击并在弹出的快捷菜单中选择【动作】命令，在【动作-帧】面板中选择【语句】→【变量】中的【set variable】，【变量】设置为 "timer"，【值】设置为 "timer-1"，勾选【表达式】复选框，如图 8-45 所示。

(13) 选择【全局函数】→【时间轴控制】中的【goto】，【帧】设置为 "2"，如图 8-46 所示。

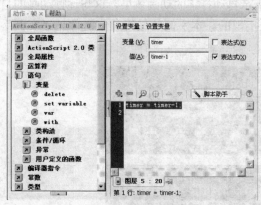
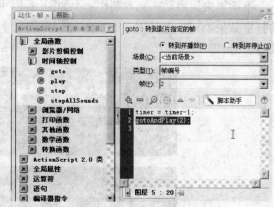

图 8-45　设定变量　　　　　　　　　　图 8-46　跳转到第 2 帧

(14) 选择【语句】→【条件/循环】中的【if】，【条件】设置为 "number(timer)==0"，如图 8-47 所示。

(15) 选择【全局函数】→【时间轴控制】中的【goto】，点选【转到并停止】单选钮，【帧】设置为 "21"，如图 8-48 所示。

(16) 在第 21 帧按<F7>键插入空白关键帧，单击工具箱中的【文本工具】按钮，在【属性】面板中设定为【静态文本】，在舞台上单击，输入 "影片即将播放"。

计
算
机
职
业
培
训
丛
书

图 8-47　条件语句

图 8-48　跳转并停止到 21 帧

（17）按<Ctrl>+<Enter>键进行测试，数字从"10"依次递减，到"0"时自动跳转到"影片即将播放"画面。

 注意

> 动态文本的变量名一定要与【动作】面板中设定的变量名相同。

8.2.2　制作自动打字效果

下面再来运用动态文本制作一个如图 8-49 所示自动打字的动画效果，这与逐帧动画的自动打字效果不同，是通过动态文本和行为语言来实现的。本实例的最终效果文件见"实例"（Demo\ch8\8-5.fla）。

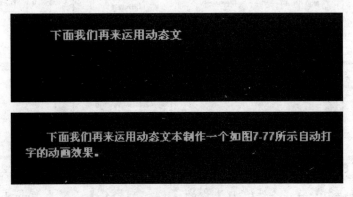

图 8-49　自动打字效果

具体制作步骤如下。

（1）新建一个 Flash 动画文档，设定背景颜色为黑色，在工作区右上角的下拉列表框中选择【显示全部】选项。

（2）单击工具箱中的【文本工具】按钮T，在【属性】面板中选择【动态文本】，设定字体为"宋体"，字号为 12，文本(填充)颜色为橘黄色，线条类型为"多行"，【变量】为"s"，如图 8-50 所示。

图 8-50 动态文本设定

（3）单击【插入图层】按钮 ，新建一个图层，在第 5 帧、6 帧、7 帧分别按<F7>键插入 3 个空白关键帧，在图层 1 的第 7 帧按<F5>键插入帧，【时间轴】面板如图 8-51 所示。

（4）右击图层 2 的第 5 帧，在弹出的快捷菜单中【动作】命令，打开【动作】面板，选择 【语句】→【变量】中的【set variable】，【变量】设置为"text"，在【值】文本框中输入想 要显示的内容，这里输入"下面我们再来运用动态文本制作一个如图 8-49 所示自动打字的动 画效果。"，如图 8-52 所示。

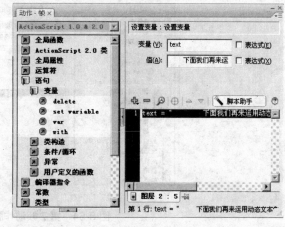

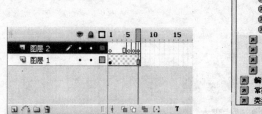

图 8-51 【时间轴】面板　　　　　　　　**图 8-52 第 5 帧动作脚本**

（5）右击图层 2 的第 6 帧，在弹出的快捷菜单中选择【动作】命令，打开【动作-帧】面板， 选择【语句】→【变量】中的【set variable】，【变量】设置为"s"，【值】设置为"mbsubstring(text,1,count)"， 勾选【表达式】复选框。再次选择【set variable】，【变量】设置为"count"，【值】设置为"count+1"， 勾选【表达式】复选框；选择【语句】→【条件/循环】中的【if】，【条件】设置为"count>mblength (text)"；选择【全局函数】→【时间轴控制】中的【stop】，最终动作脚本如图 8-53 所示。

提示

> "mbsubstring(text,1,count)"是动态字符串，"text"是一个多字节字符串，要从 其中提取一个新的多字节字符串。"1"是要提取的第一个字符的编号；"count"是要 在提取的字符串中包括的字符数，不包括索引字符。mblength(text)是动态字符串的长度。

（6）右击图层 2 的第 7 帧，在弹出的快捷菜单中选择【全局函数】→【时间轴控制】中的

【goto】，【帧】设置为"6"，动作脚本如图 8-54 所示。

图 8-53　第 6 帧动作脚本

图 8-54　第 7 帧动作脚本

（17）按<Ctrl>+<Enter>键进行测试，可以看到文本一个一个显示的自动打字效果。

　提示

　　如果要实现第一行起始空两格，可以在输入变量"text"的值时先输入两个字符的空格。

8.3　控制声音和视频

　　对于一些模式化的脚本语言，可以在行为面板中自动编写。行为是预先编写的 ActionScript 脚本，可将其添加到某个触发对象，以控制其他对象。"行为"在不必创建 ActionScript 代码的情况下，就可以将 ActionScript 编码的强大功能、控制能力以及灵活性添加到文档中。通过行为可以控制导入的声音和视频。

8.3.1 控制声音

通过使用声音行为可以将声音添加至文档并控制声音的回放。使用这些行为添加声音将会创建声音的实例，然后使用该实例控制声音。

 注意

> ActionScript 3.0 和 Flash Lite 1.x 及 Flash Lite 2.x 不支持行为。所以要先在菜单栏中选择【文件】→【发布设置】命令，在 Flash 选项卡中将 ActionScript 版本设为【ActionScript2.0】，单击【确定】按钮。

1. 使用行为载入声音

具体操作步骤如下。

（1）选择要用于触发行为的对象（如按钮）。

（2）在菜单栏中选择【窗口】→【行为】命令，打开【行为】面板，单击【添加】(+)按钮，然后在下拉列表框中选择【声音】→【从库加载声音】或者【加载 MP3 流文件】，如图 8-55 所示。

（3）在弹出的【从库加载声音】对话框中，输入库中声音的链接标识符或 mp3 流文件的声音位置。然后，输入这个声音实例的名称并单击【确定】按钮，如图 8-56 所示。

（4）在【行为】面板的【事件】下拉列表框中，选择【释放时】选项，如图 8-57 所示，然后从此菜单中选择一个鼠标事件。如要使用"释放时"事件，不用更改此选项。

图 8-55 行为面板　　　　图 8-56 从库加载声音　　　　图 8-57 选择事件

2. 使用行为播放或停止声音

具体操作步骤如下。

（1）选择要用于触发行为的对象（如按钮）。

（2）在菜单栏中选择【窗口】→【行为】命令，打开【行为】面板，单击【添加】(+)按钮，然后在下拉列表框中选择【声音】→【播放声音】、【停止声音】或者【停止所有声音】，如图 8-55 所示。

（3）在弹出的对话框中，输入链接标识符和要播放或要停止的声音的实例名称，然后单击【确定】按钮。

（4）在【行为】面板的【事件】下拉列表框中，选择【释放时】选项，然后从此菜单中选择一个鼠标事件。如要使用"释放时"事件，不用更改此选项。

8.3.2 控制视频

导入的视频被插入到【时间轴】面板之后，视频中的每一帧就被嵌入到 Flash 文档中的每一帧中，与 Flash 文档的帧可谓一体了。实际上控制视频是通过控制【时间轴】面板的播放来实现的。视频行为可以播放、停止、暂停、后退、快进、显示及隐藏视频剪辑。

具体操作步骤如下。

（1）在【属性】面板中给视频实例命名，如图 8-58 所示。

（2）选择要用于触发行为的对象（如影片剪辑）。

（3）在菜单栏中选择【窗口】→【行为】命令，打开【行为】面板，单击【添加】(+)按钮，然后在下拉列表框中选择【潜入的视频】→【停止】或者【播放】等，如图 8-59 所示。

图 8-58 给视频实例命名

图 8-59 视频行为

（4）在弹出的对话框中，设定参数，每一个视频行为对应的目的和参数如表 8-1 所示。

表 8-1 视频行为对应的目的和参数

行 为	目 的	参 数
播放视频	在当前文档中播放视频	目标视频的实例名称
停止视频	停止该视频	目标视频的实例名称
暂停视频	暂停该视频	目标视频的实例名称
后退视频	按指定的帧数后退视频	目标视频的实例名称和帧数
快进视频	按指定的帧数快进视频	目标视频的实例名称和帧数
隐藏视频	隐藏该视频	目标视频的实例名称
显示视频	显示视频	目标视频的实例名称

（5）在【行为】面板的【事件】下拉列表框中，选择【释放时】选项。然后从此菜单中选择一个鼠标事件。如要使用"释放时"事件，不用更改此选项。

8.4　上　机　实　训

8.4.1　控制滚动文本

1. 实训目的

当文本字数很多无法在一屏显示时，通常需要制作滚动文本来控制文本的播放。下面制作一个如图 8-60 所示的滚动文本框，通过右侧的按钮来控制文本的播放。本实例的最终效果文件见"实例"（Demo\ch8\8-6.fla）。

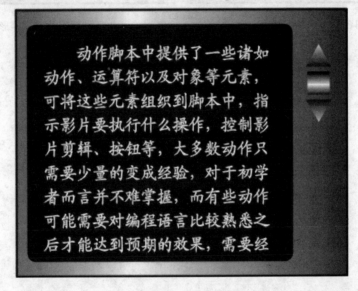

图 8-60　滚动文本

2. 实训步骤

（1）新建一个 Flash 动画文档，文档大小设为"400*300"，背景设为黑色，在工作区右上角的下拉列表框中选择【显示全部】选项。

（2）单击工具箱中的【矩形工具】按钮▢，在【属性】面板中设定边框颜色为黑色，粗细为 2.5 像素，填充灰色到白色到黑色的线性渐变。在舞台上绘制一个矩形，单击工具栏中的【对齐】按钮▤，打开【对齐】面板，依次单击【相对于舞台】按钮▯、【匹配宽度】按钮▣、【匹配高度】按钮▥、【水平中齐】按钮品、【垂直中齐】按钮▥，使矩形充满舞台作为背景，如图 8-61 所示。

（3）再单击【矩形工具】按钮▢，在【属性】面板中设定笔触颜色为无色，填充任意颜色，矩形边角半径设为 10，绘制一个矩形，如图 8-62 所示，选中矩形，将其删除。

（4）单击【文本工具】按钮 T，在【属性】面板中设定字体为"楷体"，字号为"18"，颜色为白色，在舞台上编辑一段文字，按<F8>键将其转换为图形元件，如图 8-63 所示。

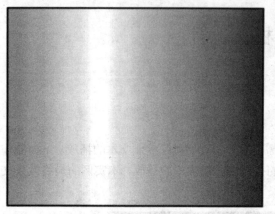

图 8-61　背景矩形

图 8-62　分割矩形

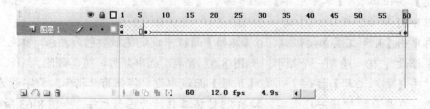

图 8-63　创建文本

（5）在菜单栏中选择【插入】→【新建元件】命令，弹出【创建新元件】对话框，点选【影片剪辑】单选钮，单击【确定】按钮，进入影片剪辑元件的编辑状态，将文本从库中拖拽进来。

（6）在第 5 帧和第 60 帧按<F6>键插入关键帧，在第 60 帧按住<Shift>键将文本垂直向上移动，右击中间任意一帧，在弹出的快捷菜单中选择【创建补间动画】命令。

（7）右击第 1 帧，在弹出的快捷菜单中选择【动作】命令，打开【动作-帧】面板，双击【全局函数】→【时间轴控制】中的【stop】，将停止动作添加到第 1 帧，【时间轴】面板如图 8-64 所示。

图 8-64　影片剪辑的【时间轴】面板

(8) 在菜单栏中选择【插入】→【新建元件】命令，新建"按钮"元件，单击【多角星形工具】 , 在【属性】面板中单击【选项】按钮，弹出【工具设置】对话框，【边数】设置为 "3"，如图 8-65 所示。

(9) 在舞台上绘制一个三角形，设定颜色为白色到黑色的线性渐变，单击【渐变变形工具】 按钮 , 将其改为上下渐变，如图 8-66 所示，在【点击】帧按<F5>键插入帧。

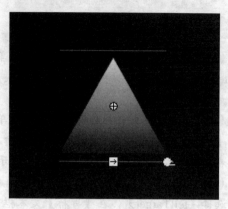

图 8-65　设定边数　　　　　　　　图 8-66　绘制三角形

(10) 在菜单栏中选择【插入】→【新建元件】，新建"按钮"元件。单击【矩形工具】 按钮 , 在舞台上绘制一个矩形，设定颜色为黑色到白色再到黑色的线性渐变，单击【渐变变形工具】按钮 将其改为上下渐变，如图 8-67 所示，在"点击"帧按<F5>键插入帧。

(11) 单击【场景 1】，回到场景中，将文本删除。单击【插入图层】按钮 , 新建一个图层 2，将两个按钮拖放进来，复制三角形按钮，在菜单栏中选择【修改】→【变形】→【垂直翻转】命令，使其方向朝下，打开【对齐】面板，进行对齐，如图 8-68 所示。

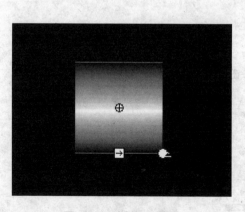

图 8-67　绘制矩形按钮　　　　　　图 8-68　放置按钮

(12) 单击【插入图层】按钮 , 再新建一个图层 3，将图层 3 拖动到图层 1 的下方，将影片剪辑拖放到相应的位置，【时间轴】面板如图 8-69 所示。

(13) 单击步骤(5)创建的影片剪辑，在【属性】面板中为其实例命名为"text"，如图 8-70 所示。

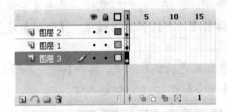

图 8-69　【时间轴】面板的图层顺序　　　　　　　图 8-70　给实例命名

（14）右击向上按钮，在弹出的快捷菜单中选择【动作】命令，打开【动作-帧】面板，选择【tellTarget】，在【目标】文本框中输入"text"，选择【动作】命令，打开【动作-帧】面板，如图 8-71 所示。

（15）右击向下按钮，在弹出的快捷菜单中选择【动作-帧】命令，打开【动作-帧】面板，选择【tellTarget】，在【目标】文本框中输入"text"；再选择【PrevFrame】，在【类型】下拉列表框中选择【前一帧】，如图 8-72 所示。

（16）右击正方形按钮，在弹出的快捷菜单中选择【动作-帧】命令，打开【动作-帧】面板，选择【tellTarget】，在【目标】文本框中输入"text"，如图 8-73 所示。

（17）按<Ctrl>+<Enter>键进行预览，可以看到控制文本播放和停止的动画效果。

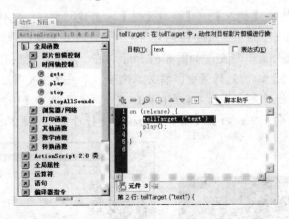

图 8-71　向上按钮动作

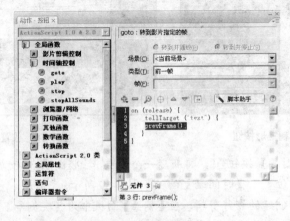

图 8-72　向下按钮动作

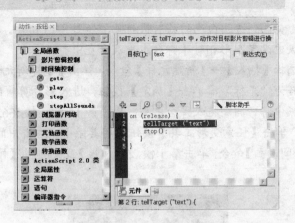

图 8-73　正方形按钮动作

3. 实训总结

本实训进一步介绍了影片剪辑控制和【时间轴】面板控制的脚本语言，制作了一个可以控制的滚动文本，在网页制作中是常见的文本动画效果，请读者熟练掌握。

8.4.2　创建神奇的光标

1. 实训目的

通过制作如图 8-74 所示的随着鼠标拖动，光标变成五颜六色的小球流动的动画效果，进一步了解影片剪辑控制的基本方法，在此基础上，还将学习如何隐藏鼠标，创建个性化的光标。本实例的最终效果文件见"实例"（Demo\ch8\8-7.fla）。

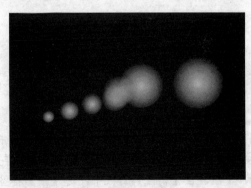

图 8-74　神奇的光标

2. 实训步骤

（1）新建一个 Flash 动画文档，背景设为黑色，在工作区右上角的下拉列表框中选择【显示全部】选项。

（2）在菜单栏中选择【插入】→【新建元件】命令，弹出【创建新元件】对话框，点选【图形】单选钮，在【名称】文本框中输入为"圆"，单击【确定】按钮，进入图形元件的编辑状态。单击工具箱中的【椭圆工具】按钮，在【属性】面板中设定边框颜色为无色，在【颜色】

面板中设定填充颜色为黄色到透明白色的放射状渐变，如图 8-75 所示。绘制如图 8-76 所示的图形，在【对齐】面板中设定图形相对于舞台水平及垂直中齐。

（3）在菜单栏中选择【插入】→【新建元件】命令，弹出【创建新元件】对话框，点选【影片剪辑】单选钮，命名为"光标"，单击【确定】按钮，进入影片剪辑的编辑状态。

（4）从【库】面板中将"圆"拖入舞台中央，单击第 15 帧，按<F6>键插入关键帧，将图形向下移动一段距离，单击【任意变形工具】按钮 将其缩小。右击中间任意帧，在弹出的快捷菜单中选择【创建补间动画】命令。单击第 1 帧，在【属性】面板中，将【帧】标签设为"yellow"，如图 8-77 所示。

图 8-75 渐变颜色设定

图 8-76 绘制圆形

图 8-77 设定【帧】标签

（5）单击第 16 帧，按<F7>键插入空白关键帧，在【动作-帧】面板中双击【stop】。

（6）单击第 17 帧，按<F6>键插入关键帧，从【库】面板中将"圆"拖入舞台中央，选中"圆"，在【颜色】下拉列表框中选择【色调】选项，改为"绿色"、"90%"，如图 8-78 所示。

图 8-78 设定【颜色】属性

图 8-79 设定【颜色】属性

（7）单击第 31 帧，按<F6>键插入关键帧，将图形向下移动一段距离，单击【任意变形工具】按钮 将其缩小。右击中间任意一帧，在弹出的快捷菜单中选择【创建补间动画】命令。单击第 17 帧，在【属性】面板中设定【帧】标签为"green"。

（8）单击第 32 帧，按<F7>键插入空白关键帧，在【动作-帧】面板中双击【stop】。

（9）单击第 33 帧，按<F6>键插入关键帧，从【库】面板中将"圆"拖入舞台中央，选中"圆"，在【颜色】下拉列表框中选择【色调】选项，改为"蓝色"、"90%"，如图 8-79 所示。

（10）单击第 47 帧，按<F6>键插入关键帧，将图形向下移动一段距离，单击【任意变形工具】按钮 将其缩小。右击中间任意一帧，在弹出的快捷菜单中选择【创建补间动画】命令。单击第 33 帧，在【属性】面板中将【帧】标签设为"blue"。

（11）单击第 48 帧，按<F7>键插入空白关键帧，在【动作-帧】面板中双击【stop】，【时间轴】面板如图 8-80 所示。

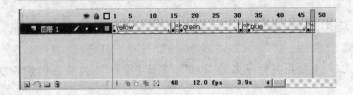

图 8-80　影片剪辑的【时间轴】面板

（12）在菜单栏中选择【插入】→【新建元件】命令，弹出【创建新元件】对话框，点选【影片剪辑】单选钮，命名为"隐形"，单击【确定】按钮，进入影片剪辑的编辑状态，不做任何处理。

 提示

> "隐形"影片剪辑没有图案，也没有关键帧，所以叫做"隐形"。

（13）在菜单栏中选择【插入】→【新建元件】命令，弹出【创建新元件】对话框，点选【影片剪辑】单选钮，命名为"control"，单击【确定】按钮，进入影片剪辑的编辑状态，在第 2 帧按<F5>键插入帧。

（14）右击第 1 帧，在弹出的快捷菜单中选择【动作】命令，打开【动作-帧】面板，输入语句，如图 8-81 所示。

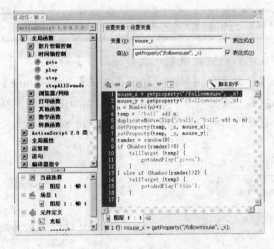

图 8-81　【动作-帧】面板

 提示

> 　　语句中的 mouse_x 和 mouse_y 是鼠标的坐标位置，涉及的影片剪辑控制语句有 getproperty("/followmouse", _x);//得到属性，duplicateMovieClip("/ball", "ball" add n, n);//复制，setProperty(temp, _x, mouse_x);//设置属性和 tellTarget（temp）//调用和控制。涉及的 Random()函数是指随机产生一些数值，使用这个函数可以模拟不确定事件，在这里是随机选择小球的颜色，实现五颜六色的动画效果。

（15）单击【场景1】，回到场景中，将"光标"、"隐形"和"control"影片剪辑拖放到舞台上，如图 8-82 所示。

（16）单击"光标"，为其实例命名为"ball"；单击"隐形"，为其实例命名为"followmouse"，如图 8-83 所示。

图 8-82 将影片剪辑拖入

图 8-83 实例命名

 提示

> "光标"和"隐形"的实例名称就是"control"影片剪辑的语句中使用到的名称。

（17）右击第 1 帧，在弹出的快捷菜单中选择【动作】命令，打开【动作-帧】面板，双击【ActionScript2.0 类】→【影片】→【Mouse】→【方法】中的【hide】，如图 8-84 所示。

（18）双击【全局函数】→【影片剪辑控制】中的"startDrag"，在【目标】文本框中输入"followmouse"，勾选【锁定鼠标到中央】复选框，如图 8-85 所示。

图 8-84 隐藏鼠标光标

图 8-85 拖动光标

（19）按<Ctrl>+<Enter>键测试动画，鼠标光标变成了五颜六色的流动的小球。

3. 实训总结

本实训制作了一个和鼠标运动有关的动画，涉及到的脚本语言比较多，主要是影片剪辑控制和函数变量的设置。除前面介绍过的多个语句之外，还接触到了 Random() 和 Mouse.hide() 等新语句，还学习到了【帧】标签的设定方法，涵盖面比较广，请读者反复练习，摸索规律。

8.5 习　题

1. 填空题

(1) 在 Flash 中，舞台的_____为坐标轴原点，因此_____位移是 y 位置，而_____位移是 x 位置，向上是_____运算，向下是_____运算。

(2) 行为是预先编写的_____脚本，可将其添加到某个_____，以控制其他对象。

(3) 隐藏鼠标的语句是_____。

2. 选择题

(1) 关于动态文本的描述中正确的是_____。

　A. 动态文本的元件名称一定要与【动作】面板中设定的变量名相同

　B. 动态文本的实例名称一定要与【动作】面板中设定的变量名相同

　C. 动态文本的变量名一定要与【动作】面板中设定的变量名相同

　D. 动态文本的变量一定要与【动作】面板中设定的值相同

(2) 复制影片剪辑的语句是_____。

　A. getproperty()

　B. duplicateMovieClip()

　C. setProperty()

　D. tellTarget()

(3) 控制影片剪辑向下运动的语句是_____。

　A. on (release) {
　　　setProperty("plane", _y, getProperty("plane",_y)-5);
　}

　B. on (release) {
　　　setProperty("plane", _y, getProperty("plane",_y)+5);
　}

　C. on (release) {
　　　setProperty("plane", _x, getProperty("plane",_x)-5);
　}

　D. on (release) {
　　　setProperty("plane", _x, getProperty("plane",_x)+5);
　}

3. 问答题

(1) 请例举影片剪辑控制的语句及其功能。

(2) 如何使用行为控制声音和视频？

4. 操作题

(1) 自己设计一个个性化的图标，定义为鼠标。

(2) 设计制作一个小游戏，用键盘的按键控制物体上下左右移动。

第 9 章　Flash CS3 合成发布

【教学目标】

当动画制作完之后，可以合成声音，并对其进行优化、输出和发布。

在本章将要重点学习如何为动画合成声音和视频，在此基础上还将学习动画的优化与发布，通过学习希望读者了解动画的优化与发布设置，掌握动画的各种发布方式，对 Flash 制作动画的整个过程有一个全面的认识。

【本章要点】

- ✦ 合成声音
- ✦ 设定声音同步
- ✦ 压缩声音
- ✦ 了解声音的编辑封套
- ✦ 创建流式声音
- ✦ 测试动画
- ✦ 发布动画

9.1　合成声音

Flash 动画突出的特点之一就是可以合成动画的声音，Flash CS3 提供了多种使用声音的方式，既可以使声音独立于【时间轴】面板连续播放，又可以使用【时间轴】面板将动画与音轨保持同步。不仅如此，还可以向按钮添加声音使按钮具有更强的互动性，制作声音淡入淡出等特殊音效。

Flash 中有两种声音类型，事件声音和音频流。事件声音必须完全下载后才能开始播放，除非明确停止，否则它将一直连续播放。音频流在前几帧下载了足够的数据后就开始播放，音频流要与【时间轴】面板同步以便在网站上播放。

9.1.1　导入声音

在 Flash 中是无法创建声音的，只能通过导入的方式添加。Flash 支持的声音文件格式有很多，常用的有*.wav 和*.mp3 两种格式。导入声音的操作步骤如下。

(1) 在菜单栏中选择【文件】→【导入】→【导入到舞台】命令，弹出【导入】对话框，如图 9-1 所示。

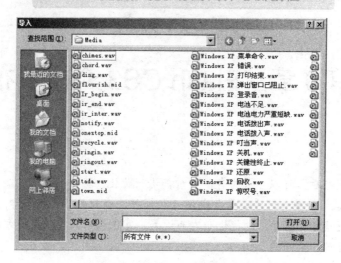

图 9-1 【导入】对话框

(2) 找到需要导入的声音文件，单击【打开】按钮，声音文件就自动以元件的形式导入到【库】面板中。

(3) 从【库】面板中将声音拖放到舞台上，插入适当长度的帧即可，当声音文件被导入并拖放到舞台上之后，会以数字方式显示在【时间轴】面板上，如图 9-2 所示。

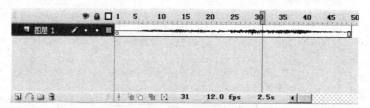

图 9-2 声音的【时间轴】面板

 提示

可以把多个声音放在同一图层上，或放在包含其他对象的层上，但最好为每个声音单独创建一个新层，这样便于修改和删除。

9.1.2 编辑声音

当选中声音文件所在的图层的任意帧后，在【属性】面板中会出现声音文件的相关参数，如图 9-3 所示。

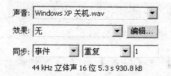

图 9-3 声音的属性设置

1. 编辑声音效果

在声音【属性】面板中，可在【效果】下拉列表框中选择效果选项，如图 9-4 所示，对应的效果如表 9-1 所示。

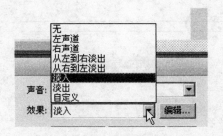

图 9-4　声音效果的设置

表 9-1　声音的效果

选　项	效　果
无	不对声音文件应用效果，选中此选项将删除以前应用的效果
左声道/右声道	只在左声道或右声道中播放声音
从左到右淡出/从右到左淡出	会将声音从一个声道切换到另一个声道
淡入	随着声音的播放逐渐增加音量
淡出	随着声音的播放逐渐减小音量
自定义	允许使用"编辑封套"创建自定义的声音淡入和淡出点

选择【自定义】选项，单击【编辑】按钮，弹出【编辑封套】对话框，如图 9-5 所示。

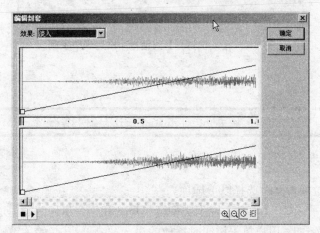

图 9-5　【编辑封套】对话框

（1）上下视窗分别对应的是左、右声道，白色区域为声音播放的有效范围，两个视窗中间有时间标尺，可以通过左右拖动时间标尺中的滑块来调整声音的起始点和终止点，如图 9-6 所示。

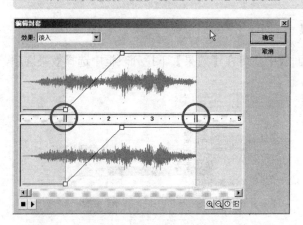

图9-6　【编辑封套】对话框中的起始、终止点

（2）视窗上方的横线可调节声音幅度，横线上的小方块是可调节手柄。鼠标直接拖动可调节手柄可以调整声音幅度的大小，还可在横线的任意位置直接单击添加可调节手柄，或将可调节手柄拖到视窗外进行删除，可调节手柄最多可添加8个，如图9-7所示。

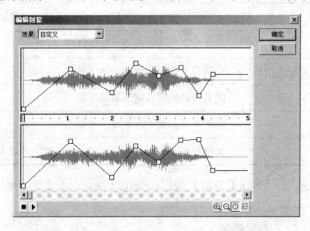

图9-7　【编辑封套】对话框中的可调节手柄

　提示

声音编辑封套右下角的按钮可以对视窗进行放大缩小等操作。

2. 设定声音同步

在【同步】下拉列表框中选择以下选项。

● 【事件】——选择【事件】同步类型会将声音和一个事件的发生过程同步起来。【事件】声音（例如，用户单击按钮时播放的声音）在显示其起始关键帧时开始播放，并独立于【时间轴】面板完整播放，即使SWF文件停止播放也会继续。

● 【开始】——与【事件】选项的功能相近，但是如果声音已经在播放，则新声音实例就不会播放。

- 【停止】——使指定的声音静音。
- 【流】——【流】同步方式采用边下载边播放的流媒体技术，声音的信息平均分配在它所需要的帧中。这样可以使动画与音频流同步，以便在网站上播放，与事件声音不同，音频流随着 SWF 文件的停止而停止。而且，音频流的播放时间绝对不会比帧的播放时间长。

3. 设定声音循环

声音的循环设定既可以选择重复几次，也可以直接选择循环，声音将会不断地循环播放。

9.1.3　压缩声音

由于网速的限制，为了使 Flash 动画更加流畅地运行，就要适当地对声音进行压缩，以减少动画的数据量。双击【库】面板中声音的图标，就可以打开如图 9-8 所示的【声音属性】对话框。

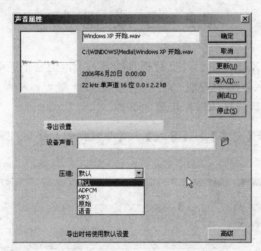

图 9-8　【声音属性】对话框

【压缩】下拉列表框中有 4 个选项。

（1）【ADPCM】——【ADPCM】压缩选项用于进行 8 位或 16 位声音数据的压缩设置，最适合压缩短小、简单的声音文件，比如按钮、打字等声音效果。选择此选项，会出现如图 9-9 所示的附加选项。

- 【预处理】——可以将立体声转换为单声道，由此可以减小声音的文件量。
- 【采样率】——可以控制声音的保真度和文件大小。较低的采样率可以减小文件大小，但同时也会降低声音品质。默认状态下，系统推荐使用 22kHz，此选项的采样率是标准 CD 的一半。
- 【ADPCM 位】——是指声音文件在导出时的采样位数。位数越小，声音文件损失越严重。默认状态下，系统推荐使用 4 位。

（2）【MP3】——【MP3】压缩选项最适合压缩较长的声音文件，当导出像乐曲这样较长的音频流时，一般使用"MP3"选项，会出现附加选项，如图 9-10 所示。

图 9-9　ADPCM 附加选项　　　　　　　图 9-10　MP3 附加选项

- 【比特率】——决定导出的声音文件中每秒播放的位数。Flash 支持 8kbps 到 160kbps。当导出音乐时，一般需要设定在 16kbps 以上，以获得最佳效果。
- 【品质】——确定压缩速度和声音质量，品质越高压缩速度越慢，但声音质量越好。

(3)【原始】——此选项是指在导出声音时不进行压缩，附加选项与上述相似，不再赘述。

(4)【语音】——此选项比较适合导出特殊的语音效果，只有【采样率】一个附加选项。

9.2　合　成　视　频

其实，早在 Flash MX 版本就已经支持视频的导入了，但它不能对导入的视频进行编辑，Flash CS3 提供了多种加入视频的方法。

在 Flash CS3 导入视频的具体操作步骤如下。

(1) 在菜单栏中选择【文件】→【导入】→【导入视频】命令，弹出【导入视频】对话框，如图 9-11 所示。

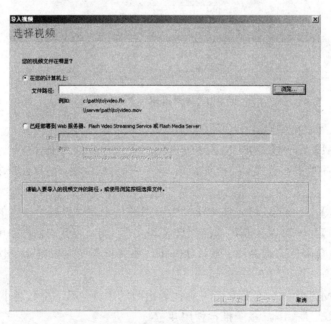

图 9-11　【导入视频】对话框

(2) 单击【浏览】按钮，从打开的目录中选择要导入的视频，单击【打开】按钮。

提示

　　可以导入的视频格式有很多，如图 9-12 所示，有常见的*.avi、*.mpg 和*.mov 格式，也有流格式的*.asf 和*.wmv，值得一提的是*.flv，它是 Flash 的视频格式，是使用 Sorensen 编解码器压缩的带编码音频的静态视频流，还有一些诸如与数字 DV 和移动设备相对应的*.dv、*.dvi 和*.3gp、*.3gpp 等视频格式。

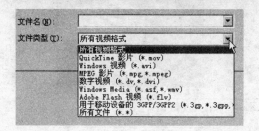

图 9-12　支持的视频格式

　　(3) 单击【下一个】按钮，弹出【导入视频-部署】对话框，如图 9-13 所示，点选【从 Web 服务器渐进式下载】单选钮。

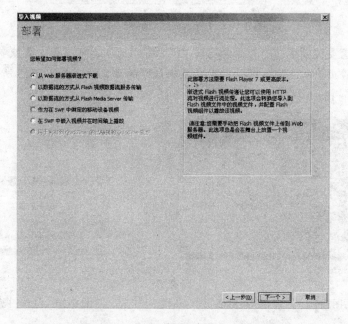

图 9-13　【导入视频-部署】对话框

 提示

　　选择不同的部署方式，在右侧一栏中将会对所选择的选项进行注解。

　　(4) 单击【下一个】按钮，弹出【导入视频-编码】对话框，如图 9-14 所示。

提示

要部署的视频如果不是*.flv 格式，则导入视频向导将显示【编码】面板。

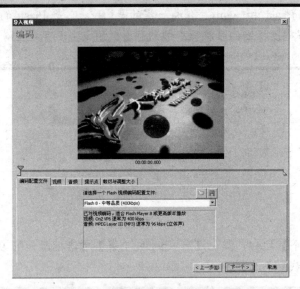

图9-14　【导入视频-编码】对话框

（5）如果只需要视频中的一部分，拖动"视频导入点"，可以指定要截取的视频片断的起始帧；再拖动"停止导入点"，可以指定要截取片断的结束帧，如图9-15所示。

（6）选择一个Flash 视频编码配置文件，如图9-16所示。

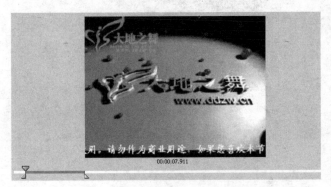

图9-15　对视频进行截取

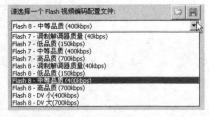

图9-16　Flash 视频编码配置文件

 提示

在下拉菜单的下方有相应的提示和音视频的一些信息。

（7）选择【裁切与调整大小】选项卡，勾选【调整视频大小】复选框，设置需要的【宽度】和【高度】，如图9-17所示。

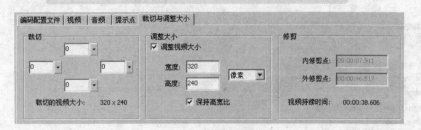

图 9-17　调整视频大小

　提示

　　除此之外，还有【视频】、【音频】和【提示点】选项卡，可以进行视频、音频属性的调整，还可以添加提示点控制视频的播放。

　　(8) 单击【下一个】按钮，弹出【导入视频-外观】对话框，如图 9-18 所示，【外观】的下拉菜单中有很多种预设外观选项，可以根据自己的喜好进行选择，还可以选择自己喜欢的颜色作为外观的颜色。

　提示

　　初学者可以根据右侧的文字提示进行选择。

图 9-18　【导入视频-外观】对话框

　　(9) 单击【下一个】按钮，弹出【导入视频-完成视频导入】对话框，如图 9-19 所示，单击【完成】按钮，完成视频的导入工作。

　　(10) 完成视频导入之后，如果是一个未保存的新文档，会提示进行保存，然后显示 Flash 视频编码进度，该进度只是当前的导入进度，如图 9-20 所示。

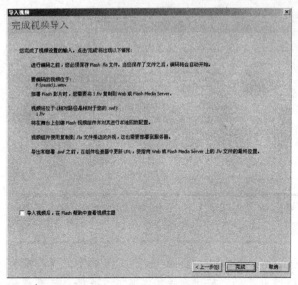

图 9-19 【导入视频-完成视频导入】对话框 　　　　图 9-20 Flash 视频编码进度

（11）导入进度完成后，视频被导入到场景中，【库】面板中也会出现一个视频编译剪辑，以备重复使用，如图 9-21 所示。

图 9-21 完成导入

（12）按<Ctrl>+<Enter>键测试动画，就可以得到一段视频的播放动画。

9.3 管理场景

场景就像是话剧中的幕，电影中的场，不同的场景结合起来就形成了完整的 Flash 动画。使用场景，可以按主题组织动画，例如，可以使用单独的场景用于简介、出现的消息以及片头片尾字幕。

9.3.1 认识场景

使用场景类似于使用几个 SWF 文件一起创建一个较大的演示文稿。每个场景都有一个【时间轴】面板，当播放头到达一个场景的最后一帧时，播放头将前进到下一个场景。发布 SWF 文件时，每个场景的【时间轴】面板会合并为 SWF 文件中的一个【时间轴】面板。将该 SWF 文件编译后，其行为方式与使用一个场景创建的 FLA 文件相同。

由于这种行为，场景会存在一些缺点。

- 场景会使文档难以编辑，尤其在多作者环境中。任何使用该 FLA 文档的人员可能都需要在一个 FLA 文件内搜索多个场景来查找代码和资源。
- 场景通常会导致 SWF 文件很大。使用场景会使您倾向于将更多的内容放在一个 FLA 文件中，从而产生更大的 FLA 文件和 SWF 文件。
- 场景将强迫用户连续下载整个 SWF 文件，即使用户不愿或不想观看全部文件。如果不使用场景，则用户可以在浏览 SWF 文件的过程中控制想要下载的内容。
- 与 ActionScript 结合的场景可能会产生意外的结果。因为每个场景【时间轴】面板都压缩至一个【时间轴】面板，所以可能会遇到涉及 ActionScript 和场景的错误，这通常需要进行额外的复杂调试。

尽管使用场景有一些缺陷，在某些情况下(例如创作长篇幅动画时)，这些缺陷几乎不会出现。当使用场景时，应避免管理大量的 FLA 文件。

9.3.2　使用场景

当发布包含多个场景的 Flash 文档时，文档中的场景将按照它们在【场景】面板中列出的顺序进行回放。文档中的帧都是按场景顺序连续编号的。例如，如果文档包含两个场景，每个场景有 10 帧，则场景 2 中的帧的编号为 11 到 20。要在每个场景之后停止或暂停文档，或允许用户以非线性方式浏览文档，可以使用动作。

1. 创建场景

在菜单栏中选择【窗口】→【其他面板】→【场景】命令，可以打开【场景】面板，如图 9-22 所示。单击【添加场景】按钮 ，即可自动添加默认名称的场景。双击场景的名称，名称就将变为文本框，在其中输入所需名称，即可为场景命名，如图 9-23 所示。

图 9-22　【场景】面板

图 9-23　给场景命名

当有多个场景时，直接在面板中将场景名称上下拖动，即可改变它们的顺序。在面板中改变场景的顺序后，其播放顺序也将相应地被更改。

2. 查看特定场景

在菜单栏中选择【视图】→【转到】命令，然后从子菜单中选择相应场景的名称，即可转到特定的场景进行查看。也可以在【场景】面板中单击想要查看的场景名称进行场景的转换。

3. 复制场景

在【场景】面板中选择要复制的场景，例如选择"场景 1"，然后单击【直接复制场景】按钮 ，即可得到一个名称为"场景 1 拷贝"的复制场景。

4. 删除场景

在【场景】面板中选择要删除的场景，然后单击【删除场景】按钮 ，即可弹出如图 9-24 所示的提示对话框。因为删除场景的操作不可恢复，因此在删除前应考虑清楚再单击【确定】按钮进行删除。

图 9-24　删除场景提示对话框

9.4　发 布 动 画

当动画制作好之后，就要将其进行优化与发布，使其成为可以通过相应的浏览工具观看和欣赏的动画作品。

9.4.1　测试与优化动画

在 Flash Player 中运行 SWF 文件时，Flash CS3 中的调试器作为监视动画所有内部工作的窗口，可以显示动画中所有的影片剪辑、层级和它们的属性。调试器还能跟踪动画给定的【时间轴】面板中所有的活动变量。当动画无法正常运行时，调试器还能跟踪动画给定的【时间轴】面板中所有活动的变量，帮助用户检查脚本的执行情况。

1. 测试动画

在菜单栏中选择【控制】→【测试影片】命令或按<Ctrl>+<Enter>键就可以对动画进行测试，以验证应用程序是否按预期工作，查找并修复所遇到的错误。在整个制作过程中应不断测试应用程序。当文件已经被保存之后，再进行测试，会自动在同一目录下生成一个*.swf 的文件，这个文件可以直接在 Flash 的播放器中播放，也可以在 IE 浏览器中播放，在互联网中它以数据流的方式进行传输，边浏览，边下载，是互联网中最普及和常见的动画文件格式。

在菜单栏中选择【调试】→【调试影片】命令，可以对动画进行调试，也可在菜单栏中选择【窗口】→【调试面板】→【ActionScript2.0 调试器】命令，弹出【ActionScript2.0 调试器】

对话框，如图 9-25 所示。

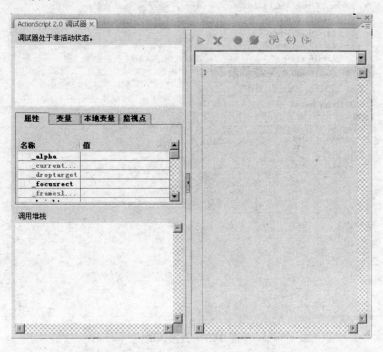

图 9-25　【ActionScript2.0 调试器】对话框

在默认情况下，调试器处于暂停状态，如图 9-26 所示，单击代码视图窗口下方的【继续】绿色按钮 ▷，即可开始调试，如图 9-27 所示。

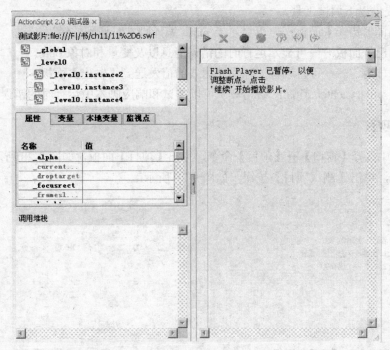

图 9-26　暂停状态

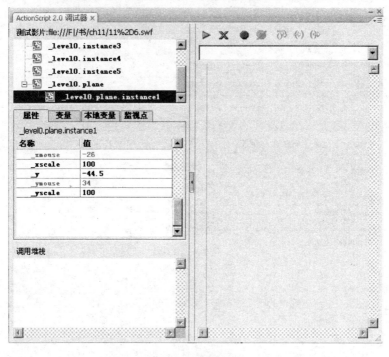

图 9-27　开始调试

　　在文件被激活后，调试器的状态栏就会显示文件的 URL 或本地路径，表明文件是运行在测试环境下还是从远程位置运行，并且显示影片剪辑显示列表的动态视图。将影片剪辑添加到文件中或从文件中删除时，显示列表会立即反映出这些更改。

　　Flash 还提供以下调试工具。

- 　　【编译器错误】面板——可显示当 Flash 编译脚本时遇到的错误。
- 　　【输出】面板——可显示运行时的错误消息以及变量和对象列表。
- 　　trace()语句——可将编程注释和表达式的值发送到【输出】面板。
- 　　throw 和 try..catch..finally 语句——可以测试和响应脚本中运行时的错误。

2．测试项目

　　在菜单栏中选择【窗口】→【项目】命令，弹出【项目】面板，如图 9-28 所示，可新建或打开一个项目，单击【测试项目】按钮，如图 9-29 所示。

图 9-28　【项目】面板　　　　　　　　　　　　　　　图 9-29　测试项目

注意

> 如果要测试的项目未包含 FLA、HTML 或 HTM 文件，Flash 会显示一条错误消息，单击【确定】按钮，然后添加适当类型的文件即可。

为了在保证动画质量的基础上减少动画的数据量，应尽量优化动画影片，多使用元件，多使用渐变动画，少引入位图，优化线条、声音、文本和颜色等，使整个动画作品能够更加流畅地在网上进行传输。

9.4.2 发布与导出动画

在 Flash 中，可以将后缀名为.fla 的源文件发布成可以在网上传输和浏览的格式，也可以将其导出成图形图像文件或动画及视频文件。

1. 发布 Flash 网页

发布 Flash 网页是将 Flash 动画发布成网页的 HTML 文件，此方法为不是很熟悉 HTML 语言的动画设计人员提供了方便。在菜单栏中选择【文件】→【发布设置】命令，弹出【发布设置】对话框，在此对话框中有 3 个选项卡，分别是【格式】、【Flash】和【HTML】。

(1)【格式】选项卡如图 9-30 所示。在其中可以选择发布的文件格式、文件名称以及文件存放的路径。在【类型】选项中有以下复选框可供选择。

- 【Flash(.swf)】——发布 Flash 动画的最佳文件格式。
- 【HTML(.html)】——勾选此复选框发布动画，将自动生成 HTML 的网页。
- 【GIF 图像(.gif)】——勾选此复选框发布动画，可以生成静帧图像，也可生成由图片序列组成的 GIF 动画。
- 【JPEG 图像(.jpg)】——勾选此复选框发布动画，可以生成压缩的静止图像。
- 【PNG 图像(.png)】——勾选此复选框发布动画，可以生成带有透明通道的静止图像。
- 【Windows 放映文件(.exe)】——勾选此复选框发布动画，可以生成一个扩展名为 Windows 操作系统中的.exe 的网页动画可执行文件。
- 【Macintosh 放映文件】——勾选此复选框发布动画，可以生成一个适应于 Macintosh 操作系统的网页动画文件。
- 【带 Flash 音轨的 QuickTime(.mov)】——勾选此复选框发布动画，可以生成一个能够在 QuickTime 播放器中放映的动画文件。

(2)【Flash】选项卡如图 9-31 所示，可以进行以下参数设置。

- 【版本】——在下拉列表框中选择一种播放器版本。
- 【加载顺序】——在下拉列表框中选择加载顺序为【由下而上】还是【由上而下】，此选项控制着 Flash 在速度较慢的网络上先绘制动画的哪些部分。
- 【ActionScript 版本】——在下拉列表框中选择行为语言的版本，这是为脚本语言的向下兼容设定的选项。
- 【选项】——在该选项区勾选【生成大小报告】复选框，将生成一个记录动画中原件对象大小的报表。值得一提的是，如勾选【防止导入】复选框，可以防止其他人导入 Flash 动画并将其转换成可编辑的 Flash 文件，如果选择该选项，可以设定密码来保护动画。其他复选框就不一一介绍了，一般使用默认设置即可。

- 【JPEG 品质】——设置默认的图像压缩品质，此选项可以优化动画中所有未优化的位图，数值越高，图像质量越高。
- 【音频流】、【音频事件】——这两个选项可以对动画中所有未优化的音频进行压缩，单击【设置】按钮就可以修改和编辑将要导出的流声音及事件声音的采样率和压缩方式。
- 【覆盖声音设置】——勾选此复选框在动画中将对以上两种声音设置都有效。
- 【导出设备声音】——勾选此复选框在发布 Flash 文件时将导出设备声音。
- 【本地回放安全性】——在下拉列表框中选择要使用的 Flash 安全模型。指定是授予已发布的 SWF 文件本地安全性访问权，还是网络安全性访问权。

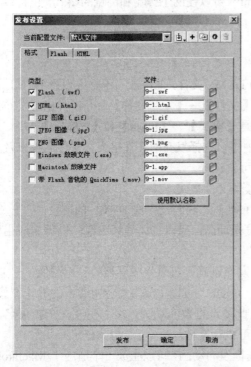

图 9-30 【格式】选项卡   图 9-31 【Flash】选项卡

(3) 【HTML】选项卡如图 9-32 所示，可以进行以下参数设置。

- 【模板】——在下拉列表框中选择 Flash 动画在生成的 HTML 网页中的显示模式。
- 【尺寸】——在下拉列表框中选择 Flash 动画在网页窗口中所显示的尺寸选项，可以匹配影片大小，也可以按像素或百分比竖直进行设定。
- 【回放】——该选项区用于设置动画在网页中开始放映和放映过程。勾选【开始时暂停】复选框，只有通过点击动画中的播放按钮才能播放动画；勾选【循环】复选框可以自动循环播放；勾选【显示菜单】复选框，动画在网页中播放时右击将弹出"放大"、"缩小"、"后退"、"前进"等快捷菜单；勾选【设备字体】复选框，如果浏览着的电脑中没有安装相应的字体，将用系统字体替代。

- 【品质】——在下拉列表框中可以选择动画的质量，设置的品质越高，视觉效果越佳，但播放速度就会越慢。

- 【窗口模式】——在下拉列表框中选择发布时的标准设置。选择【不透明无窗口】选项可以使网页中的动画显示区域后面的元素进行移动，指的是 HTML 网页中的图层技术。选择【透明无窗口】选项可以使网页中的动画背景设置为透明，该设置可以使网页中的背景显示出来，是一个非常有用的功能设置。

- 【HTML 对齐】——在下拉列表框中选择动画在网页中与其他元素的对齐方式。

- 【缩放】——当动画尺寸大小与网页显示窗口的尺寸大小不匹配时，在此下拉列表框中可以进行相应的设置。选择【默认（显示全部）】选项，动画将全部显示在网页的窗口中，并比例适当地自动充满整个窗口；选择【无边框】选项，动画将进行调整，充满网页窗口并不显示边界；选择【精确匹配】选项，可使动画不按比例地充满整个网页显示窗口；选择【无缩放】选项，可使动画在网页中不进行任何尺寸大小的缩放。

- 【Flash 对齐】——在下拉列表框中选择动画在网页中左中右位置的对齐情况。

- 【显示警告信息】——勾选此复选框，使用模板时将会出现此信息，指出用户要选择和调整发布的格式及发布设置。

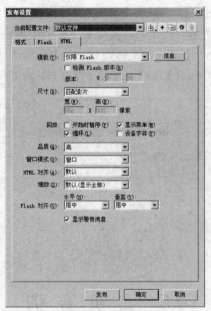

图 9-32　【HTML】选项卡

2. 导出影片

导出影片就是将 Flash 动画打包导出成 FlashPlayer 格式(.swf)。在菜单栏中选择【文件】→【导出】→【导出影片】命令，弹出【导出影片】对话框，如图 9-33 所示。在此对话框中为动画命名，确定文件格式和选择所存放的位置，单击【保存】按钮后，将弹出【导出 Flash Player】对话框，此对话框与【发布设置】对话框中的【Flash】选项卡相似，设定之后单击【确定】按钮即可。

图 9-33 【导出影片】对话框

3. 导出图像

Flash 动画可以输出成为位图图像的文件格式。在菜单栏中选择【文件】→【导出】→【导出图像】命令，弹出【导出图像】对话框，可以选择导出图像的名称、类型以及存放的路径，保存类型有很多，如图 9-34 所示。在【保存类型】下拉列表框中，【Flash 影片(*.swf)】选项为 Flash 打包的动画文件格式，【Windows AVI(*.avi)】选项和【QuickTime(*.mov)】选项为视频文件格式，【WAV 音频(*.wav)】选项为音频文件格式，其余选项都是各种图像文件的格式。

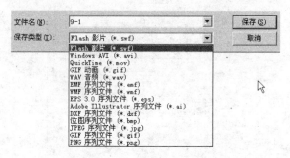

图 9-34 【导出图像】对话框

9.5 上机实训

随着带宽逐渐加大，网络浏览速度不断提高，使用 Flash 制作网站动画已经成为一种潮流。利用 Flash 丰富的动画效果制作网站动画，不仅能够给人以视觉冲击力和震撼感，而且在互动性方面也比较方便快捷。这一节将学习制作一个 Flash 网站动画片头。

1. 实训目的

通过设计制作如图 9-35 所示的网站动画片头，学习并掌握 Flash 网站动画片头制作的设计思路与过程，充分利用图、文、声、像等多种元素进行设计，掌握 Flash 动画合成与发布的方法和技巧。本实例的最终效果文件见"实例"（Demo\ch9\9-1.fla）。

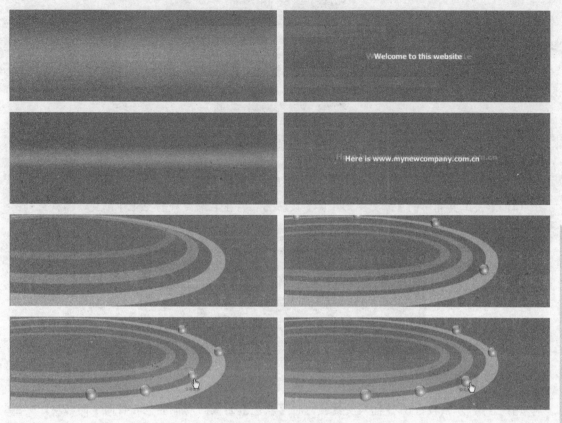

图 9-35　网站动画片头

2. 实训步骤

（1）新建一个 Flash 动画文档，文档大小设为"600*200"，背景设为蓝色（R: 0, G: 155, B: 230），在工作区右上角的下拉列表框中选择【显示全部】选项。

（2）在菜单栏中选择【插入】→【新建元件】命令，弹出【创建新元件】对话框，点选【影片剪辑】单选钮，命名为"背景"，单击【确定】按钮，进入影片剪辑元件的编辑状态。

（3）单击工具箱中的【矩形工具】按钮 ，在【属性】面板中设定无边框颜色，在【颜色】面板中设定填充颜色为蓝色到蓝绿色再到蓝色的线性渐变，绘制如图 9-36 所示的矩形。在【对齐】面板中单击【相对于舞台】按钮 、【水平中齐】按钮 及【垂直中齐】按钮 ，颜色面板如图 9-37 所示。

图 9-36　绘制矩形

图 9-37　【颜色】面板

(4) 单击工具箱中的【渐变变形工具】按钮，将左右渐变旋转至上下渐变，缩放至如图 9-38 所示的大小。

图 9-38　渐变变形

(5) 在第 2 帧按<F6>键插入关键帧，将【颜色】面板的两侧颜色指针向中间移动，如图 9-39 所示，图形效果如图 9-40 所示。

 提示

为了实现渐变向内聚集的效果，也可以通过单击工具箱中的【渐变变形工具】按钮进行设定，将渐变垂直方向向内缩放即可。

图 9-39　【颜色】面板

图 9-40　第 2 帧图形

(6) 依次类推，分别在第 3、4、5、6 帧按<F6>键插入关键帧，依次将【颜色】面板的两侧颜色指针向中间移动，最终图形效果如图 9-41 所示，【时间轴】面板如图 9-42 所示。

图 9-41　第 6 帧图形

图 9-42　【时间轴】面板

(7) 在菜单栏中选择【插入】→【新建元件】命令，弹出【创建新元件】对话框，点选【影片剪辑】单选钮，命名为 "text"，单击【确定】按钮，进入影片剪辑元件的编辑状态。

(8) 单击工具箱中的【文本工具】按钮 T，在【属性】面板中设定颜色为白色，字号为 "16"，在舞台上单击，输入 "Welcome to this website"。按<F8>键将其转换为图形元件，命名为 "text1"，如图 9-43 所示，在第 15 帧按<F5>键插入帧。

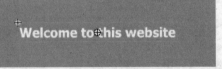

图 9-43　创建文本

(9) 单击【插入图层】按钮，在新图层中将文本元件拖入，单击【任意变形工具】按钮将其放大，在【属性】面板中设定颜色中的【Alpha】值为 "36%"，最终效果如图 9-44 所示。

图 9-44　创建新文本图层

（10）在第 3、4、5、7、8、10、13、15 帧按<F6>键插入关键帧，按<↑>键、<↓>键、<→>键、<←>键将文本的位置进行微调，产生晃动的动画效果，在中间的帧右击，在弹出的快捷菜单中选择【创建补间动画】命令，【时间轴】面板如图 9-45 所示。

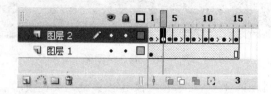

图 9-45 【时间轴】面板

（11）在【库】面板中右击 "text1" 图形和 "text" 影片剪辑，在弹出的快捷菜单中选择【直接复制】命令，得到 "text1 副本" 和 "text 副本"。双击 "text1 副本"，进入编辑状态，将文本内容改为 "Here is www.mynewcompany.com.cn"，如图 9-46 所示。

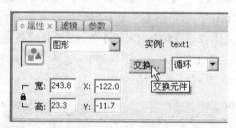

图 9-46 更改文本内容

（12）在【库】面板中双击 "text 副本"，进入编辑状态，选中每一个元件，单击【属性】面板中的【交换】按钮，如图 9-47 所示。弹出【交换元件】对话框，在下拉列表框中选择 "text1 副本" 图形元件，如图 9-48 所示。依次类推，将所有文本进行交换，整个动画效果不变，文本内容进行了交换，如图 9-49 所示。

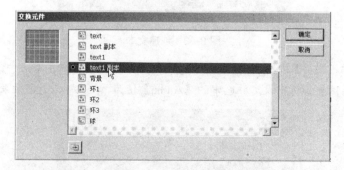

图 9-47 【属性】面板

图 9-48 【交换元件】对话框

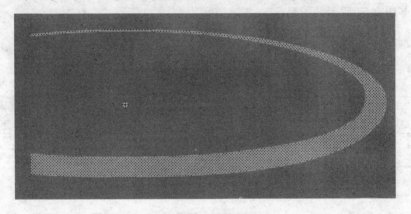

图 9-49　text 副本

(13) 在菜单栏中选择【插入】→【新建元件】命令，弹出【创建新元件】对话框，点选【图形】单选钮，命名为"环1"，单击【确定】按钮，进入图形元件的编辑状态。

(14) 单击【椭圆工具】按钮<img>绘制两个椭圆，利用小圆将大圆分割的方法，将小圆删除，留下如图 9-50 所示的环形，颜色设为蓝灰色(R：166，G：196，B：188)。

图 9-50　创建环形

(15) 在【库】面板中右击"环1"，在弹出的快捷菜单中选择【直接复制】命令两次，得到两个副本，重命名为"环2"和"环3"。双击"环2"，将其等比例缩小，在【颜色】面板中将【Alpha】设为"60%"；双击"环3"，将其缩至更小，在【颜色】面板中将【Alpha】设为"40%"，如图 9-51 所示。

图 9-51　"环3"【颜色】面板

(16) 在菜单栏中选择【插入】→【新建元件】命令，弹出【创建新元件】对话框，点选【图形】单选钮，命名为"ball"，单击【确定】按钮，进入图形元件的编辑状态。

(17) 单击工具箱中的【椭圆工具】按钮◯，边框设为无色，填充颜色设置如图 9-52【颜色】所示，三个颜色值分别是(R: 255, G: 255, B: 255, A: 100%)，(R: 90, G: 211, B: 156, A: 90%)，(R: 40, G: 79, B: 140, A: 90%)，绘制如图 9-53 所示的圆形。

(18) 单击【插入图层】按钮▣，单击工具箱中的【椭圆工具】按钮◯，边框设为无色，填充颜色设置如图 9-54 所示，三个颜色值分别是(R: 255, G: 255, B: 255, A: 0%)，(R: 90, G: 211, B: 156, A: 0%)，(R: 0, G: 0, B: 0, A: 20%)，绘制如图 9-55 所示的圆形。

(19) 单击【插入图层】按钮▣，单击工具箱中的【椭圆工具】按钮◯，边框颜色设为透明度为 40% 的白色，填充颜色设置如图 9-56 所示，两个颜色值分别是(R: 255, G: 255, B: 255, A: 0%)，(R: 255, G: 255, B: 255, A: 80%)，绘制圆形，单击【选择工具】按钮▶将其变形至如图 9-57 所示的图形。

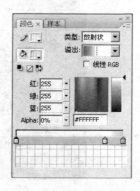

图 9-52　图层 1【颜色】面板　　　图 9-53　图层 1　　　图 9-54　图层 2【颜色】面板

图 9-55　图层 2　　　图 9-56　图层 3【颜色】面板　　　图 9-57　图层 3

(20) 在菜单栏中选择【插入】→【新建元件】命令，弹出【创建新元件】对话框，点选【影片剪辑】单选钮，命名为"球"，单击【确定】按钮，进入影片剪辑元件的编辑状态。

(21) 将"ball"拖拽进来，在第 4 帧和第 9 帧按<F6>键插入关键帧，在第 9 帧将其垂直向上移动一段距离，在第 11 帧和第 16 帧按<F6>键插入关键帧，将第 1 帧复制粘贴到第 16 帧，模拟小球上下跳动的动画效果，在第 25 帧按<F6>键插入关键帧，单击【任意变形工具】将其放大，各关键帧小球位置和大小如图 9-58 所示。

(22) 单击【插入图层】按钮▣，在第 16 帧按<F6>键插入关键帧，将"ball"拖拽到与图层 1 重叠的位置，单击选中，在【属性】面板中将【Alpha】设为"50%"，在第 25 帧按<F6>

键插入关键帧，单击【任意变形工具】按钮 将其放大，将【Alpha】设为 "0%"，关键帧画面如图 9-59 所示。

图 9-58　各关键帧

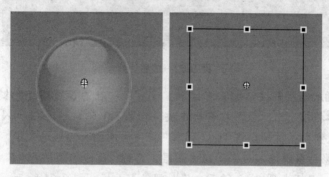

图 9-59　两个关键帧

（23）在第 30 帧按<F6>键插入关键帧，选中第 16 到第 25 帧，将其复制粘贴到第 30 帧，将最后一个关键帧拖到第 45 帧，将图层 2 拖到图层 1 的下方，【时间轴】面板如图 9-60 所示。

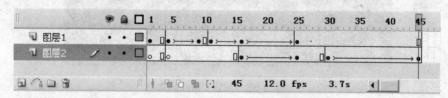

图 9-60　"球"的【时间轴】面板

（24）在菜单栏中选择【插入】→【新建元件】命令，弹出【创建新元件】对话框，点选【按钮】单选钮，命名为 "ball1"，单击【确定】按钮，进入按钮元件的编辑状态。

（25）将 "ball" 拖放进来，分别在 "指针经过"、"按" 和 "点击" 帧按<F5>键插入空白关键帧，在 "指针经过" 帧将 "球" 影片剪辑拖拽进来，再单击工具箱的【文本工具】按钮 T 输入 "关于我们"，如图 9-61 所示。

（26）在 "按" 帧将 "ball" 拖拽进来，在 "点击" 帧单击工具箱的【矩形工具】按钮 绘制一个矩形作为鼠标响应的区域。

图 9-61　"指针经过"关键帧

（27）在【库】面板中右击 "ball1" 按钮，在弹出的快捷菜单中选择【直接复制】命令 4 次，复制出 4 个相同的按钮，分别双击进入编辑状态，在 "指针经过" 帧修改文字，依次输入 "公司概况"、"公司成员"、"公司业务" 和 "联系我们"，其他保持原样。

（28）单击【场景 1】回到场景中，开始进行动画的制作。先将 "背景" 影片剪辑拖入进来，打开【对齐】面板，依次单击【相对于舞台】按钮□、【匹配宽度】按钮□、【匹配高度】按钮□□、【水平中齐】按钮□□、【垂直中齐】按钮□□，如图 9-62 所示。双击图层 1 名称，重命名为 "背景"，在第 6 帧按<F7>键插入空白关键帧，在第 30 帧按<F7>键插入空白关键帧，将第 1 帧复制粘贴到第 30 帧，在第 36 帧按<F5>键插入帧。

图 9-62　放置 "背景"

（29）单击【插入图层】按钮□，命名为 "文字"，在第 6 帧按<F7>键插入空白关键帧，将 "text" 影片剪辑拖拽进来，放置在舞台中央。在第 30 帧按<F7>键插入空白关键帧，在第 37 帧按<F7>键插入空白关键帧，将 "text 副本" 拖拽进来插入回到场景中，开始进行动画的制作。先将 "背景" 影片剪辑拖入进来，双击图层 1 名称，重命名为 "背景"，在第 6 帧按<F7>键插入空白关键帧，画面如图 9-63 所示，【时间轴】面板如图 9-64 所示。

图 9-63　放置 "text 副本"

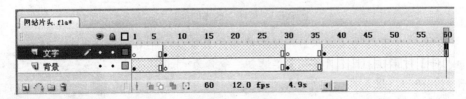

图 9-64　【时间轴】面板

（30）单击【插入图层】按钮□，命名为 "环 1"，在第 61 帧按<F7>键插入空白关键帧，将 "环 1" 拖拽进来，在第 72 帧按<F6>键插入关键帧，制作 "环 1" 从上向下运动动画。在中间帧右击，在弹出的快捷菜单中选择【创建补间动画】命令，单击第 61 帧的 "环 1"，在【属性】面板的颜色中将【Alpha】设为 "0%"。

（31）单击【插入图层】按钮 ◻，命名为"环 2"，在第 63 帧按<F7>键插入空白关键帧，将"环 2"拖拽进来，在第 74 帧按<F6>键插入关键帧，制作"环 2"从上向下运动动画。在中间帧右击，在弹出的快捷菜单中选择【创建补间动画】命令，单击第 63 帧的"环 2"，在【属性】面板中将【Alpha】设为"0%"。

（32）单击【插入图层】按钮 ◻，命名为"环 3"，在第 65 帧按<F7>键插入空白关键帧，将"环 3"拖拽进来，在第 76 帧按<F6>键插入关键帧，制作"环 3"从上向下运动动画。在中间帧右击，在弹出的快捷菜单中选择【创建补间动画】命令，单击第 65 帧的"环 3"，在【属性】面板将【Alpha】设为"0%"，【时间轴】面板如图 9-65 所示，画面如图 9-66 所示。

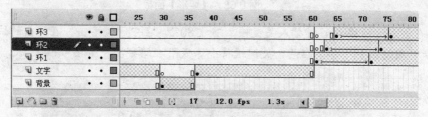

图 9-65　【时间轴】面板

图 9-66　环

（33）单击【插入图层】按钮 ◻，命名为"环路"，在第 76 帧按<F7>键插入空白关键帧，单击工具箱中的【椭圆工具】按钮 ◯，设定边框颜色为红色，填充颜色为无色，绘制椭圆，如图 9-67 所示。

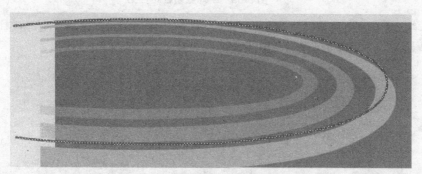

图 9-67　绘制路径

（34）单击【插入图层】按钮 ◻，命名为"球 1"，将其移动到"环路"层的下方，在第 80 帧按<F7>键插入空白关键帧，将"ball"拖入进来。在菜单栏中选择【窗口】→【变形】命令，打开【变形】面板，设置参数将其缩放 50%，如图 9-68 所示。

图 9-68　【变形】面板

（35）在第 105 帧按<F6>键插入关键帧，缩放 80%，在中间帧右击，在弹出的快捷菜单中选择【创建补间动画】命令，在两个关键帧将小球吸附在路径上，如图 9-69 所示。

图 9-69　小球吸附在路径上

（36）单击【插入图层】按钮，命名为"球 2"，将"球 1"层的帧复制粘贴到新层上，将两个关键帧向后移动 5 帧，将第 110 帧的小球移动至如图 9-70 所示的位置。

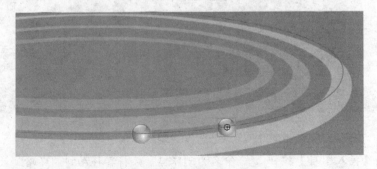

图 9-70　"球 2"的位置

(37) 再单击【插入图层】按钮 3 次，分别命名为"球3"、"球4"、"球5"，将"球1"层的帧复制粘贴到新层上，分别将两个关键帧依次向后移动5帧，将关键帧的小球移动至如图9-71所示的位置。

图9-71 最后的位置

(38) 单击【插入图层】按钮，命名为"声音1"，在菜单栏中选择【文件】→【导入】→【导入到库】命令，从文件中导入声音"Sound 0"、"Sound 1"、"Sound 2"和"mus"，先将"Sound 0"拖入到舞台上，在【属性】面板的【同步】下拉列表框中选择【数据流】选项，如图9-72所示。

图9-72 设定同步类型

(39) 在第30帧按<F7>键插入空白关键帧，将"Sound 2"拖入进来，在【属性】面板的【同步】下拉列表框中选择【数据流】选项，【时间轴】面板如图9-73所示。

图9-73 放入声音的【时间轴】面板

(40) 单击【插入图层】按钮 3 次，分别命名为"声音2"、"声音3"、"声音4"，将"声音1"层的帧复制粘贴到新层上，将第1帧向后移动到第30帧。

(41) 在"声音3"层将"Sound 1"拖入进来，在【属性】面板的【同步】下拉列表框中选择【数据流】选项。

(42) 在"声音4"层的第61帧按<F7>键插入空白关键帧，将"mus"拖入进来，在【属性】面板中单击【编辑】按钮，弹出【编辑封套】对话框，设定淡入淡出，如图9-74所示。

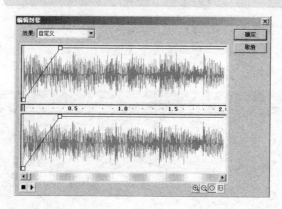

图 9-74　【编辑封套】对话框

（43）按<Ctrl>+<Enter>键测试动画，可以看到一段网站动画片头，最后的【时间轴】面板如图 9-75 所示。

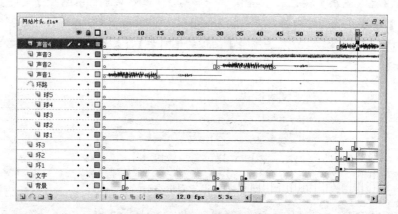

图 9-75　最终的【时间轴】面板

（44）在菜单栏中选择【文件】→【保存】命令，将其保存为"9-1.fla"源文件。

（45）在菜单栏中选择【文件】→【导出】→【导出影片】命令，将其导出为"9-1.swf"文件。

（46）在菜单栏中选择【文件】→【发布】命令，使用默认设置将动画片头进行发布，出现如图 9-76 所示的发布进程条，这时就会在同一目录下出现"9-1.html"的网页文件。

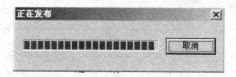

图 9-76　发布进程

3. 实训总结

本实训制作的是一个某公司网站的动画片头，虽然由于篇幅所限，动画不是太复杂，但用到了很多学习过的动画类型，也涉及到声音的合成及发布输出等内容，希望读者能通过本实训掌握制作动画的设计思路和基本流程。

9.5　习　　题

1. 填空题

(1) 声音的压缩选项有 4 个，分别是 ADPCM 压缩、_____、_____和_____。

(2) "比特率"决定_____。Flash 支持 8kbps 到_____。当导出音乐时，一般需要设定在_____以上，以获得最佳效果。

2. 选择题

(1) 在 Flash 中，关于声音的描述中正确的是_____。

A. Flash 可以自己创建声音。

B. Flash 中不可以导入 MP3 的音乐。

C. Flash 中导入的声音可以设定开始点和终止点。

D. Flash 中输出的声音不可以压缩。

(2) 在 Flash 导出图像时，不是图像的文件格式是_____。

A. *.jpg　　　　　　　　　B. *.png

C. *.wav　　　　　　　　　D. *.bmp

3. 问答题

(1) 怎样导入和编辑声音？

(2) 如何发布动画成网页格式？

(3) 如何导出影片？

(4) 如何导出图像？

4. 操作题

制作一个 MTV，使声画同步。

第 10 章　Flash CS3 动画制作综合实例

【教学目标】

Adobe Flash CS3 是一款交互式动画设计工具，可以将音乐、声效、动画以及富有创意的界面结合在一起，可以制作高品质的网页动态效果、网络动画、多媒体教学课件等等。

本章所讲解的 3 个实例具有易学的特点，每个实例不仅侧重于 Adobe Flash CS3 基础知识的总结，而且能够很好地挖掘 Adobe Flash CS3 的优点，使其在每一个实例的制作中都能够发挥得淋漓尽致。

【本章要点】

✦　制作网页广告
✦　制作动态漫画
✦　制作公益广告

10.1　网页广告制作

10.1.1　制作镜头的推拉效果

1. 实训目的

现如今网络已成为人们生活中的一部分，Adobe Flash CS3 在网络中的应用是非常广阔的。通过本实例的制作，让读者了解 Adobe Flash CS3 在网页中的一般应用——网页广告的制作，如图 10-1 所示。最终效果文件及所用素材见"实例"（Demo\ch10\网页广告制作）。

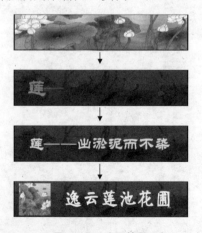

图 10-1　动画效果

2. 实训步骤

（1）新建一个尺寸为"500*100"、背景颜色为"黑色"的 Flash 文档。将其命名为"网页广告"，然后保存。

（2）在菜单栏中选择【文件】→【导入】→【导入到库】命令，导入素材图像"莲 1"。

（3）打开【库】面板，单击【选择工具】按钮 将素材图片拖拽到舞台中并调整其位置，如图 10-2 所示。

图 10-2　导入素材图片

（4）在"图层 1"的第 7、40 帧按<F6>键，插入关键帧。

（5）选择第 7 帧，在菜单栏中选择【窗口】→【变形】命令，在【变形】面板中勾选【约束】复选框，这样能够等比例放大，输入数值如图 10-3 所示。在键盘上按<Enter>键确定。

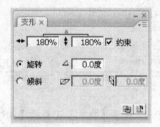

图 10-3　【变形】面板

（6）在第 7 帧至第 40 帧之间任意处右击，在弹出的快捷菜单中选择【创建补间动画】命令，制作好图片的由大至小的缩放动画效果。

（7）在第 45、80 帧按<F6>键，插入关键帧。然后在第 80 帧将图片平移到舞台的左侧，在第 45 帧至第 80 帧之间任意处右击，在弹出的快捷菜单中选择【创建补间动画】命令，制作好图片的由右至左的移动效果。

（8）在第 85 帧按<F6>键，插入关键帧，选中图片并在【属性】面板的【颜色】下拉列表框中选择【Alpha】选项，【Alpha 数量】设为"15%"。

（9）创建第 80 帧至第 85 帧的动画，【时间轴】面板如图 10-4 所示。

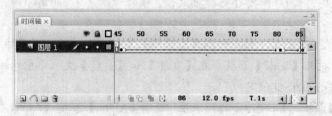

图 10-4　【时间轴】面板

（10）在"图层 1"上方插入"图层 2"，单击【矩形工具】按钮 在舞台中拖拽出一个与画布大小基本相等的矩形，然后在"图层 2"上右击，在弹出的快捷菜单中选择【遮罩层】命令，如图 10-5 所示。

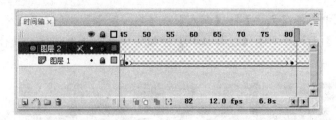

图 10-5　创建遮罩层

10.1.2　制作文字的舞动效果

（1）在菜单栏中选择【插入】→【新建元件】命令，在弹出的【创建新元件】对话框中点选【图形】单选钮，单击【确定】按钮。

（2）在工具箱中单击【文本工具】按钮 T，在其【属性】面板中，根据需要对文字的字体、字号、文本填充颜色进行修改，如图 10-6 所示。

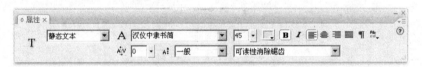

图 10-6　设置【文本】工具的【属性】

（3）在舞台中单击，然后输入文字"莲——出淤泥而不染"，如图 10-7 所示。

图 10-7　输入文字

（4）回到场景 1，按<Ctrl>+<F8>键创建新元件，在弹出的【创建新元件】对话框中点选【影片剪辑】单选钮，单击【确定】按钮。

（5）将新创建的文字图形元件拖拽到"影片剪辑"舞台中，并将每一个文字单独放置于一个图层，【时间轴】面板如图 10-8 所示。

（6）在各个图层的第 60 帧按<F5>键插入帧。选择"图层 1"的第 10 帧，按<F6>键插入关键帧。

（7）选择"图层 1"的第 1 帧，回到舞台编辑对象"莲"。在工具箱中单击【任意变形工具】按钮 ，然后打开【变形】面板，在【宽度】和【高度】文本框中均输入数值"150"，如图 10-9 所示，按<Enter>键确定。

（8）在【属性】面板的【颜色】下拉列表框中选择【Alpha】选项，【Alpha 数量】设为"15%"。

（9）选择"图层 1"的第 1 帧，在【属性】面板的【补间】下拉列表框中选择【动画】选项。这样"莲"字的动画效果设置完成。

(10) 参照步骤(17)～(19)，分别设置"图层 2"～"图层 9"上的文字效果。【时间轴】面板如图 10-10 所示。

图 10-8　【时间轴】面板

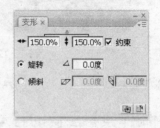

图 10-9　【变形】面板

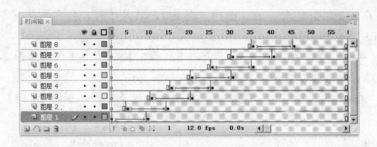

图 10-10　【时间轴】面板

 提示

从【时间轴】面板中可以发现，在对其他图层进行动画设置时，每个图层的第 1 帧相对于其下方图层的第 1 帧都向后移动了 5 帧。当单击某 1 帧后，鼠标下方会出现一个虚线形成的矩形，这时只需拖动鼠标，便可以将其移动到指定帧的地方。

(11) 在"图层 9"上方插入"图层 10"，并在其第 60 帧插入关键帧，然后在【动作-帧】面板中输入脚本语言"stop();"。

(12) "影片剪辑"的动画效果如图 10-11 所示。

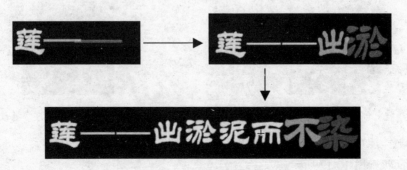

图 10-11　文字的动画效果

（13）回到场景 1，插入"图层 3"，在第 85 帧插入关键帧。打开【库】面板，将刚刚制作好的"影片剪辑"拖拽至舞台放在合适位置，如图 10-12 所示。

图 10-12　文字在舞台中的摆放位置

（14）分别将"图层 1"、"图层 2"、"图层 3"的帧数延长至 240 帧。

10.1.3　制作素材图像的移动效果

（1）插入影片剪辑 2，导入几幅图片用于制作动画，所用素材见"站点实例"（FlashDemo\ch10\网页广告制作\png）。选择"图层 1"的第 1 帧，将名为"背景"的图片拖拽至舞台，如图 10-13 所示。

（2）在"图层 1"的第 70 帧插入关键帧，回到第 1 帧，单击【任意变形工具】按钮，将其放大至 270%，然后创建补间形状动画。

（3）插入"图层 2"，将名为"02-3 左"的图片拖拽至舞台，如图 10-14 所示。参照步骤（2）创建动画效果。

图 10-13　导入素材图像　　　　　　图 10-14　创建"02-3 左"的移动效果

（4）插入"图层 3"，将名为"02-3 右"的图片拖拽至舞台，如图 10-15 所示。参照步骤（2）创建动画效果。

（5）插入"图层 4"，在第 15 帧插入关键帧，将名为"02-2 左"的图片拖拽至舞台，如图 10-16 所示。参照步骤（2）创建动画效果。

图 10-15　创建"02-3 右"移动效果　　　图 10-16　创建"02-2 左"移动效果

（6）参照步骤（1）～（5），依次对图片"02-2 右"、"02-1 左"、"02-1 右"进行动画设置。【时间轴】面板如图 10-17 所示。

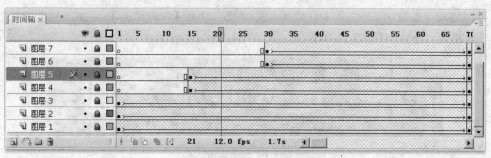

图 10-17　【时间轴】面板

（7）在"图层 7"上方插入"图层 8"，并在其第 70 帧插入关键帧，然后打开【动作】面板，在【动作-帧】面板中输入脚本语言"stop();"。

（8）回到场景 1，在【时间轴】面板上插入"图层 4"，并在其第 155 帧插入关键帧。然后将刚刚创建的"影片剪辑 2"拖拽至舞台，放在左边。

（9）插入"图层 5"，单击【矩形工具】按钮■在舞台的左侧创建一个矩形，如图 10-18 所示。

图 10-18　创建矩形图形

（10）选中"图层 5"，右击并在弹出的快捷菜单中选择【遮罩层】命令，效果如图 10-19 所示。

图 10-19　运用遮罩层的效果

10.1.4　制作广告的标题动画

（1）创建图形元件并输入文字"逸云莲池花圃"，然后在场景 1 中插入"图层 6"，在第 160 帧将其拖拽至舞台，如图 10-20 所示。

图 10-20　拖拽文字元件至舞台

（2）插入"图层 7"，在第 160 帧插入关键帧。单击【矩形工具】按钮 创建一个矩形，并将其转换为元件，如图 10-21 所示。

图 10-21　创建矩形元件

（3）在"图层 7"的第 203 帧插入关键帧，并单击【任意变形工具】按钮 使矩形覆盖整个文字。在第 160 帧至第 203 帧之间右击，在弹出的快捷菜单中选择【创建形状补间动画】命令并将"图层 7"设为遮罩层。

（4）插入图形元件，单击【线条工具】按钮 在舞台中创建一条直线，然后在第 2 帧插入空白关键帧。

（5）回到场景 1，插入"图层 8"，在第 155 帧插入关键帧，将直线元件拖拽至舞台中，如图 10-22 所示。

图 10-22　拖拽直线元件至舞台中

（6）在"图层 8"的第 160 帧和第 205 帧分别插入关键帧。选择第 205 帧，将直线平移至舞台右边，创建补间动画，如图 10-23 所示。

图 10-23　制作移动动画

（7）这样，整个网页广告动画制作完成。在菜单栏中选择【文件】→【导出】→【导出影片】命令，导出".swf"格式的 Flash 动画。

10.1.5　实训总结

通过本实例的学习，对网页广告动画的制作方式有了一定的了解，并对逐帧动画、运动动画、遮罩动画等进行了综合性的运用。希望读者举一反三，通过本实例的学习能够制作出更优秀的网页广告动画。

10.2　动态漫画——斗智

10.2.1　创建场景 1

1. 实训目的

网上流行很多用 Flash 制作的笑话，其形式简单、活泼。这无疑给笑话的表现形式增添了新的色彩。

动态漫画就是以平时创作的漫画为基础，借助 Flash 软件实现声像并茂的效果。这样就大大增加了漫画的喜剧效果。本实例最终效果文件及所用素材见"实例"（Demo\ch10\中国画——两情）。影片效果如图 10-24 所示。

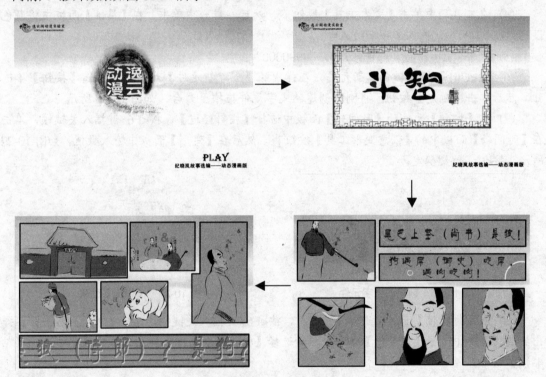

图 10-24　影片效果测试

2. 实训步骤

（1）新建一个尺寸为"1000*646"、背景颜色为"白色"的 Flash 文档。

（2）在菜单栏中选择【文件】→【导入】→【导入到库】命令，导入素材图像"场景 1-1"，所用素材见"站点实例"（FlashDemo\ch10\动态漫画）。将其从【库】面板中拖拽至舞台，使其与舞台中央对齐，如图 10-25 所示。

纪晓岚故事选编——动志漫画版

图 10-25 拖拽图像至舞台

（3）按<Ctrl>+<F8>键创建新元件，在弹出的【创建新元件】对话框中点选【图形】单选钮，然后单击【确定】按钮。

（4）在工具箱中单击【文本工具】按钮Ｔ，然后在舞台中单击，在【属性】面板中将颜色设为 "#000000"，输入文字 "PLAY"。

（5）选中 "L"，将其颜色修改为 "#990000"。

（6）按<Ctrl>+<F8>键创建新元件，在弹出的【创建新元件】对话框中点选【按钮】单选钮，然后单击【确定】按钮。将刚刚创建的文字元件拖拽至舞台，如图 10-26 所示。

（7）在【按钮】元件的【时间轴】面板中选择【指针经过】，按<F6>键插入关键帧，单击在【时间轴】面板中的【任意变形工具】按钮，然后在【变形】面板中输入数值，如图 10-27 所示。按<Enter>键确定。

图 10-26 创建的文字元件　　　　　　　　　**图 10-27 【变形】面板**

（8）在【时间轴】面板中选择【按下】，按<F6>键插入关键帧，选择【弹起】右击并在弹出的快捷菜单中选择【复制帧】命令，然后选择【按下】右击并在弹出的快捷菜单中选择【粘贴帧】命令。

（9）在【属性】面板的【颜色】下拉列表框中选择【Alpha】选项，【Alpha 数量】设为 "70%"。

（10）在【时间轴】面板中选择【点击】，按<F6>键插入关键帧，然后右击，在弹出的快捷菜单中选择【粘贴帧】命令，【时间轴】面板如图 10-28 所示。

图 10-28 【时间轴】面板

（11）按钮元件每一个关键帧处的图像如图 10-29 所示。

图 10-29　按钮元件每一个关键帧处的图像

（12）回到场景 1，在"图层 1"的上方插入"图层 2"，然后将按钮元件拖拽至舞台，放在右下方，如图 10-30 所示。

10-30　放置按钮的位置

10.2.2　创建影片的片头

（1）在菜单栏中选择【插入】→【场景】命令，新建一个场景。

（2）在菜单栏中选择【文件】→【导入】→【导入到库】命令，导入素材图像"背景纸"和"画框"，所用素材见"站点实例"（FlashDemo\ch10\动态漫画）。

（3）创建一个名为"片头"的影片剪辑。打开【库】面板，将"背景纸"拖拽至舞台，插入"图层 2"，将"画框"拖拽至舞台并放置于合适位置，如图 10-31 所示。

（4）创建一个图形元件，单击【刷子工具】按钮绘制一个如图 10-32 所示的文字图形。此图形作为"动态漫画"的标题。

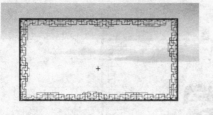

图 10-31　拖拽图像至舞台

图 10-32　绘制的文字图形

（5）回到影片剪辑"片头"，在"图层 1"上方新建一个"图层 3"，并将刚绘制好的图形拖拽至舞台中央。

（6）分别将图层 1、2、3 的帧数延长至第 60 帧。选中"图层 2"分别在第 13、15 帧处插入关键帧，选择第 1 帧，在【属性】面板的【颜色】下拉列表框中选择【Alpha】选项，【Alpha

数量】设为"20%"。

(7) 选择第 13 帧，插入关键帧，单击【任意变形工具】按钮 将其放大一些。在【时间轴】面板中选择第 1 帧右击，在弹出的菜单中选择【创建补间动画】命令。选择第 13 帧右击，在弹出的快捷菜单中选择【创建补间动画】命令。【时间轴】面板如图 10-33 所示。

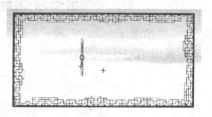

图 10-33　【时间轴】面板　　　　　　　　　图 10-34　缩小图形

(8) 选择"图层 3"的第 1 帧将其拖拽至第 15 帧。

(9) 插入"图层 4"，在第 15 帧插入关键帧，然后导入声音文件"声音 1"。

(10) 在"图层 3"的第 17、34、39 帧各插入关键帧。选择第 15 帧，单击【任意变形工具】按钮 将其横向缩小，如图 10-34 所示。

(11) 选择第 34 帧，使用【任意变形工具】按钮 将其放大，并在【属性】面板的【颜色】下拉列表框中选择【Alpha】选项，【Alpha 数量】设为"0%"，如图 10-35 所示。

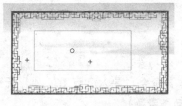

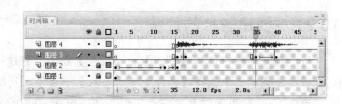

图 10-35　放大图形并修改图形的属性　　　　图 10-36　"片头"影片剪辑的【时间轴】面板

(12) 选择第 15～17 帧和第 34～39 帧分别创建补间动画，【时间轴】面板如图 10-36 所示。

(13) 插入"图层 5"，在第 42 帧插入关键帧。在菜单栏中选择【文件】→【导入】→【导入到库】命令，导入素材图像"印章"，所用素材见"站点实例"(FlashDemo\ch10\动态漫画)。将其放置在舞台的右侧，如图 10-37 所示。

图 10-37　拖拽"印章"图形至舞台

（14）选择"图层 5"的第 47 帧，插入关键帧。回到第 45 帧，单击【任意变形工具】按钮
将其放大至超出舞台的大小。并在【属性】面板中将【Alpha 数量】设为"0%"。在第 42
帧至第 47 帧之间右击，在弹出的快捷菜单中选择【创建补间动画】命令。

10.2.3　创建影片的开端

（1）创建名为"画面 1"影片剪辑，导入"画纸"图片并将其拖拽至舞台，插入"图层 2"，
导入"框 1"图片并拖拽至舞台，如图 10-38 所示。

（2）创建名为"门"的图形元件，导入图像"1-1"、"1-2"，将"1-1"拖拽至舞台并与
其中央对齐。在"图层 1"的第 3 帧插入关键帧，然后将"1-2"拖拽至舞台并与舞台中央对齐，
在第 7 帧插入帧，如图 10-39 所示。

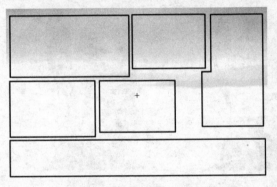

图 10-38　拖拽图形至舞台

图 10-39　导入图像"1-1"、"1-2"

（3）参照步骤（2），分别创建"谈话"、"端茶"、"狗"、"挑衅"、"回答"、"怒"、
"大笑"、"流汗"图形元件。所用素材见"站点实例"（FlashDemo\ch10\动态漫画）。效果依
次如图 10-40～10-47 所示。

图 10-40　"谈话"元件

图 10-41　"端茶"元件

图 10-42　"狗"元件

图 10-43　"挑衅"元件

图 10-44　"回答"元件

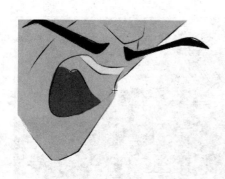

图 10-45　"怒"元件

图 10-46　"大笑"元件

图 10-47　"流汗"元件

（4）回到影片剪辑"画面 1"，将所有的帧延长至第 400 帧。在"图层 1"的上方插入"图层 3"，然后将图形元件"门"拖拽至舞台，位置如图 10-48 所示。

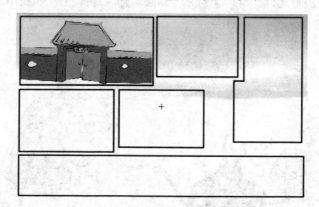

图 10-48　拖拽图形元件"门"至舞台

（5）在"图层 3"的第 10 帧和第 15 帧插入关键帧，选择第 1 帧，单击【任意变形工具】按钮，对其变形并平移至舞台外的左侧，如图 10-49 所示。

（6）选择第 10 帧，在对其进行变形，如图 10-50 所示。单击第 1、10 帧，分别创建补间动画。

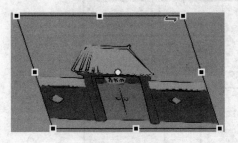

图 10-49　第 1 帧处的图形

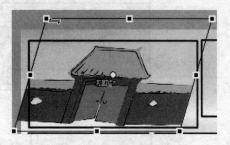

图 10-50　第 10 帧处的图形

（7）插入"图层 4"，然后导入声音元件"L"。

（8）在"图层 1"的上方插入"图层 5"，单击【矩形工具】按钮□，绘制一个没有边框、填充色为"#808080"的矩形并将其转换为图形元件，如图 10-51 所示。

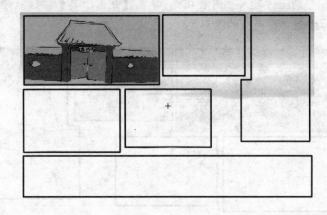

图 10-51　绘制矩形

（9）在第 5 帧插入关键帧，选择第 1 帧，在【属性】面板中将【Alpha 数量】设为"0%"，创建补间动画。【时间轴】面板如图 10-52 所示。

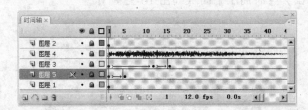

图 10-52　【时间轴】面板

（10）在"图层 3"的上方插入"图层 6"。选择"图层 5"的第 5 帧右击，在弹出的快捷菜单中选择【复制帧】命令，然后选择"图层 6"的第 1 帧右击，在弹出的快捷菜单中选择【粘贴帧】命令。选中"图层 6"右击，在弹出的快捷菜单中选择【遮罩层】命令。

（11）在"图层 4"的上方插入"图层 7"，在第 47 帧插入关键帧，然后将图形元件"喝茶"拖拽至舞台，如图 10-53 所示。在第 50 帧插入关键帧，选择第 47 帧，在【属性】面板中将【Alpha 数量】设为"0%"并创建补间动画。

图 10-53　拖拽图形元件"喝茶"至舞台

（12）插入"图层 8"，在第 45 帧插入关键帧，导入声音元件"Y"。

（13）在"图层 4"的上方插入"图层 9"，单击【矩形工具】按钮 绘制如图 10-54 所示的矩形并将其转换为名为"灰色"的图形元件。

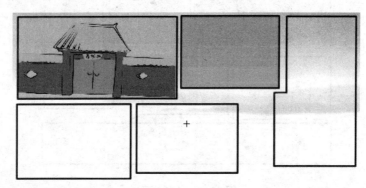

图 10-54　创建矩形

（14）在第 47 帧插入关键帧，然后选择第 45 帧，在【属性】面板中将【Alpha 数量】设为"0%"并创建补间动画。【时间轴】面板如图 10-55 所示。

图 10-55　【时间轴】面板

（15）在"图层 7"的上方插入"图层 10"，在第 60 帧创建关键帧。然后将"灰色"图形元件拖拽至舞台放在左侧，如图 10-56 所示。

（16）单击第 64 帧创建关键帧，选择第 60 帧，在【属性】面板中将【Alpha 数量】设为"0%"并创建补间动画。

（17）插入"图层 10"，在第 63 帧创建关键帧，然后将"端茶"图形元件拖拽至舞台，如图 10-57 所示。在第 65 帧插入关键帧。

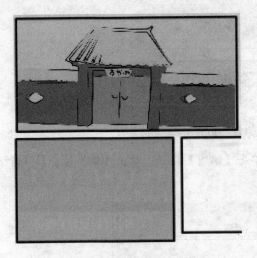

图 10-56　摆放 "灰色" 图形元件的位置

图 10-57　拖拽 "端茶" 元件至舞台

(18) 选择第 63 帧，在【属性】面板中将【Alpha 数量】设为 "0%" 并创建补间动画。

(19) 参照步骤(41)～(44)，分别创建右侧两个板块的动画，舞台图像如图 10-58 所示，【时间轴】面板如图 10-59 所示。其中，中间图像对应的图层是 "图层 12" 和 "图层 13"，右侧图像对应的图层是 "图层 14" 和 "图层 15"。

图 10-58　舞台中的图像

图 10-59　各个图像所对应的【时间轴】面板图层

(20) 导入声音素材 "dog"，然后在 "图层 13" 的上方插入 "图层 16"，在第 88 帧插入关键帧，将声音素材从【库】面板中拖拽至舞台。【时间轴】面板如图 10-60 所示。

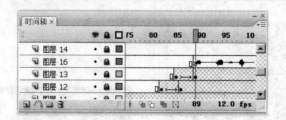

图 10-60　导入声音"dog"

（21）选择"图层 8"，在【属性】面板中单击【编辑】按钮，弹出【编辑封套】对话框，如图 10-61 所示。

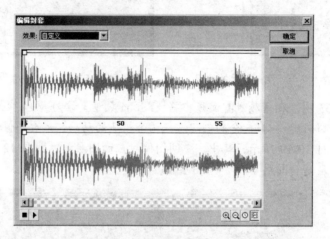

图 10-61　【编辑封套】对话框

（22）在该对话框中，选择第 89 帧和第 91 帧，分别插入一个滑块，然后将第 91 帧的滑块拖至中间位置，如图 10-62 所示。这样此处的声音就会降低音量。

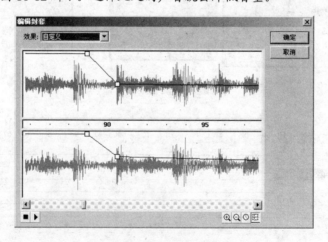

图 10-62　编辑声音

（23）在第 101 帧和第 105 帧插入一个滑块，将第 101 帧的滑块拖拽至中间部位，然后单击【确定】按钮。这样在播放声音文件"dog"时，这个声音只作为陪衬。

(24) 在"图层 15"的上方插入"图层 17"，在第 127 帧插入关键帧。然后绘制一个如图 10-63 所示的矩形，使其和"画面 1"最下方的横格大小相等，并转换为图形元件。

图 10-63　绘制矩形图形

(25) 选择第 130 帧，插入关键帧。单击第 127 帧，在【属性】面板中将【Alpha 数量】设为"0%"并创建补间动画。

(26) 插入图形元件"线"，然后单击【线条工具】按钮＼绘制如图 10-64 所示的直线。

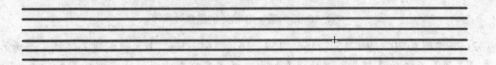

图 10-64　绘制直线

(27) 回到"画面 1"影片剪辑元件中，插入"图层 18"，在第 127 帧插入关键帧，将绘制的图形元件"线"拖拽至舞台中，如图 10-65 所示。创建一个线条由右至左的移动过程。

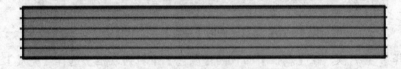

图 10-65　创建线的移动动画

(28) 创建一个图形元件"文字"，单击【文本工具】按钮Ｔ，在【属性】面板中将【文本颜色】设为"#660000"，输入文字"是狼(侍郎)？是狗？"，插入"图层 2"，把"图层 1"的第 1 帧复制到"图层 2"的第 1 帧上，如图 10-66 所示。

图 10-66　输入文字

(29) 选择"图层 1"的第 1 帧，并在【属性】面板中将【文本颜色】改为"白色"，使用键盘上的方向键向下、向右各移动 3 像素，如图 10-67 所示。

图 10-67　修饰文字

(30) 回到影片剪辑"画面 1"，插入"图层 20"，在第 130 帧插入关键帧，然后将"文字"元件拖拽至舞台，放在"线"的上方，如图 10-68 所示。

图 10-68　拖拽"文字"元件至舞台

（31）在第 140、145 帧插入关键帧，选择第 140 帧，单击【任意变形工具】按钮 放大元件，在【属性】面板中将【Alpha 数量】设为"25%"，如图 10-69 所示。选择第 130 帧和第 140 帧各创建补间动画。

图 10-69　第 140 帧处的图像效果

（32）在"图层 20"的第 154、156、157、161、164、166、168 帧创建关键帧。选择第 156 帧，在【属性】面板的【颜色】下拉列表框中选择【亮度】选项，【亮度数量】设为"100"，效果如图 10-70 所示。

图 10-70　修改元件的【亮度】为"100%"

（33）选择第 157 帧，在【属性】面板的【颜色】下拉列表框中选择【亮度】选项，【亮度数量】设为"-100"，效果如图 10-71 所示。

图 10-71　修改元件的【亮度】为"-100%"

（34）选择第 161 帧，在【属性】面板的【颜色】中选择【色调】选项，将后边的颜色设为"#FF9999"，效果如图 10-72 所示。

图 10-72　修改元件的【色调】

（35）选择第 166 帧，在【属性】面板中将【Alpha 数量】设为"0%"。

（36）插入"图层 21"，在第 130 帧插入关键帧，然后导入声音"tiaoxin"。打开【编辑套索】对话框，对声音进行调试，如图 10-73 所示。

（37）回到场景 2，插入"图层 2"，在第 70 帧插入关键帧，然后将影片剪辑"画面 1"拖拽至舞台，如图 10-74 所示。

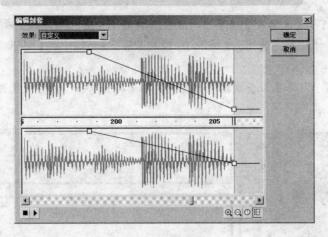

图 10-73　调试声音

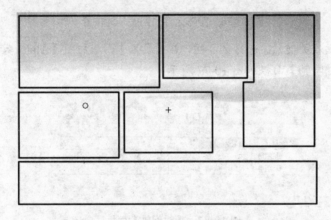

图 10-74　拖拽影片剪辑"画面 1"至舞台

10.2.4　创建影片的高潮

（1）创建影片剪辑"画面 2"，从【库】中将"画纸"拖拽至舞台。插入"图层 2"，单击【矩形工具】按钮绘制如图 10-75 所示的矩形框。

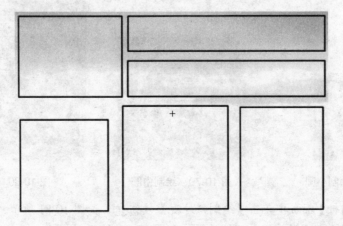

图 10-75　绘制矩形框

（2）在"图层 1"上方插入"图层 3"，将图形元件"灰色"拖拽至舞台，放在上方的第一个框中，选择第 7 帧插入关键帧。选择第 1 帧，在【属性】面板中将【Alpha 数量】设为"0%"，创建补间动画。

（3）插入"图层 4"，在第 5 帧插入关键帧。从【库】中将"回答"图形元件拖拽至舞台，如图 10-76 所示。

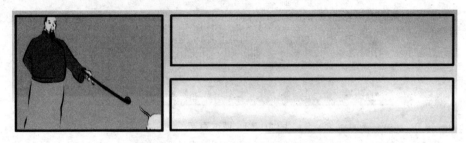

图 10-76　图形元件"回答"的位置

（4）在第 9 帧插入关键帧。选择第 5 帧，在【属性】面板中将【Alpha 数量】设为"0%"，创建补间动画。【时间轴】面板如图 10-77 所示。

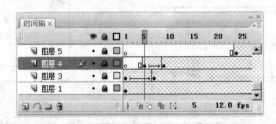

图 10-77　【时间轴】面板

（5）插入"图层 5"，然后插入一个名为"圆"的图形元件，在第 1 帧单击【椭圆工具】按钮绘制一个没有填充色的正圆图形，如图 10-78 所示。在第 5 帧插入空白关键帧，绘制一个比较大的正圆，如图 10-79 所示。在第 10 帧插入空白关键帧，绘制一个更大一些的正圆，如图 10-80 所示。

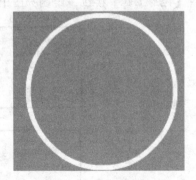

图 10-78　绘制小圆　　　　图 10-79　绘制中圆　　　　图 10-80　绘制大圆

（6）在【时间轴】面板中单击【绘制纸外观】按钮，如图 10-81 所示。调整各帧上的图像居中对齐，并创建补间动画。第 5 帧的图像如图 10-82 所示。

图 10-81　【时间轴】面板　　　　　　　图 10-82　打开【绘制纸外观】后的效果

（7）回到影片剪辑元件"画面 2"，在"图层 4"的上方插入"图层 5"，在第 23 帧插入关键帧。然后将"灰色"图形元件拖拽至舞台，并单击【任意变形工具】按钮进行缩放，如图 10-83 所示。

（8）在第 26 帧插入关键帧，选择第 23 帧创建补间动画，在【属性】面板中将【Alpha 数量】设为"0%"，在"图层 5"的上方插入"图层 6"。

（9）选择第 26 帧，然后将图形元件"圆"拖拽至舞台，放在"灰色"条的左侧。在第 34、43、53 帧插入关键帧。选择第 26 帧，然后单击【任意变形工具】按钮将其缩小，如图 10-84 所示。选择第 34 帧，在【属性】面板中将【Alpha 数量】设为"22%"。选择第 26 帧右击，在弹出的快捷菜单中选择【复制帧】命令，然后选择第 43 帧右击，在弹出的快捷菜单中选择【粘贴帧】命令。

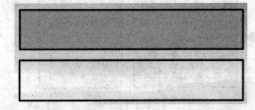

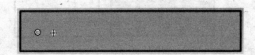

图 10-83　放置图形元件"灰色"的位置　　　　　图 10-84　缩小元件"圆"

（10）插入图形元件，单击【文本工具】按钮 T 输入文字，如图 10-85 所示。

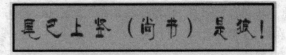

图 10-85　创建图形元件文字

（11）回到影片剪辑"画面 2"，插入"图层 7"，在第 30 帧插入关键帧，然后将所创建的文字拖拽至舞台放在"灰色"的上方，如图 10-86 所示。

图 10-86　拖拽文字元件至舞台

（12）重复步骤(7)～(11)，完成第 2 个长方形框内的动画制作，并将文字变为"狼遇屎(御史)吃屎，遇肉吃肉！"，如图 10-87 所示。

（13）插入"图层 13"，在第 80 帧插入关键帧，从【库】面板中将"灰色"元件拖拽至舞台，放在左下方的方框内。在第 84 帧插入关键帧，选择第 80 帧，在【属性】面板中将【Alpha数量】设为"15%"。

（14）插入"图层 14"，在第 84 帧插入关键帧，从【库】面板中将"怒"元件拖拽至舞台，如图 10-88 所示。在第 87 帧插入关键帧，选择第 84 帧，在【属性】面板中将【Alpha 数量】设为"15%"。

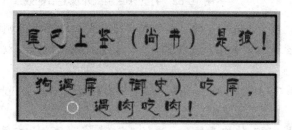
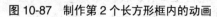

图 10-87 制作第 2 个长方形框内的动画

图 10-88 导入图片

（15）重复步骤(13)～(14)，分别创建图形元件"大笑"和"流汗"在最后两个方框中的动画。动画效果如图 10-89 所示。

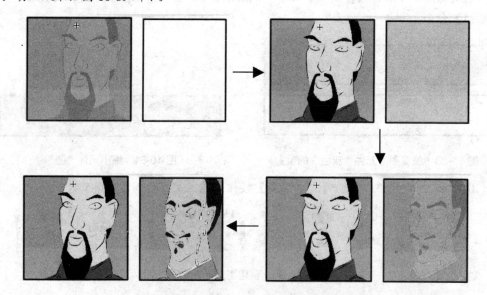

图 10-89 最后两个方框内的动画效果

（16）将"画面 2"中的各个图层的帧数都延长至第 180 帧。然后回到场景 2，插入图层，在第 286 帧插入关键帧，然后将"画面 2"拖拽至舞台，在第 466 帧插入帧，如图 10-90 所示。

（17）插入图层，在第 85 帧和第 99 帧插入一个空白关键帧，然后将声音"F"和"xiao"分别放在第 85 帧和第 99 帧处。

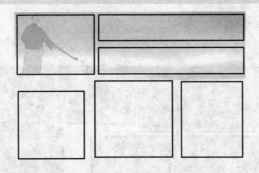

图 10-90 拖拽"画面 2"至场景 2

10.2.5 装饰影片的视觉效果

以上只是把影片的大效果制作出来了，下面需要创建几个元件对影片的最终效果进行一下装饰，这样能够很好地体现动态漫画的幽默感与节奏感。

（1）插入影片剪辑"符号 1"，单击【文本工具】按钮 T 输入如图 10-91 所示的文字。选择第 4、7、10、14 帧插入关键帧，单击【任意变形工具】按钮 对其各帧处的文字大小进行调整，并创建补间动画。

&@

图 10-91 输入文字符

图 10-92 添加动作命令

（2）插入图层 2，在第 14 帧插入关键帧，然后右击并在弹出的快捷菜单中选择【动作】命令，在弹出的【动作-帧】面板中双击【stop】，为帧添加动作，如图 10-92 所示。

（3）重复步骤(82)，在以上所做的每一个影片剪辑的最后一帧都添加一个【stop】命令。

（4）回到场景 2，插入新图层，在第 120 帧插入关键帧，然后将"符号 1"影片剪辑拖拽至舞台，如图 10-93 所示。

图 10-93 拖拽"符号 1"影片剪辑至舞台中

(5) 重复步骤(1), 分别创建 "符号 2"、"符号 3" 影片剪辑, 并将其都拖拽至舞台, 如图 10-94 所示。

图 10-94　创建影片剪辑 "符号 2" 和 "符号 3"

(6) 同时, 也为 "画面 2" 添加幽默符号, 如图 10-95 所示。

图 10-95　为 "画面 2" 添加幽默符号

10.2.6　创建场景之间的链接

(1) 回到场景 1, 选择 "PLAY" 按钮右击, 在弹出的快捷菜单中选择【动作】命令, 在弹出的【动作-按钮】对话框中输入下列语句。

```
"on (release) {
gotoAndPlay("场景 2", 1);
}"
```

(2) 插入 "图层 2", 在第 1 帧右击, 在弹出的快捷菜单中选择【动作】命令, 然后在【动作-帧】面板中双击【stop】。【时间轴】面板如图 10-96 所示。

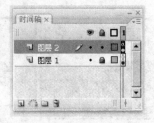

图 10-96　【时间轴】面板

（3）在菜单栏中选择【文件】→【导出】→【导出影片】命令，将影片进行存储。

10.2.7 实训总结

本实例通过故事的起因、经过、高潮、结果的发展过程，详细讲解了 Flash 中场景、影片剪辑、图形、按钮的综合运用。并使用 Flash 中的脚本语言将其链接起来使其形成一个完整 Flash 影片。通过本实例也希望能够给读者一些启发，使用各种表现方式，使漫画的表现语言更加丰富，画面更加生动，能够吸引更多读者。

10.3 公益广告——交通篇

10.3.1 创建开篇动画

1. 实训目的

使用 Flash 制作公益广告已成为网络、电视中不可缺少的一种表现形式。通过本实例的学习，一方面应该掌握 Flash 的综合使用方法，另一方面应该掌握在 Flash 中如何实现镜头的组接。本实例最终效果文件及所用素材见"实例"（Demo\ch10\中国画——两情）。影片效果如图 10-97 所示。

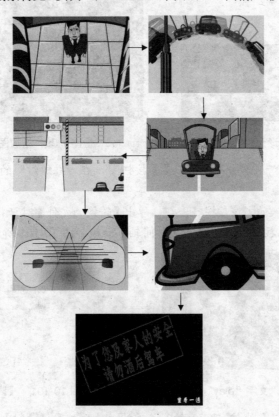

图 10-97　影片效果测试

2. 实训步骤

（1）新建一个尺寸为"500*350"的 Flash 文档。

（2）在菜单栏中选择【文件】→【保存】命令，将 Flash 文档进行存储。

（3）按<Ctrl>+<F8>键创建新元件，在弹出的【创建新元件】对话框中，点选【图形】单选钮，命名为"文字1"，然后单击【确定】按钮。

（4）在工具箱中单击【文本工具】按钮 T，在【属性】面板中将【字体】设为"宋体"、【文本填充颜色】设为"白色"，然后输入文字"交通安全教育篇"。

（5）参照步骤(3)和(4)，创建图形元件"红绿灯"，如图 10-98 所示。

（6）回到场景1，单击【矩形工具】按钮，在舞台上拖拽一个没有边框、填充颜色为黑色、和画布同大的矩形。

（7）插入"图层2"，将图形元件"文字1"拖拽至舞台，放在舞台的左上方。

（8）插入"图层3"，将图形元件"红绿灯"拖拽至舞台，放在舞台的中央处，如图 10-99 所示。

图 10-98　创建图形元件"红绿灯"

图 10-99　摆放图形元件的位置

（9）插入"图层4"，单击【文本工具】按钮 T，在"红绿灯"的下方输入文字"play"，如图 10-100 所示。

（10）选中刚刚输入的文字，按<F8>键，弹出【转换为元件】对话框，在对话框中点选【按钮】单选钮，然后进入按钮编辑窗口。【时间轴】面板如图 10-101 所示。

图 10-100　输入文字"play"

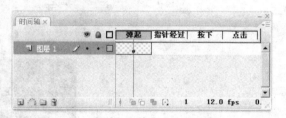

图 10-101　【时间轴】面板

（11）在【指针经过】处按<F6>键插入关键帧，然后打开【属性】面板，将【文本填充颜色】设为"#66FFFF"。在【按下】处插入关键帧，将【字体大小】设为"20"。在【点击】

处插入关键帧，选择【弹起】右击，在弹出的快捷菜单中选择【复制帧】命令，然后选择【点击】右击，在弹出的快捷菜单中选择【粘贴帧】命令。按钮编辑完成，返回场景 1。

（12）插入"图层 5"，在第 1 帧右击，在弹出的快捷菜单中选择【动作】命令，弹出【动作-帧】对话框，然后输入"stop();"语句。

10.3.2　创建场景元件

（1）在菜单栏中选择【插入】→【场景】命令，新建一个场景 2。

（2）插入图形元件"灯杆"，在工具箱中单击【线条工具】按钮，并在【属性】面板中将【笔触高度】设为"4"，在舞台中拖拽出如图 10-102 所示的线条。

提示

> 在图 10-102 中，有几处的线条是具有弧度的，它是先拖拽出直线，然后使用【选择】工具对直线进行调整便可以实现这种效果。

（3）单击【颜料桶工具】按钮，将【填充颜色】设为"#DDEEEC"，对灯杆进行颜色填充，如图 10-103 所示。

（4）单击【套索工具】按钮，然后选中灯杆右侧部分的填充颜色，如图 10-104 所示。

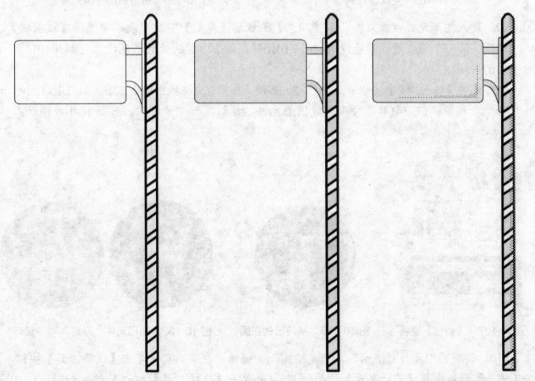

　图 10-102　拖拽线条组成图形　　　图 10-103　填充颜色　　　图 10-104　选中部分填充颜色

（5）单击【颜料桶工具】按钮，然后将【填充颜色】设为"#91BBB3"，如图 10-105 所示。

(6) 将【填充颜色】设为"黑色"，在空白部分进行填充，如图 10-106 所示。

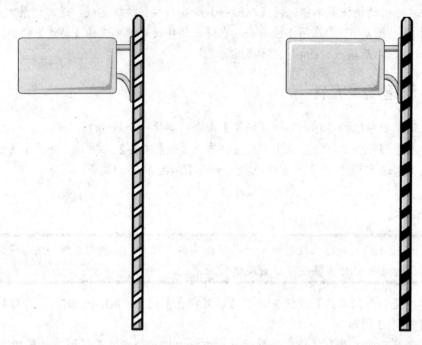

图 10-105　更改颜色属性　　　　　　　　　　　　　　图 10-106　将空白部分填充黑色

(7) 插入图形元件"红灯"，在【颜色】面板的【类型】下拉列表框中选择【放射状】选项，然后将第一个滑块处的颜色设为"#FF1010"，第 2 个滑块处的颜色设为"#430101"，如图 10-107 所示。

(8) 单击【椭圆工具】按钮◯，按住<Shift>键，在舞台中拖拽出一个正圆，如图 10-108 所示。

(9) 参照步骤(7)和(8)，分别创建图形元件"绿灯"和"黄灯"，如图 10-109 所示。

图 10-107　【颜色】面板　　　图 10-108　拖拽出的正圆　　　图 10-109　图形元件"绿灯"和"黄灯"

(10) 新建图形元件"酒府"，就是绘制一个酒楼。在工具箱中单击【线条工具】按钮＼，在【属性】面板中将【笔触高度】设为"4"，并单击【选择工具】按钮▶绘制如图 10-110 所示的图形。

(11) 单击【颜料桶工具】按钮◇，对"酒府"的各个部位填充颜色，如图 10-111 所示。

图 10-110　绘制"酒府"图形

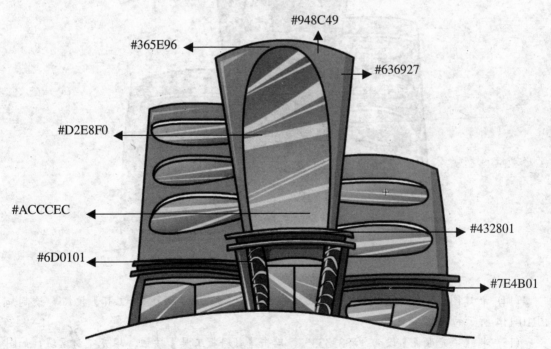

#948C49

#365E96

#636927

#D2E8F0

#ACCCEC

#432801

#6D0101

#7E4B01

图 10-111　填充颜色

　　(12) 单击【文本工具】按钮 T，在图形的中央处输入文字"酒府"，如图 10-112 所示。

　　(13) 选中文字，然后按<Ctrl>+<C>键进行复制，按<Ctrl>+<V>键进行粘贴。并将粘贴后的文字颜色修改为红色，将原文字向下、向右各移动两个像素，如图 10-113 所示。

图 10-112 输入文字 "酒府"

图 10-113 粘贴文字

（14）新建图形元件 "电线杆"，单击【线条工具】按钮和【选择工具】按钮绘制如图 10-114 所示的图形。

（15）将【填充颜色】设为 "#333333"，单击【颜料桶工具】按钮填充空白区域，如图 10-115 所示。

（16）单击【套索工具】按钮，再在选项区单击【多边形模式】按钮，选择深色部位的像素将其改为黑色，然后选中高光部位的像素将其改为白色。

（17）参照步骤（14）～（16），创建图形元件 "楼宇1"，如图 10-116 所示。

  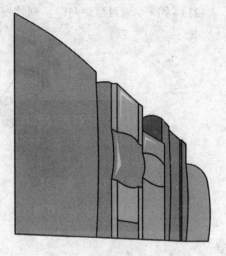

图 10-114　绘制图形 "电线杆"　　图 10-115　填充颜色　　图 10-116　创建图形元件 "楼宇 1"

(18) 参照步骤(14)～(16)，创建图形元件 "楼宇 2"，如图 10-117 所示。

(19) 参照步骤(14)～(16)，创建图形元件 "车-侧面"，如图 10-118 所示。

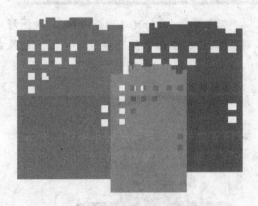 

图 10-117　绘制图形元件 "楼宇 2"　　　　图 10-118　绘制图形元件 "车-侧面"

(20) 参照步骤(14)～(16)，创建图形元件 "车-正面"、"靠背 1"，如图 10-119、图 10-120 所示。

 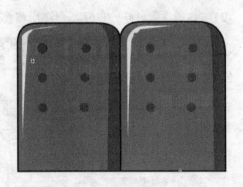

图 10-119　绘制图形元件 "车-正面"　　　　图 10-120　绘制图形元件 "靠背 1"

(21) 参照步骤(14)～(16)，创建图形元件"车队"，如图 10-121 所示。

图 10-121　绘制图形元件"车队"

　提示

　　"车队"的创建就是绘制好一个汽车以后，单击【任意变形工具】按钮 将对象变形，再打开【属性】面板，调整【属性】面板中的【色调】选项。

(22) 参照步骤(14)～(16)，创建图形元件"人-侧面"，如图 10-122 所示；插入图形元件"开车-侧"，使用我们已经创建好的"开车-侧"和"人-侧面"组合成这个元件，如果需要调整大小，单击【任意变形工具】按钮 进行缩放即可，如图 10-123 所示。

图 10-122　绘制图形元件"人-侧面"

图 10-123　组合图形元件 "开车-侧"

(23) 参照步骤(14)～(16)，创建图形元件"大厅"，如图 10-124 所示。

图 10-124　绘制"大厅"

(24) 参照步骤(14)～(16)，创建图形元件 "人–头"、"人–身"、"左脚"、"左腿"、"左臂"、"五官"，如图 10-125 所示。

(25) 插入影片剪辑 "道"，绘制一个倾斜的矩形，在第 15 帧插入帧；插入 "图层 2"，绘制一些直线并在第 15 帧插入关键帧，单击【选择工具】按钮 向上移动几个像素后创建补间动画。插入 "图层 3"，复制 "图层 1" 的第 1 帧至 "图层 3" 的第 1 帧处，并将其设为【遮罩层】。动画效果如图 10-126 所示。

图 10-125　绘制人体的各个部位

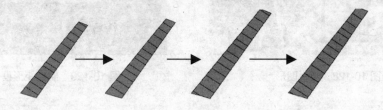

图 10-126　影片剪辑 "道" 的动画效果

10.3.3　制作动画效果

(1) 回到场景 2，单击【矩形工具】按钮 ，在舞台中拖拽出一个与画布大小相等的无边框矩形。然后单击【颜料桶工具】按钮 ，在【颜色】面板中选择【线性渐变】选项，将第一个滑块处的颜色设为 "#BACDDE"、第二个滑块处的颜色设为 "#47599E"，最后在舞台中由上至下拖拽鼠标。

(2) 插入 "图层 2"，将 "酒府" 图形元件拖拽至舞台，并放于合适位置，如图 10-127 所示。

图 10-127　设置 "酒府" 的位置

（3）分别在"图层1"和"图层2"的第15帧插入关键帧，在"图层2"的第30帧插入关键帧，在工具箱中单击【任意变形工具】按钮 ，放大图形，舞台区域的图形如图10-128所示。

（4）选择"图层2"的第15帧右击，在弹出的快捷菜单中选择【创建补间动画】命令。在第25帧插入关键帧，选择第30帧，打开【属性】面板，将【Alpha数量】设为"0%"。

（5）插入"图层3"，将舞台缩小至25%，单击【颜料桶工具】按钮 ，将【笔触颜色】设为"黑色"，【填充颜色】设为"无"，并在【属性】面板中将【笔触高度】设为"50"，然后按舞台大小拖拽出一个矩形，如图10-129所示。

图10-128　放大图形

图10-129　制作矩形框

提示

> 这样做只是为了掩饰舞台外部的图形，在整个制作过程中，始终要把"图层3"放在最上一层。

（6）在"图层1"上方插入"图层4"，在第25帧插入关键帧，然后将"大厅"图形元件拖拽至舞台，在第100帧插入帧，如图10-130所示。

图10-130　拖拽"大厅"至舞台

（7）在第30帧插入关键帧。选择第25帧，在【属性】面板中将【Alpha数量】设为"0%"并创建补间动画。

（8）插入影片剪辑"走路"，将"人体的各个部位"图形元件拖拽至舞台，并放在不同的图层上，如图10-131所示。【时间轴】面板如图10-132所示。

图 10-131　组合形成的人物　　　　　　　　　图 10-132　【时间轴】面板

（9）在每个图层的第 8 帧插入关键帧，在每个图层的第 3 帧插入关键帧，然后单击【任意变形工具】按钮，调整每个部位的位置及大小，如图 10-133 所示。

（10）在每个图层的第 5、10 帧处插入关键帧，然后单击【任意变形工具】按钮，调整每个部位的位置及大小，如图 10-134、图 10-135 所示。

图 10-133　第 3 帧的图形　　　　图 10-134　第 5 帧的图形　　　　图 10-135　第 10 帧的图形

（11）回到场景 2，在"图层 4"的上方插入"图层 5"，在第 30 帧插入关键帧，然后将影片剪辑"走路"拖拽至舞台，如图 10-136 所示。

图 10-136　拖拽影片剪辑"走路"至舞台

（12）将"图层5"的第100帧插入关键帧，选择第30帧，单击【任意变形工具】按钮，将其缩小，并单击【选择工具】按钮将其向上移出舞台，如图10-137所示。在第30帧创建补间动画。

图 10-137　编辑影片剪辑

（13）插入"图层6"，在第30帧插入关键帧，单击【矩形工具】按钮创建一个没有边框的矩形，并单击【选择工具】按钮拖拽其边缘将其变形，如图10-138所示。

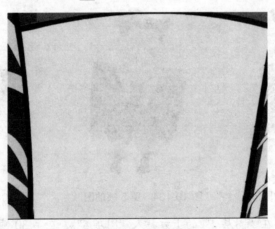

图 10-138　创建遮罩图形

（14）右击"图层6"，在弹出的快捷菜单中选择【遮罩层】命令，这样就能使"人"从酒楼的大厅里走出来了。

（15）插入"图层7"，在第101帧插入关键帧。单击【矩形工具】按钮，将【填充颜色】设为"D5DEA9"，然后在舞台中拖拽出和画布一样大小的无边框矩形。

（16）插入"图层8"，在第101帧插入关键帧。从【库】面板中将"电线杆"图形元件拖拽至舞台，如图10-139所示。

（17）在"图层7"的上方插入"图层9"，在第101帧插入关键帧。从【库】面板中将"车队"图形元件拖拽至舞台，在【属性】面板的【颜色】下拉列表框中选择【Alpha】选项，【Alpha数量】设为"40%"，如图10-140所示

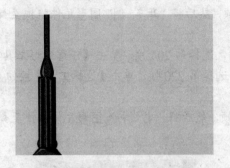

图 10-139 拖拽"电线杆"至舞台

图 10-140 调整"车队"元件的属性

(18) 在第 105、120、131、160 帧插入关键帧。选择第 105 帧，单击【任意变形工具】按钮，将其向右旋转，如图 10-141 所示。第 160 帧重复此操作。

(19) 在第 105、120、131 帧右击，在弹出的快捷菜单中选择【创建补间动画】命令。插入"图层 10"，在第 101 帧插入关键帧，然后将"图层 9"的第 105 帧复制到"图层 10"的第 101 帧，并将【属性】面板中的【Alpha 数量】设为"100%"。

(20) 将"图层 7"、"图层 8"、"图层 9"、"图层 10"的帧数延长至第 173 帧，【时间轴】面板如图 10-142 所示。

图 10-141 修饰文字

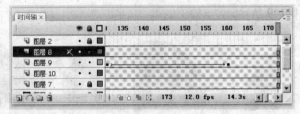

图 10-142 【时间轴】面板

(21) 插入"图层 10"，在第 174 帧插入关键帧，将"大厅"元件拖拽至舞台并放大。插入"图层 12"，在第 174 帧插入关键帧，将人物的脸部特写拖拽至舞台并将两个图层的帧数延长至第 202 帧，这样形成一个局部的特写镜头，如图 10-143 所示。

(22) 插入"图层 13"，在第 203 帧插入关键帧，然后将"酒楼"元件拖拽至舞台，在第 220 帧插入帧，如 10-144 所示。

图 10-143 组合特写镜头

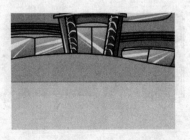

图 10-144 拖拽"酒楼"至舞台

计算机职业培训丛书

（23）插入"图层14"，在第203帧插入关键帧，然后将"开车-侧"图形元件拖拽至舞台，如图10-145所示。

（24）在第204、206、208、220帧插入关键帧，选择第204帧，单击【任意变形工具】按钮，将其左右变窄些；在第208帧处重复此操作；选择第220帧，单击【选择工具】按钮，将其平移出舞台左侧并创建不见动画。

（25）插入"图层15"，在第203帧插入关键帧，然后将"电线杆"图形元件拖拽至舞台。第215帧的图像如图10-146所示。

图10-145　拖拽"开车-侧"至舞台　　　　　　图10-146　第215帧的图像

（26）插入"图层16"和"图层17"，分别在第221帧处插入关键帧，从【库】面板中将"楼宇1"拖拽至舞台，如图10-147所示。分别在第260帧插入关键帧，使用【选择工具】按钮，将其右移几个像素并创建补间动画，如图10-148所示。

（27）插入"图层18"，参照步骤（26）的操作将"楼宇2"拖拽至舞台并创建动画，如图10-149所示。

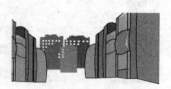

图10-147　拖拽"楼宇1"至舞台　　　图10-148　移动元件　　　图10-149　拖拽"楼宇2"至舞台

（28）在"图层15"的上方插入"图层19"，在第221帧插入关键帧。单击【矩形工具】按钮，将【填充颜色】设为"#73A2D0"，然后在舞台中拖拽出一个无边框的矩形创建天空，如图10-150所示。插入"图层20"，在第221帧插入关键帧。单击【矩形工具】按钮，将【填充颜色】设为"#B3B6CC"，边框颜色为黑色，粗细大小为"2"，绘制矩形，创建马路，再将影片剪辑"道"拖拽到舞台上，放置在路的两旁，如图10-151所示。

图10-150　创建天空　　　　　　　　　图10-151　创建马路

（29）插入"图层21"，在第221帧插入关键帧。将影片剪辑"开车-正"拖拽至舞台，在第260帧插入关键帧。选择第221帧，单击【任意变形工具】按钮，将其缩小并创建补间动画。第221、260帧的图像如图10-152、图10-153所示。

图 10-152　第221帧的图像

图 10-153　第260帧的图像

 提示

　　　影片剪辑"开车-正"的制作可参考10.3.2节的步骤（22）制作"开车-侧"的方法。

（30）插入"图层22"和"图层23"，分别在第261帧插入关键帧并将帧数延长至第300帧。从【库】面板中将"车-正面"和"靠背1"图形元件拖拽至舞台，如图10-154所示。

（31）插入"图层24"，在第261帧插入关键帧，将"人-头"、"人-上身"图形元件拖拽至舞台，如图10-155所示。

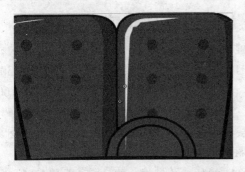

图 10-154　拖拽"车-正面"和"靠背"至舞台

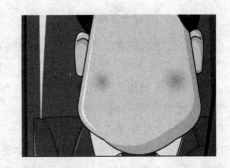

图 10-155　拖拽"人-头"、"人-上身"至舞台

（32）插入"图层25"，在第261帧插入关键帧，将"五官"图形元件拖拽至舞台。按<Ctrl>+<B>键将图形打散，如图10-156所示。

（33）选择第261帧右击，在弹出的快捷菜单中选择【复制帧】命令，然后分别将其粘贴至第270、279、284、289帧。

（34）在第267帧处插入关键帧，单击【选择工具】按钮，对眼睛部位的图形进行编辑，如图10-157所示。

（35）参照步骤（34）将第267帧分别粘贴至第271、274、282、288、292帧，一个打盹的镜头创建完成。

图 10-156　打散图形元件"五官"

图 10-157　编辑图形

（36）插入"图层 26"，在第 301 帧插入关键帧并将帧数延长至第 320 帧处，使用绘图工具绘制一个十字路口的图形并将"灯杆"图形元件拖拽至舞台，如图 10-158 所示。

（37）将"红灯"和"黄灯"图形元件拖拽至舞台，放在"灯杆"的左上方，如图 10-159 所示。

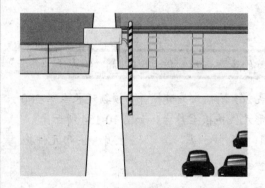

图 10-158　创建十字路口图形

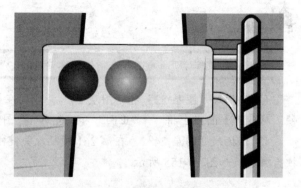

图 10-159　摆放红黄等的位置

（38）插入"图层 27"，在第 301 帧插入关键帧，将"绿灯"图形元件拖拽至舞台，放在黄灯的右侧。在第 302、304、306、308、310、312、315 帧插入关键帧，然后分别将第 302、306、310、315 帧的图形【色调】修改为"白色"、【色彩数量】为"65%"，如图 10-160 所示。这样便完成了绿灯闪烁的动画制作。

（39）插入"图层 28"、"图层 29"、"图层 30"，在第 321 帧插入关键帧。然后重复步骤(30)～(35)的打盹制作方法，将镜头切换至打盹的镜头中去。

（40）插入"图层 31"、"图层 32"，在第 341 帧插入关键帧。然后重复步骤(36)～(38)的绿灯闪烁的制作方法，制作出黄灯的闪烁效果。【时间轴】面板如图 10-161 所示。

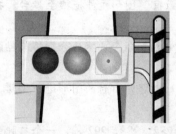

图 10-160　制作第 2 个长方形框内的动画

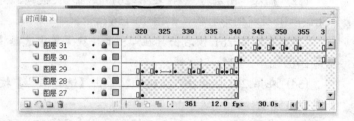

图 10-161　【时间轴】面板

（41）插入"图层 33"，在第 361 帧插入关键帧并将帧数延长至第 390 帧。将"人-头"图形元件拖拽至舞台，单击【任意变形工具】按钮将其放大，如图 10-162 所示。

（42）插入"图层 34"，在第 361 帧插入关键帧。将"五官"图形元件拖拽至舞台，单击【任意变形工具】按钮将其放大并将图形打散，如图 10-163 所示。在第 366、368、372、373、376、378 帧插入关键帧。

图 10-162　编辑元件"人-头"

图 10-163　编辑元件"五官"

（43）选择第 360、368 帧，单击【选择工具】按钮调整眼睛的图形，如图 10-164 所示。选择第 373 帧，调整眼睛图形如图 10-165 所示。选择第 378 帧，调整五官图形如图 10-166 所示。

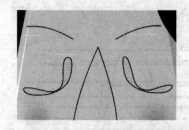

图 10-164　第 360、368 帧的图形

图 10-165　第 373 帧的图形

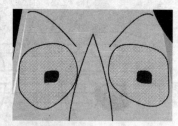

图 10-166　第 378 帧的图形

（44）插入"图层 35"，在第 376 帧插入关键帧。单击【椭圆工具】按钮，将【填充颜色】的类型设为【放射状】，然后将第一个滑块的颜色设为"#FF0605"；第二个滑块的颜色设为"白色"，在【颜色】面板中将【Alpha】设为"0%"。在舞台中拖拽出一个中间实边缘虚的椭圆，如图 10-167 所示。

（45）插入"图层 36"，在第 379 帧插入关键帧。单击【线条工具】按钮在舞台中拖拽出几条直线，如图 10-168 所示。在第 383、385 帧插入关键帧。选择第 379 帧，单击【选择工具】按钮将其向右平移出画面。选择第 383 帧，向左侧平移几个像素。最后创建形状动画。

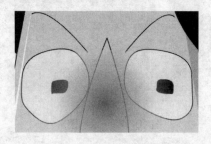

图 10-167　绘制椭圆

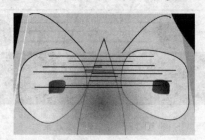

图 10-168　绘制直线

(46) 插入"图层37"、"图层38"，在第391帧插入关键帧。参照步骤(36)~(38)的方法创建红灯闪烁的动画效果，如图10-169所示。

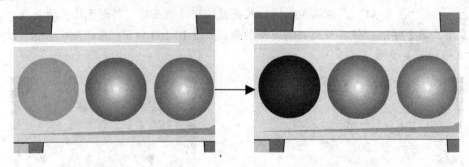

图 10-169　红灯闪烁的动画效果

(47) 插入"图层39"，在第397帧插入关键帧，然后绘制如图10-170所示的图形。

(48) 插入"图层40"，在第397帧插入关键帧，绘制一个黑色矩形使其遮盖住眼睛的地方，如图10-171所示。在第400帧插入关键帧。选择第397帧，单击【选择工具】按钮 将其向下移出舞台并创建补间动画。

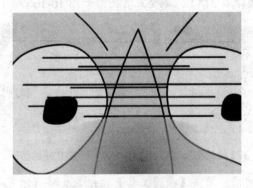

图 10-170　绘制图形

图 10-171　制作遮挡效果

(49) 参照步骤(85)，在眼睛的上方再制作一个黑色矩形的运动动画，如图10-172所示。

(50) 插入"图层41"，在第420帧插入关键帧，然后绘制如图10-173所示的图形。

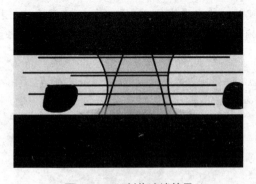

图 10-172　制作遮挡效果

图 10-173　绘制图形

(51) 插入"图层42"，在第420帧插入关键帧。将"开车-侧"从【库】面板中拖拽至舞台，如图10-174所示。

图 10-174 拖拽"开车-侧"至舞台

（52）在第 423、425、427 帧插入关键帧。选择第 420 帧，单击【选择工具】按钮 ▲ 将其向右移出舞台并创建补间动画；选择第 423 帧，向右移动图形 8 个像素；选择第 425 帧，向右移动图形 5 个像素。

（53）插入"图层 43"，在第 450 帧插入关键帧。将"文字 2"拖拽至舞台，在第 460 帧处插入关键帧。选择第 450 帧，单击【任意变形工具】按钮 ▓ 将其放大并创建补间动画，在【属性】面板中将【Alpha 数量】设为"0%"。

（54）插入"图层 44"，在第 460 帧插入关键帧，打开【动作-帧】面板，为其添加【stop】函数。

（55）插入按钮元件"重看一遍"，并为其添加如下命令。

```
on (release) {
gotoAndPlay(1);
}
```

10.3.4 实训总结

使用 Flash 制作公益广告已经在网络、电视等媒体上得到了广泛的应用及传播。本实例从开始至结束全部运用 Flash 所提供的各种工具进行制作，是对使用 Flash 制作动画的一种诠释。

在制作过程中，每一个镜头所表达的内容、镜头与镜头之间的衔接、故事的紧张与松弛关系的把握都需要读者很好地控制 Flash 中的【时间轴】面板。这种能力的培养需要读者通过实例制作，不断地思考、尝试，以便为以后的学习、工作积累更丰富的经验。

10.4 习　题

1. 填空题

（1）Adobe Flash CS3 是一种交互式动画设计工具，可以将_____、_____、_____结合在一起。

（2）【press】函数是指_____。

（3）在【调试影片】窗口中按<Enter>键表示_____快捷键。

2. 选择题

(1) 【Stop】函数用于_____。

    A. 播放影片　　　　　　　　　　B. 跳转至下一帧

    C. 停止播放影片　　　　　　　　D. 跳转至下一场景

(2) "当鼠标释放时"应用下面那一个代码_____。

    A. gotoAndPlay（1）　　　　　　B. on（play）

    C. on（release）　　　　　　　　D. on（keyPree）

(3) 在动画中如果想让对象沿指定路线运动需选择_____。

    A. 逐帧动画　　　　　　　　　　B. 引导层动画

    C. 遮罩动画　　　　　　　　　　D. 形变动画

3. 简答题

(1) 简述 Flash 中绘图工具的使用方法。

(2) 简述如何在场景之间添加超链接。

(3) 简述一般 Flash 动画的制作过程。

附录 部分习题参考答案

第1章

1. 填空题

(1) 体积小 流式 交互功能 多媒体效果

(2) PSD AI

(3) 帧 层 帧 层

(4) 速度 每秒播放多少帧 fps

2. 选择题

(1) A (2) C (3) B (4) D
(5) C

第2章

1. 填空题

(1) 16 选择工具类 视图工具类 附属选项

(2) 图元对象绘制

(3) 标准绘画模式 颜料填充模式 颜料选择模式 内部绘画模式

(4) 锚点 长度 斜率

(5) 静态文本 动态文本 输入文本

(6) 中间的圆形手柄

(7) 点选 圈选

2. 选择题

(1) D (2) A (3) D (4) C

第3章

1. 填空题

(1) 逐帧动画 补间动画

(2) 起始帧 终止帧 中间帧 空关键帧 实关键帧

(3) 形变的起止对象一定都是图形,不是图形的要进行分离打散。

(4) 制作运动的起止对象一定都是元件,而且必须是同一个元件。

(5) 大小 旋转 亮度 透明度

(6) 影片剪辑 按钮 图形

2. 选择题

(1) B (2) A (3) C (4) C
(5) A

第4章

1. 填空题

(1) 色彩变化 光的色彩变化

(2) 可重用 嵌套 影片剪辑

(3) 淡入淡出 缩放

2. 选择题

(1) ABC (2) B (3) D

计算机职业培训丛书

第 5 章

1. 填空题

(1) 一部分或全部　部分或全部
(2) 文字对象　影片剪辑
(3) 两　遮罩　被遮罩
(4) 形状　颜色
(5) 舞台

2. 选择题

(1) A　(2) A　(3) B　(4) ABCD

第 6 章

1. 填空题

(1) 滤镜
(2) 类型　数量　质量
(3) 凸起效果　从背景中凸起　渐变颜色
(4) 亮度　饱和度　色相
(5) 不透明度　基准颜色　结果颜色
(6) 转换　复制到网格　展开
(7) 对象分离　旋转

2. 选择题

(1) C　(2) B　(3) C

第 7 章

1. 填空题

(1) 普通按钮　隐形按钮
(2) 按钮　影片剪辑
(3) 弹起　指针经过　点击
(4) 鼠标按下（press）　键盘按键（keyPress）
鼠标滑离（rollOut）　鼠标脱离（dragOut）

2. 选择题

(1) B　(2) C　(3) D

第 8 章

1. 填空题

(1) 左上角　上下　左右　减法　加法
(2) ActionScript　触发对象
(3) Mouse.hide();

2. 选择题

(1) C　(2) B　(3) B

第 9 章

1. 填空题

(1) MP3 压缩　原始压缩　语音压缩
(2) 导出的声音文件中每秒播放的位数
160kbps　16kbps

2. 选择题

(1) C　(2) C

第 10 章

1. 填空题

(1) 音乐　声效　动画以及富有创意的界面
(2) 当鼠标按下时引发动作
(3) 影片测试

2. 选择题

(1) C　(2) C　(3) B